영혼의
soul of color 빛깔

죽음너머 혼령세계

영혼의 빛깔

soul of color

김한창 장편소설

바밀리온

‖ 작가의 말 ‖

모든 빛깔의 본색은 백색이다. 열두 가지 색채의 색상환을 돌리면 백색이 된다. 프리즘으로 바라보는 중음세계(中陰世界), 찬연한 연홍빛깔들의 혼합 광, 백색광과 흑색광의 대립, 영혼세계(靈魂世界)는 거대한 프리즘공간이다.

노랑빛깔, 파랑빛깔, 마블링(marbling)으로 흐르는 혼합 빛깔과, 빨·주·노·초·파·남·보, 무지갯빛무리…….

세상만물은 자기만의 색깔을 지닌다. 빛은 곧 칼라다. 인간의 눈으로 식별할 수 없는 빛깔은 허공의 무채색이다. 투명한 무채색이기 때문에 다른 사물을 본다. 만약 허공이 눈에 보이는 색깔로 덮여있다면 그 색깔에 가려 다른 사물의 빛깔을 볼 수 없다. 인간의 눈으로는 식별할 수 없는 허공빛깔을 범부로서는 볼 수 없듯이 허공에 존재하면서도 볼 수 없는 빛깔이 있다. 그것은 영혼의 빛깔이다. 먼지보다 작고 미세한 인간의 영혼은 맑고 투명한 정색(淨色)으로 이루어져있다. 눈으로 볼 수 없는 허공빛깔처럼 범부의 눈으로 볼 수 없는 영혼의 정색(淨色)에는 안(眼)·이(耳)·비(鼻)·설(舌)·신(身)·의(意)·육근(五根), 즉, 안근(眼根)·이근(耳根)·비근(鼻根)·설근(舌根)·신근(身根)·의근(意根) 등, 신체구조가 되는 육근종자(六根種子)가 들어있다.

내 영혼은 무슨 빛깔일까. '영혼세계'로 독자를 이끌어 필자가 겪은 사후(死後), 자신의 영혼빛깔이 무슨 빛깔인지 상상하게 하고자 이 글을 썼다.

壬寅年 김한창

‖ **차 례** ‖

제 2 부

찰나(刹那)와 겁(劫)

제 3 부

프롤로그/prologue

현대문명 속에서도 우리는 혼령세계를 의식하고, 사후(死後) 어디로 가며 어떻게 되는가, 하는 의문이 잠재되어있다. 참다운 생명은 지옥과 천국에서도 변천이 없고 동시에 생(生)과 사(死)도 없다고 본다.

우리 인간은 참 생명으로부터 이탈하여 임시로 가설된 생(生)과 사(死)에 속고 사는 것이 현실이다. 인간이 살아가는 중생세계(衆生世界)는 수명의 장단과 복덕의 많고 적음과, 잘나고 못나고, 그 차별이 많다. 깨끗이 정화(淨化)되어야 할 업력(業力)도 많은 세계가 인간세상이다. 다시 말하면 선행(善行)은 선한 결과를 받고 악행(惡行)은 악한 결과를 받게 되는 철두철미한 인과응보의 세계가 인간세상이라는 것이다.

이글을 끝까지 읽어보면 필자가 설파하는, 나는 어떤 경로로 어떻게 태어났으며 또 사후(死後)에는 어떻게 윤회를 하게 되는가에 대한 해답을 정확하게 제시하고 있다. 또한 혼령(魂靈)과 영혼(靈魂)이라는 명사를 과감하게 인용하면서 사후세계를 설명한 것은, 인과응보가 무엇인가를 바르게 심어주기 위한 방편이다. 한번 태어난 인간의 영혼은 영원히 소멸되지 않는다.

이 말은 죽음으로서 끝나는 것이 아니라 나(我)라는 당체의 영혼이 존재하고 영원히 인과응보에 따라 다시 태어나고 죽는 윤회(輪回)의 법륜(法輪)속에 있다는 뜻이다. 필자는 심리학적인 인식론과 심령과 윤회의 세계는 대분류에서 소분류로 분개하고 다시 나누어지는 그 이론이 곤륜산만큼이나 크고 방대하여 모두 말할 수는 없다. 그래서 체험을 통해 얻어진 내용을 간추려 필요한 부분만큼만 심층적으로 엮고 소설적 장치를 응용하여 설파한다.

스토리는 이렇다. 화가이며 대기업 광고미술디자이너인 주인공 강준호는 갑자기 까닭 없는 주검을 맞는다. 종합병원병실침대에 누워있는 자신의 모습을 유체이탈(遺體離脫) 된 또 다른 자신이 보게 된다. 그는 자신의 주검을 추호도 인정하지 않지만 다른 영혼들을 만나면서 사후(死後)세계인 중음(中陰)세계로 던져진 영혼이라는 것을 인지하게 된다. 그는 중음세계에서 많은 영혼들이 서로 도와주며 내생을 기다리며 일어나는 꿈만 같았던 영혼사회의 이야기와 현생에서 자신을 중심으로 전개되는 이야기를 교차하며 윤회사상을 바탕으로 영혼세계를 말한다.

필자

제 1 부

아라야식 (阿羅耶識)

1. 중음신 (中陰身)

향기로 식사가 되는 것을 건달바(健達婆/Gandarva)라고 부른다. 이 말은 고대 인도의 토속적인 말에서 유래된다. 건달바는 본래 인도 신화의 요정 이름으로 향신(香神), 후향(嗅香), 식향(食香), 또는 심향(尋香)이라고 한역된다.

1

그리운 영혼빛깔이 있다. 그녀 오페라영혼의 환상적인 영혼빛깔이다. 그 영혼, 그 빛깔이 그립다. 열두 빛깔이 마블링(marbling)으로 흐르는 혼합 빛깔과, 빨·주·노·초·파·남·보, 거대한 프리즘 공간 중음 천 무지갯빛무리…….

Voi che sapete
그대 아세요
Che cosa amor
사랑이 무엇인지
Donne, vedete

내 맘에 사랑

S'io l'ho nel cor.

간직한 것

때로는 이렇게 그녀 영혼의 〈모차르트 피가로의 결혼〉 작품 492 중, 〈사랑의 괴로움을 아세요〉 오페라소리가 이명처럼 들린다. 영혼세계는 정말 존재하는 것일까, 내 영혼은 무슨 빛깔일까……

*

그는 자신을 본다. 형광등불빛에 반사된 하얀 벽, 하얀 시트가 깔린 병실침대와 가림막 커튼, 푸른 줄무늬 잠옷바람으로 그곳에 잠들어있는 자신을 또 다른 자신이 허공에서 내려다보고 있다. 꿈은 아니다. 이해되지 않는 갑작스런 현상이다. 자신의 모습을 보고 있는 또 다른 그는, 천연덕스럽게 잠들어있는 자신에게 이렇게 묻고 싶었다.

'너, 나 맞지? 지금 뭐하고 있어? 빨리 일어나봐. 네가 나야? 네가 나라면 나는 왜 나에게 물어야 하지? 알 수 없어.'

하지만 나(我)라는 존재감만 느끼는 또 다른 나는 공기방울처럼 허공으로 떠올라 자신에게 자신을 물어볼 기회마저 잃는다.

1970년대 중반 그해겨울 강 준호는, 무거운 겨울코트 같은 육신을 벗어던지고 이렇게 자신의 몸 밖으로 벗어나게 된 이유나, 멀쩡한 자신의 육신이 병실침대에 누워있게 된 이유 또한 전혀 모르고 있었다. 치명적인 충격으로 혼수상태가 되었거나 불의의 사고도 없었다. 죽음의 면전에서 단두대칼날이 떨어지는 순간 같은 공포도 없었고, 사지 멀쩡하고 전날 과음도 하지 않았다. 또한 비애, 빈곤, 삶의 미련, 억울함, 발등을 찧는 후회도 없었고, 조바심, 복수심, 고갈증, 그리움, 애증, 쓰라린 체념, 원한, 뼈저린 고독, 야망의 좌절로 인한 자살충동, 고혈압, 자해, 불안심리, 분리불안, 존재가치상실, 비관론적 콤플렉스, 요나콤플랙스, 실체 없는 누군가의 억압, 긴장성 발작증세, 불안스런 역동심리, 고칠 수 없는 틱 장애나 남근기(男根期) 퇴행은 물론, 사내구실에 방해가 되는 음경굴곡증 같은 것도 없었다. 또 직장상사의 집요한 갑질로 인한 극단적 선택, 임질이나 매독 같은 성병에 곤지름, 고통스런 이명증, 파괴행동, 증오, 수전증, 건망증, 조울증, 간질병, 협심증, 학질, 세균감염, 당뇨로 인한 발목 절단, 실어증, 외팔이, 육손, 반신불구, 다량의 수면제 복용, 마약중독, 알코올중독, 절름발이나 난장이도 아니고, 정도를 넘어선 염세, 히스테리, 유사자폐증, 분노조절장애, 식이장애, 저혈압, 참을 수 없는 굴욕, 부정맥, 폐암말기, 간경변, 몽유병, 불면증, 위궤양, 허열성 만성 심장질환, 관상동맥파열이나 심장동맥파열. 망상장애, 전자파의 공격, 살인을 부를만한 치정관계는 더욱 없었고, 뇌진탕, 두피혈관 허혈증. 그에게 반한 게이의 집요한 스토킹, 속발성 쇼크, 사형집행 전 마지막 흡연욕구 같은 것 또한 없었다. 온통 의문투성이다.

얼마 지나지 않아 물결위에 떠 흐르는 낙엽처럼 흘러간 허공에서 유체이탈(遺體離脫)된 그가 심(心)의 본질과 자신의 존재감만 느끼는 영혼이라는 것을 조금씩 깨닫게 된다. 그렇게 의식만 할 뿐, 손이며 발이며 자신의 형체가 없는 지금의 허공세계는 그야말로 아주 조용한 평온의 세계다.

인간세계와 지금의 공간은 하나의 공간이지만 자로 금을 그은 듯 인간계와 영혼세계는 명료하게 다르다.

그리고 수면위로 떠오르는 공기방울처럼 허공으로 떠오른 당체가 형상이 없는 확실한 영혼이라는 것을 인지하게 된 것은, 허공을 떠도는 다른 영혼들을 만나게 되면서다.

소리 없이 조용하고 이상한 무채색 허공을 둥둥 떠 흐르던 그는 더러운 돼지배설물이 온통 태산을 이루고, 돼지는 단한 마리도 보이지 않는 능선돼지축사에 넘치는 돼지배설물을 떡칠된 삽으로 치우고 있는 영혼하나를 처음 만나게 된다. 한계점에 다다른 수면위 공기방울처럼 떠오른 그는 돼지축사말뚝에 당체를 겨우 붙이며 그 영혼에게 묻는다.

"아무리 치워도 치울 수 없는 돼지배설물을 당신은 왜 그렇게 치우고 있죠?"

하고 묻자 그 영혼은 말뚝에 삽을 세우며 치켜보며 말하기를,

"그래도 나는 이것들을 모두 치워야만 합니다."

"이유가 있나요?"

"업보(業報)지요."

"업보? 무슨 업보지요?"

"나는 전생에 수많은 돼지축산업으로 밥을 먹고 부(富)를 누리며 살았지요. 그 바람에 이런 업보를 받았지요. 돼지에게 전생(前生) 빚을 갚고 있는 겁니다."

"그래요? 아-! 나는 장차 어디로 가서 무엇을 하게 되지?"

준호는 막연한 현실에 태산 같은 걱정을 한다. 자신이 어떻게 살아왔는지, 나쁘게 살아오지는 않았는지, 일순 전생의 삶이 돌이켜 살펴진다. 그러자 그 영혼은 말뚝에 세워둔 삽을 다시 들며 말한다.

"당신도 나처럼 전생업보(前生業報)를 수학(數學)으로 정산(精算)하게 될거요."

하고 말 한마디 던지고 일순간에 온데간데없이 사라져버린다. 일순 마법에 홀린것처럼 더러운 돼지배설물이 쌓인 산도 들판도 보이지 않는 영화가 끝난 극장의 End 자막 스크린처럼 빈 화면이 되어버린다.

그 뒤, 생전 육신의 흔적이 묻어있는 곳으로 영혼의 당체가 옮겨진다. 육안으로 볼 수 없는 어떤 힘인지 모르지만, 초기 영혼들은 의사와는 관계없이 알 수없는 어떤 타력으로 흐르다가 점차 뜻대로 움직이는 것이 허용되면, 차량들이 질주하는 생전에 살던 도심중앙로 허공을 이렇게 제비처럼 나르기도 하고, 살아왔던 전생업력이 많은 곳들을 조바심 속에 두루 헤매게 된다는 것을 알게 된다.

그리고 시공이 초월된 무한 공간 영혼세계는 시간과 장소를 명시할 수 없고, 중력이론을 설파할 수도 없다. 제한이라는 개념도 존재되지 않는다. 이를테면 시간이나 어떤 위치가 구획되지 않는, 구체(具體)와 추상(抽象)이 하나로 응결되어있는 일원론적(一元論的) 형상세계로, 살바도르달리의 초현실적화폭 같은 추상적인 내용을 구체적인 대상을 이용하여 비유할 수밖에 없는 알레고리(allegory)의 세계다.

도시중앙로, 통근버스정류장에 강 준호의 회사 동료사원들이 농담을 서로 주워 던지며 서로 웃고 깔깔대며 출근버스를 기다리며 서 있다. 그러니까 아침시간이다. 준호 역시 그들 속에서 섞여 웃었고 저렇게 깔깔댔었다. 그렇게 서 있던 자리다. 육신을 이탈한 준호의 존재는 허공에 있으니까 그곳에 있어야 할 자신의 육신은 당연히 없다. 진실한 그의 육신은 지금 종합병원병실에서 천연덕스럽게 퍼질러 자고 있으니까……

곧 통근버스가 오고 동료사원들이 버스에 올라 회사를 향해 달린다. 그들과 출근을 해야 하므로 준호의 당체는 당연하게 버스의 빈자리에 있다. 그러니까 죽음직후의 영혼이 전생에서 해오던 관습(慣習)을 그대로 이어서하는 것은 영혼세계가 장천만리에 따로 있는 것이 아니라 인간세상과 바로 연결되어있기 때문이다. 이것은 초기영혼들의 자연스러운 행동이다. 그것은 마지막 남아있는 존재감하나로 자신의 주검을 아직 인지하지 못하고 있다는 증거다.

회사에 도착한 버스에서 사원들이 내리고 그들 속에 섞여 계단을 올라 사무실로 들어간 동료사원들은 상의를 벗어 옷걸이에 걸고, 근무복을 갈아입은 동료들은 각자 자신의 책상에서 업무를 개시한다.

두리번거리며 과장이 말한다.

"강 주임이 안보이네?"

"출근버스 안탔던데요?"

"그래? 강 주임 무슨 일 있나? 누구 혹시 무슨 말 못 들었어?"

"어젯밤 늦도록 야근하고 같이 퇴근했는데……."

"좀, 알아봐. 출근하자마자 대표이사가 강 주임을 찾고 있는 모양인데."

그는 버젓이 그들의 면전에 있지만 준호의 존재는 그들에게는 보이지 않는다. 그는 자신의 육신덩어리가 궁금하다. 퍼질러 자고 있는 육신자체가 이들처럼 당장 출근을 해야 하므로…….

허공은 점차 당체가 원하는 대로 움직이는 범위를 넓혀주고 이제 마음만 먹으면 원하는 곳으로 걸림 없이 찰라에 옮겨지는 무한 공간 허공세계라는 것을 준호는 점차 인식하기 시작한다.

*

병실에 그의 노모가 와있고 노모는 병실복도에서 누군가의 입원환자에게 빼낸 링거 병을 들고 가는 간호사를 붙잡고 애원하는 모습을 본다.

"간호사! 내 아들 죽었어도 좋아. 자식 놈에게 주사라도 맞혔다는 말이라도 듣게, 그 바늘만이라도 아들에게 좀 놓아줘."

"늦었어요. 할머니, 어쩌지요? 의사선생님 지시도 없고 어떻게 할 수가 없어요. 곧 영안실로 내려가야 하는데."

이미 준호의 육신은 응급실의사로부터 사망진단이 내렸고 영안실로 내려가려고 하는 것을, 갑작스런 자식의 주검에 죽은 자식에게 병원에 입원은 시켰다는 말이라도 듣자고, 실성이 되어

울며불며 봉두난발로 소리치며 응급실 안 팍을 뛰어다니며, 아무나 붙잡고 통사정을 하는 늙은 노모가 애처로웠는지, 마침 막 출근한 병원장이 보다 못해 사연을 듣고 빈 병실하나에 잠깐 눕혔다가 보호자가 안정되면 영안실로 내려 보내라는 지시에 병실로 옮겨지는 장면을 그는 겹쳐보이는 화면처럼 보았었다.

가련하기 짝이 없는 노모의 간청에 뚱뚱한 간호사는 누군가 쓰던 조금 남은 링거 병을 거치대에 걸고 바늘을 팔에 꽂지만, 이미 굳었는지 바늘은 팔의 피부에 들어가지 않는다. 여러번 반복을 하고서야 초승달 모양으로 휘어져 피하에 겨우 걸릴 뿐이다. 한손에 차트를 든 간호사는 그렇게 시늉만 하고 바쁘게 나간다.

"내 아들 자고 있어. 죽지 않았어."

그러면서 노모는 은빛십자가가 매달린 묵주를 꺼내어 성부와 성자와 성신의 이름으로……하는 성호를 긋고 침착하게 손가락으로 하나씩 묵주 알을 세면서 천주기도를 한다.

노모의 신앙은 천주교다. 두 아들이 있었지만 하나는 홍역으로 죽고, 하나는 6·25 전쟁 피난길에 잃었다.

늙으막에 겨우 얻어 의지하고 살아온 막내아들의 갑작스런 주검을 믿지 못하는 노모다. 아침이 되어 출근을 해야 하는 아들 방에 기척이 없으므로 방문을 열고 들어가 깊히 잠든 아들을 깨웠지만 반응이 없고, 흔들어보고서야 심정지상태로 늘어진 육신을 보고 소스라치며 기겁한다. 막 출근을 하려고 대문을 나선 이웃집사람이 펄펄 뛰며 밖으로 튀어나온 노모의 말에 상황을 확인하고 큰길로 뛰어나가 택시를 붙잡아 시신을 태워 병원으로 보내고 출근을 한다. 인계받은 택시기사는 다급한대로 가까운 개인병원으로 데려가지만 큰 병원으로 가라는 의사의 말에 다시 종합병원응급실로 데려다주고, 정신없는 노모에게 택시 값도 받지 못하고 돌아간다. 응급실당번의사는 눈을 까서 펜라이트로 한번 비춰보고 사망진단을 내리고 흰 포를 덮어 씌워 영안실로 내려 보내려고 했던 것이다.

'출근도 하지 않고 내가 왜 저렇게 천연덕스럽게 누워만있지? 나도 알 수 없어. 전혀 기억이 나지 않아.'

이때 쯤, 준호의 당체는 전후(前後) 현상을 매우 궁금해한다. 그리고 윤회(輪回)의 주체(主體)는 영혼(靈魂)이라는 것을 그가 확실하게 인식하기 시작한 것은 아주 영특한 다른 영혼하나를 만나게 되면서다.

그 영혼은 처음 돼지배설물을 치우는 영혼에 이어 두 번째 만난 영혼이다. 그 영혼이 맑은 빛을 발하며 준호의 영혼에게 말한다.

"줄 곳 서성이면서 두리번거리는 것을 보면 당신은 이곳으로 막 오게 된 아주 맑고 투명한 영혼이군요."

"네? 도대체 여기는 어디지요?"

"네, 여기는 영혼들이 후생의 몸을 다시 받을 때까지 전생에서 지은 업력으로 유지되고, 새로운 몸을 받아가는 중간계로 중음세계(中陰世界)라고 합니다. 당신은 중음신(中陰身)이며 혼백이지요. 당신은 지금 영(靈)육(肉)이 분리되어 지금 막 이곳으로 온 거라오."

"네? 중음세계? 중음신? 혼백?"

"네, 먼저 욕계의 영혼은 장차 몸을 받을 다음 생(本有)의 몸과 같은 본질적인 형태를 가지게 되고, 그 영혼은 인간세상처럼 전생의 업력이 같은 영혼들과 어울리며 지내다가 업력에 따라 다시 태어나게 되는 윤회의 길로 가게 되지요. 맑고 투명한 당신을 보면 곧 그렇게 되겠지요. 당신의 영혼은 정말 맑으니까…… 영혼빛깔이 탐이 날 정도로 아주 영롱하군요."

준호는 자신이 육신 밖으로 나온 영혼이라는 것을 여기에서부터 조금씩 인지한다. 육신의 주검에 대한 삶의 조바심과 집착이 일어나지 않는 것은 그가 말하는 영혼세계에서도 자신의 존재감만큼은 이렇게 건재하기 때문이다.

중유(中有/영혼)의 모습을 명시한 기록을 보면, 평소 악하거나 옳지 못한 영혼은 그 빛깔이 음하고 검은 양(黑羊光)과 같이 검고, 또 음지(陰地)나 어두운 밤(暗)처럼 흑(黑)색의 빛깔이다. 그 반대로 선업(善業)이 많고 바른 삶을 영위한 영혼은 백의(白衣)와 같은 색으로 밝고 맑은 청명한 중유의 빛깔을 띤다.

『심령과 윤회의 세계』 불교사상사-옮긴이 주

"나는 당신이 하는 말을 전혀 이해할 수가 없는데, 좀 더 자세히 말해줄 수는 없나요?"

"그러겠지요. 그러니까 당신과 나는 이미 인간세상을 떠난 윤회의 주체인 영혼이라는 거지요. 당신은 전생과 후생사이인 중간세계, 즉 중음 세계에 와있는 거라오. 당신은 이제 그것을 인정하게 됩니다. 우리는 육신이 없지만, 안(眼)·이(耳)·비(鼻)·설(舌)·신(身)·의(意), 육근(五根), 즉, 안근(眼根)·이근(耳根)·비근(鼻根)·설근(舌根)·신근(身根)·의근(意根) 등, 다시 받게 될 신체구조가 되는 육근종자(六根種子)만 혼백 속에 구비되어있지요."

"종자?"

"네, 종자지요. 인간의 종자. 쌀눈이 있어야 모종을 하면 싹을 틔우고 벼가 자라나듯이 인간의 씨앗인 거지요."

"그렇다면 우리 영혼을 지배하는 월등한 성현은 없는가요?"

"좋은 질문이군요. 업력에 따라 있습니다만 차차 알게 됩니다. 형체가 없는 영혼의 당체는 먼지처럼 아주 미세하고 깨끗한 정색(淨色)으로만 이루어졌기 때문에 인간의 눈으로는 볼 수 없지요. 극히 청정한 천안(天眼)을 가진 성현이라면 또 모르지만……."

"당신은 많은 것을 알고 있군요. 그런데 당신은 영혼의 당체(當體)라고 말하지만 지금 우리는 존재감만 느낄 뿐 본래모습은 없지 않은가요?"

"하! 우리는 방금 말한 안(眼)·이(耳)·비(鼻)·설(舌)·신(身)·의(意), 육근(六根)으로 이루어진 정색(淨色)일 뿐이라니까요. 본 육신은 없지만 이렇게 영혼의 빛깔로 서로를 알아보는 거지요. 인간의 몸을 벗어난 유사한 전생업력을 지닌 영혼들끼리는 같은 빛깔을 띠고, 같이 모여 행동하고 이렇게 서로를 알아보고 벗이 될 수 있는 거지요."

그 영혼은 아주 태연하게 말한다.

"오! 그러면, 당신과 나는 전생업력이 유사하다는 말인가요? 벗도 될 수 있고? 빛깔도 같은가요?"

"그렇지요. 바로 알아듣는 당신은 아주 영민한 혼백이군요. 당신도 알겠지만 인간계를 보면 모든 인간들은 조직의 고리에서 벗어날 수 없고, 여러 단체의 복수조직 속에서 그룹 활동을 하지요. 인간의 삶은 조직과 그룹이 아닌 것이 없습니다. 가정에서는 가족이라는 구성을 바탕으로. 나아가 한 지역에 사는 사회구성원으로서의 조직, 회사원, 공무원, 동창회, 친구모임, 연합회, 노인회, 음악가는 음악가들과, 또 다른 예술가들은 서로 그룹을 지어 함께 공유하듯이 중음세계로 들어오면 혼백의 빛깔이 유사한 영혼들끼리 서로를 알아보고 도와주며 함께 행동하는 거니까…… 당신과 나의 정색 또한 유사하지 않은가요? 무슨 말인지 궁금하실 텐데 잠깐 저를 따라 오실래요?"

준호의 혼백을 끌고 그 영혼은 허공 높이 나른다. 빨·주·노·초·파·남·보, 빛깔천지 경이로운 허공세계다. 거대한 무지개와 영묘하게 흐르는 다색채 마블링이 무지개빛깔사이로 장엄하게 피어있다. 환상을 그리는 살바도르달리의 화폭에 붓 터치가 연상되는 영혼세계의 장면을 본다.

그 영혼에게 말한다.

"환상적인 무지개와 마블링색채가 가득한 세계군요."

"자, 우리도 저 빛깔 속으로 들어갑니다."

그 영혼을 따라 거대한 프리즘 공간 같은 한도 끝도 없는 무지개 속을 유영한다. 경탄이 터져 나온다. 꿈에도 볼 수 없고, 인간세상에서 본 무지개는 빨·주·노·초·파·남·보, 일곱 색깔이 한 줄기로 피어나지만 영혼세계 무지개는 허공계 전체가 광대한 무지개로 펼쳐있고 그 사이로 혼합된 다층의 열두 빛깔 마블링이 환상적으로 흐르는 무한공간이다.

그 영혼이 설명을 해준다.

"영혼세계는 이렇게 일곱 가지 무지개빛깔과 열두 빛깔 마블링(marbling)으로 보이지요. 허공세계는 백색광과 흑색광의 경계선에서 여러 색깔이 파생됩니다. 색의 논리에서 모든 빛깔의 본색은 백색입니다. 선업(善業)이 많은 영혼의 정색 또한 맑은 백색이어서 모이면 백색광이 만들어지고, 수많은 영혼들이 밀집되어 흐르면 마블링현상을 일으키지요. 이미 말했지만 유사한 빛깔을 지닌 영혼들끼리는 자연스럽게 집단을 이루기 때문에, 빛깔의 차이에 따라 다층적인 현상으로 멀리에서 보면 자연히 이렇게 보이는 거지요. 그 이유는 상층부 맑은 영혼들의 백색광과 하층부 검은 영혼들의 흑색광의 대립으로 그 경계선에서 여러 색깔이 만들어지는 거지요."

"프리즘원리?"

"네, 바로 프리즘원리지요. 당신은 역시 영민하군요. 그러니까 영혼세계의 모든 빛깔은 중음세계 전체가 거대한 프리즘공간의 빛깔이라 할 수 있지요. 이 모든 현상은 밝고 투명한 영혼들은 전생업보가 가벼워 허공 상층부에 모여지므로 자연히 백색광이 만들어지고, 죄업이 많은 검은 영혼들은 탁한 빛깔로 무겁기 때문에 하층부에서 흑색 광을 만들어 빛의 경계가 형성되는 겁니다. 하지만 이 모든 빛깔은 그 근본이 영혼의 정색빛깔로 이루어진, 즉 인간의 눈으로는 볼 수 없는 불가시광선(不可視光線)인 거지요."

"호! 하지만 우리는 인간을 볼 수 있지 않은가요?"

"그렇지요. 인간은 우리를 볼 수 없지만 우리는 볼 수 있지요. 인간은 빛의 스펙트럼에서 극히 일부밖에 보지 못합니다. 7가지 색채가 분명히 있는 것처럼 보이지만 빛의 파장의 변화는 연속적이기 때문에 보이지 않는 색깔의 스펙트럼이 인간이 생각하는 것과 다르지요. 영혼세계는 이렇게 빨·주·노·초·파·남·보, 일곱 단계의 명암과 12색상의 마블링으로 덮여있지요. 시야가 가까운 곳은 무지개로 보이지만 모든 영혼들의 색채가 밀집되면 저렇게 마블링현상을 일으키고, 아래로 내려가면 윤회가 어려운 검은 영혼들이 아귀다툼을 하며 흑색 광을 발하지요"

"네."

"그리고 만약 앞으로 당신이 나를 찾는 일이 생기면 제 빛깔의 무지개나 마블링빛깔 속에서 저의 색깔을 찾으면 됩니다. 그리고 한 가닥 빛깔 속에서도 여러 영혼의 빛깔은 전생의 유사한 업력의 차이에 따라 조금씩 다른 중간색도 한 줄기 색깔 속에 포함되어 있지요."

"오-! 색의 과학이군요. 그런데 당신은 이곳에 얼마나 있었나요?"

"30년 되었지요. 인간계 시간과는 다릅니다. 중음세계에서는 시간의 격차도 없는 짧은 시간에 거대한 역사와 생멸(生滅)이 만들어지는 무한 세계니까……."

“오! 그래요? 나는 지금 배가 몹시 고픈데 당신은 30년 동안 어떻게 배고픔을 참아냈지요?”

“아! 지금 배가 고프겠군요. 당연합니다. 영혼이 중음세계로 처음 오게 되면 맨 먼저 배고픔부터 느낍니다. 왜냐면 인간세상에서 하루 세끼 밥을 먹던 습관 때문이지요. 그래서 사람이 죽으면 가족들은 집안에 얼른 영단을 차리고 일정기간 마짓밥을 올려주는 거지요. 윤회가 되기까지 냄새로 운감을 하라는 것으로 영혼세계는 향기(香氣)로 배를 채우며 유지합니다.”

“향기?”

“네, 향기지요. 우리 영혼들은 육신이 없기 때문에 음식의 냄새만 맡으면 바로 식사가 됩니다.”

“그래요? 그럼 그 향기를 어디에서 찾나요?”

“제삿날이나 설 명절, 추석에 가족들이 차려주는 음식향기와 계절마다 피는 꽃향기.”

“아! 그렇군요.”

“마침 모레가 설 명절이어서 제삿상을 차리는데 나와 같이 갈래요?”

“그래도 되나요?”

“물론이지요. 전에는 다른 영혼 벗들을 데리고 가기도 했지만 모두 다음 생(生)으로 몸을 받아 갔지요. 그래서 혼자 남게 되었지요. 그런데 시간을 지켜야합니다. 배고프다고 일찍 갈 수가 없어요. 시간이 되어야 상을 차리기도 하지만……."

"그래요? 그럼 시간이 언제죠?"

"해뜨기 전 새벽 인시(寅時)에 상을 차리니까 그 시간에 가면 됩니다. 새벽 인시는 인간세상을 조상이 오가는 시간이죠. 그 이전 축시(丑時)는 산신(山神)들의 시간이지요. 산신들의 시간을 범할 수는 없어요. 기다렸다가 그 시간이 지나면 가야지요. 산신들의 시간은 인간의 몸으로 간(肝)에 속하기 때문에 간병이 심한 환자는 축시가 되면 간의 혈이 열려 통증이 심해져 잠을 이룰 수 없고, 우리가 제삿밥을 얻어먹는 인시(寅時)는 인간의 위장에 속하기 때문에 새벽 인시에 위장의 혈이 열리면 위궤양환자는 통증을 느끼지요. 새벽 속 쓰림……."

그 영혼은 계속 말한다.

"나는 새벽 인시(寅時)가 되면 가끔 집안을 둘러보고 온답니다. 아이들 커가는 모습도 보고 오지요."

향기로 식사가 되는 것을 건달바(健達婆/Gandarva)라고 부른다. 이 말은 고대 인도의 토속적인 말에서 유래된다. 건달바는 본래 인도 신화의 요정이름으로 향신(香神), 후향(嗅香), 식향(食香), 또는 심향(尋香)이라고 한역된다. 이는 향기를 먹고 또 향기를 찾아다니는 영혼이라는 뜻으로 사람이 죽어서 다른 생으로 태어날 때까지의 중간적인 신체인 영혼은 미세한 것으로 단지 향을 맡기만 하므로 이름이 붙여졌고, 다음에 태어날 생처(生處)의 향기를 찾아가기 때문에 명명되었다.

『심령과 윤회의 세계』 불교사상사-옮긴이 주

앞서 말했듯이 일설에는 선업(善業)이 많은 영혼은 맑고 투명한 하얀색이며, 악업(惡業)이 많은 영혼은 흑색이라고 했다. 이와 같이 어떻게 살았느냐에 따라 결정되고 중유의 영혼들은 생전에 지은 업력이 심히 빨라져 인간으로서는 상상할 수 없는 불가사의한 초능력적인 힘을 발휘한다.

영혼들은 어떠한 물체에도 구애 없이 통과하며, 아무리 먼 곳도 볼 수 있으며(천안/千眼), 또 자신이 미래에 태어날 곳도 그 업에 따라 스스로 볼 수 있다는 것이다. 하므로 서로 인연이 화합하면 곧 탁태(託胎)하여 다음 생에서 태어난다. 정법념처경(正法念處經)[1] 제18장에 의하면, 사람이 죽으면 생전업력(業力)에 따라 축생(畜生)으로 태어나거나 나쁜 곳, 또는 좋은 곳에서 태어난다. 그 동기를 보면, 그가 죽을 때 우치하고 지혜가 없고 동시에 극심한 환갈병(患渴炳)이 일어나 물을 생각하고 물에 집착하면 완전히 목숨이 끊어진 후 물 속으로 뛰어들어 수충신(水蟲身)을 비롯하여 물고기의 몸으로 태어난다고 설한다. 간단한 비유지만 모든 중생들은 전생의 업에 따라 출생하고, 또 생전의 업에 따

1) 정법념처경(正法念處經) : 7단으로 나눠어 선과 악의 업에 의하여 받는 과보에 차별이 있음을 말하고 각 처의 형편을 설하는 경전.

라 내생이 결정된다는 본보기라 할 수 있다.

선업(善業)과 악업(惡業)을 비교할 때 생전 선업이 강하면 그 업력에 따라 좋은 곳에서 태어나지만, 악업이 강하면 나쁜 곳에서 태어날 수밖에 없다. 모든 중생이 강한 업력에 따라 미래의 몸이 결정되기 때문이다. 아무리 나쁜 지옥 같은 세계라도 나쁜 세계가 좋아 보이고, 그 업력이 강하면 자신도 모르게 그 나쁜 곳에 탐애심이 일어나 그 곳에서 태어나게 된다.

준호의 혼백은 자신의 주검을 인정해야할지, 부정해야할지, 아직 의문이 많다. 극히 짧은 시간에 때로는 다가올 사건들과 순서가 뒤바뀌 전개되기도 하는 것은 찰나찰나 시간의 격차가 전변하는 추상적인 영혼세계이기 때문이며, 인간세상과 영혼세계가 서로 갈라서있다는 것은 분명한 사실이다. 시계의 불일치 현상…….

그 영혼과 헤어진 준호는 알량한 자신의 육신이 누워있는 병실복도 허공에서 링거바늘을 꽂아주고 간 간호사를 두리번거리며 찾는 노모를 다시 보게 된다. 차트를 들고 바쁜 걸음으로 다른 병실로 향하는 뚱뚱한 그 간호사가 눈에 띄자 쫓아간 노모는 간호사옷자락을 붙잡고 또 사정을 거듭 한다.

“이봐, 내 아들 좀 보고가. 아까 그 조금 남은 약이 다 들어갔어."

"할머니, 어쩌지요? 이제 바로 영안실로 옮길 거예요."

하고서 몇 걸음을 띄더니 걸음을 멈추고 돌아서서 되묻는다.

"방금 뭐라고 하셨어요?"

"아까 좀 남은 약이 다 들어갔다고, 보라고. 좀."

"네? 그럴 리가 없는데?"

그러면서 병실로 들어가 링거 병을 보고서 초승달 모양으로 휘어져 아무렇게나 팔뚝에 걸린 바늘을 빼고 주물러본다.

"이상하네! 잠깐 계세요."

그러면서 밖으로 나간다. 통통하게 살찐 암 오리처럼 커다란 엉덩이를 뒤뚱거리며 어디론가 바삐 가는 뚱뚱한 간호사 꽁무니가 사라지는 걸 보고 준호의 당체는 무심히 허공세계로 돌아온다.

*

시간의 격차가 전변된 섣달그믐이 지난 새벽, 헤어졌던 아까의 영혼이 나타났고 그 영혼을 따라간다. 그 영혼이 말하기를 향기만 맡으면 식사가 된다고 했다. 준호자신의 혼백도 향기의 배가 몹시 고프다. 몇 끼니를 굶은 그는 그 영혼에게 이끌려 제삿밥 향기로 허기를 채우게 된다. 그러니까 사후(死後) 처음 먹게 되는 식사로 그 영혼의 부인과 며느리들이 차려놓은 젯상 앞에 촛불

이 켜있고 향연기가 피어오른다. 향내를 맡는다. 제삿상머리에는,

-경천망 송림후인 송 아무개 영가지위(驚天亡松林後人宋00靈駕之位)-

라는 위폐가 서 있다. 그 영혼의 성씨가 송림 후인 송씨다. 유교에서는 현고학생부군신위(顯考學生府君神位)하는 지방을 쓰지만 그 영혼의 부인이 불교를 믿는지 경천망 송림후인 송00 영가(驚天亡松林後人宋00靈駕)라고 써진 위폐다.

"큰 애, 작은 애, 아버님에게 술 한 잔씩 올리고 절 올려라. 손주녀석들 아직도 자거든 깨워야지."

영혼의 아내가 두 며느리들에게 말한다. 송씨 영혼이 전생에 남겨놓은 두 아들이 밥그릇에 수저를 꽂고 차례로 술을 따르고 밥그릇 앞에 놓는다. 그리고 손자들과 두 번씩 절을 올린다.

"오냐, 오냐. 참, 고것들."

송씨 영혼이 거듭 칭찬을 하면서 권한다.

"어때요. 밥 향기가 아주 그만이네요. 어서 같이 운감을 합시다. 우리는 수저도 필요 없어요. 밥 냄새만 맡으면 식사가 되니까. 술부터 한잔 운감해 보려오? 따끈한 정종인데……."

"아-! 술은 본래 못합니다."

영혼세계에서 취하는 밥 향기에 허기가 가신다. 이것저것 여러 음식 냄새로 포만을 느낀다. 진갈색 곶감을 운감하더니 송

씨 영혼이 권한다.

"곶감 향 맛이 아주 그만이네요. 맛있어요. 운감 좀 해봐요."

"난 곶감을 싫어합니다. 곶감을 먹으면 늘 배변이 힘들었거든요. 변비가 심했지요."

"허 참! 운감 좀 해요. 우리 영혼들은 음식향기만 맡으면 식사가 되니까 배설물이 없어요. 걱정하지 말아요."

"아! 그렇군요."

그 영혼이 자식자랑을 늘어놓는다.

"지금 바로 이 녀석이 큰놈이요. 둘째 낳고 저 녀석 어릴 때 비명횡사로 여기를 왔는데 커갈수록 지아비인 나를 닮아가더니, 이제는 영락없이 제 얼굴이죠. 아비도 없이 고생하며 자랐지만 장가도 들고 사업을 막 시작했는데 아직은 잘하고 있지요. 마누라가 재취도 하지 않고 고생하며 키웠지요. 참 착한 아내지요. 우리는 영혼의 당체로 업력으로 만났으니까, 당신은 내 본얼굴을 자세히 모르겠지만 나를 빼닮은 자식 놈을 보면 될 게요."

"아-! 그래요? 위폐를 보니까 당신 성씨가 송씨로군요. 그런데 당신은 30년 동안이나 후생을 가지 못하고 중음신으로 지금까지 이렇게 제삿밥만 계속 받아먹고 있나요?"

"무서운 원한의 집착 때문이지요."

"집착?"

"네, 물론 실수였지만 비명횡사를 당하게 한 사람에게 원한(怨恨)이 뭉친 집착이지요"

"그래요?"

"네, 그 사람에게 원한이 풀려야 새로운 몸을 받아 후생으로 들어가는데, 내 능력으로는 그 한을 풀 수가 없어요."

"그럼, 어떻게 당신의 그 한을 풀지요?"

"손쉬운 방법으로 처나 자식들이 풀어주면 됩니다. 그래서 윤달이 드는 해가 되면 잠자는 밤에 천도재를 지내달라며 여러 번 선몽도 대봤지만 애들 엄마나 아이들이 영 알아듣지를 못해요. 그래서 이렇게 구천을 헤매는 영혼으로 있는 거지요. 다행히 제사는 꼭꼭 챙겨주니까 배고픈지는 모르고 지내지요. 중음세계에는 나처럼 중천을 헤매는 한(恨)많은 불쌍한 영혼들이 부지기수랍니다."

"그럼, 당신은 장차 어떻게 할 건가요?"

"아- 잠깐, 갈증이 납니다. 식혜 좀 운감하고 예기합시다."

향연기가 흘러오고 냄새가 그만이다. 한바탕 식혜를 운감하더니 그 영혼은 다시 말한다.

"적어도 한 겁 생은 기다려야합니다."

"한 겁 생이면……백년?"

"그렇지요. 그걸 여기를 와서야 알았지요. 오행육갑(五行六甲)으로, 자(子)·축(丑)·인(寅)·묘(卯)·진(辰)·사(巳)·오(午)·미(未)·신

(申)·유(酉)·술(戌)·해(亥), 12간지(干支)로 세상이 돌아가는데, 새로운 몸을 받을 영혼들 중에, 이를테면 나처럼 한을 풀지 못해 몸을 받지 못한 영혼들이 구제를 받아 후생으로 갈 수 있는 해(年)가, 진(辰)·술(戌)·축(丑)·미(未), 년입니다. 4년 간격으로 오는 그 해의 전년은 윤달이 들지요. 즉, 진, 술, 축, 미, 년에는 저절로 중음 계를 떠나기 때문에, 인간세상에서는 윤달이 드는 해가 되면 천도재를 지내주거나 조상의 묘를 손대는 것은, 설사 송장을 거꾸로 이장을 해도 후환이 없기 때문이지요. 왜냐면 이듬해 윤회를 하게 되니까. 하지만 나는 원한이 풀려야만 그 혜택을 받을 수 있는 100년이 되는 진, 술, 축, 미, 년에 후손들의 도움 없이도 윤회할 수 있는 기회가 오는 거라오. 남은 70년을 기다리는 수밖에…….”

“오-! 당신은 지난 30년 동안 영혼세계의 모든 것을 터득했군요. 좀더 빠른 방법은 없을까요?”

“네, 있지만 시간이 걸리지요.”

“얼마나 걸리나요?”

“누구나 전생에서 선업과 악업이 있는데 이곳에서도 선업의 힘이 증장되어 악업인자(惡業因子)가 소멸되면, 그때 새로운 몸을 자연스럽게 받을 수 있답니다. 나는 그동안 여러 영혼들이 중유기간인 중음 계에서 곧바로 내생의 새 몸을 받아가는 영혼도 보았고, 나보다 더 긴 세월 중음 계를 떠도는 영혼들도 보았지요.

전생에 선업이 많고 맑은 영혼일수록 사망 즉시 중음 계에 얼굴만 슬쩍 비치고 바로 태어나기도 하는데, 그런 영혼은 괜히 좀 얄밉지요. 배도 아프고, 당신의 영혼은 내가 볼 때 아주 맑은 영혼이어서 곧 이곳을 떠나 다시 태어날 것으로 믿어요."

"그래요? 감사합니다."

"그리고 중음(中陰)의 영혼은 사망 후 바로 내생의 몸을 받아 나가기도 하고, 7일만에도 태어나며, 49일 만에 다시 태어나기도 한다고 합니다. 하지만, 영혼이 다시 태어나기까지의 기간은 정할 수 없다고 하지요. 그래서 불교에서는 7일재(濟), 3·7일재, 49일재, 백일재를 지내주는 것은 이와 같은 이론에 근거를 두고, 최종적으로 49일까지 어디론가 업력에 따라 내생의 몸을 받아간다는 거지요. 그런데 한 가지 재미있는 것은 인간세계에서 죄를 저지르고 유치장에 구속되면 7일에 한 번씩 검찰로 넘어가 조사를 받지요, 죄가 벗어지면 석방되지만 죄가 성립되면 결심공판이 열릴 때까지 7일에 한 번씩 재판을 받고 형이 떨어지면 7일을 대기했다가 형을 살게 될 형무소로 가게 되지요. 대기하는 7일 동안 죄인은 형을 경감하려고 반성문을 써 올리거나 그런 걸 볼 수 있는데 7일을 기준으로 하는 그 과정이 영혼세계와 유사하다는 거지요."

"호! 그렇군요."

"네, 지금이라도 후손들이 공달이 드는 해, 천도재를 지내만

준다면 나쁜 업력을 벗고 남은 70년과 관계없이 이듬해 나는 새롭게 태어날 수 있습니다. 윤회를 하게 되는 거지요."

"말이 그렇지. 당신은 정말 안타까운 영혼이군요."

"제가 그렇게 여겨지나요? 유가사지론(有伽師地論)[2] 제 1에 의하면 만약 내생의 몸을 받을 생연(生緣)을 만나지 못하면 사후 7일 간을 영혼으로 공간에 있게 되고, 또 만약 다시 7일이 되어서도 태어날 생연을 만나지 못하면 중유의 생명이 죽었다가 다시 살아나는 등 이곳에서도 생사를 반복하게 됩니다. 그동안 나는 두 번의 생사를 겪었지요."

"그래요?"

"네, 그렇답니다. 이렇게 7일을 한계로 생사를 거듭하고 마지막 7일을 허공에서 거주하다가 결정적인 생연을 만나 태어나는 거랍니다. 그래서 인간세상 불교에서는 사후 이례마다 소재를 지내다가 7×7=49, 마지막 49재를 지내는 겁니다."

"그럼, 49일에도 생연을 만나지 못하면 어떻게 되나요?"

"별수 없지요. 나처럼 허공을 떠돌게 되지요."

송씨 영혼의 이론을 보면 이와 같이 인간이 사망하여 중유에

2) 유가사지(瑜伽師地) : 유가(瑜伽)의 관행(觀行)을 닦는 수행의 계제(階悌)가 되는 십칠지(十七地)를 말함.

들어가면 그 영혼이 중음세계에서 존재하는 기간은 일정하지 않다. 이러한 학설은 이른바 소승교에서 주장한 학설이다. 이들 학설은 점차 대승의 학승들에게 전해져 대승론에서도 언급하고 있다. 이에 의하면 보통은 7일내지 49일이면 사망 후 누구나 내생의 몸을 받아난다는 설로 되어있다.

송씨 영혼의 며느리하나가 물밥을 만들어 밖으로 내가 장독위에 올려놓는다. 초대받지 못한 배고픈 잡귀들이 물밥을 두고 서로 다툰다. 그리고 다시 들어온 며느리는 상을 치우고 촛대를 거둔다. 묘시(卯時)가 다가오고 해가 뜨기 전이다. 이제 가야할 시간이다.

2. 심 (心)

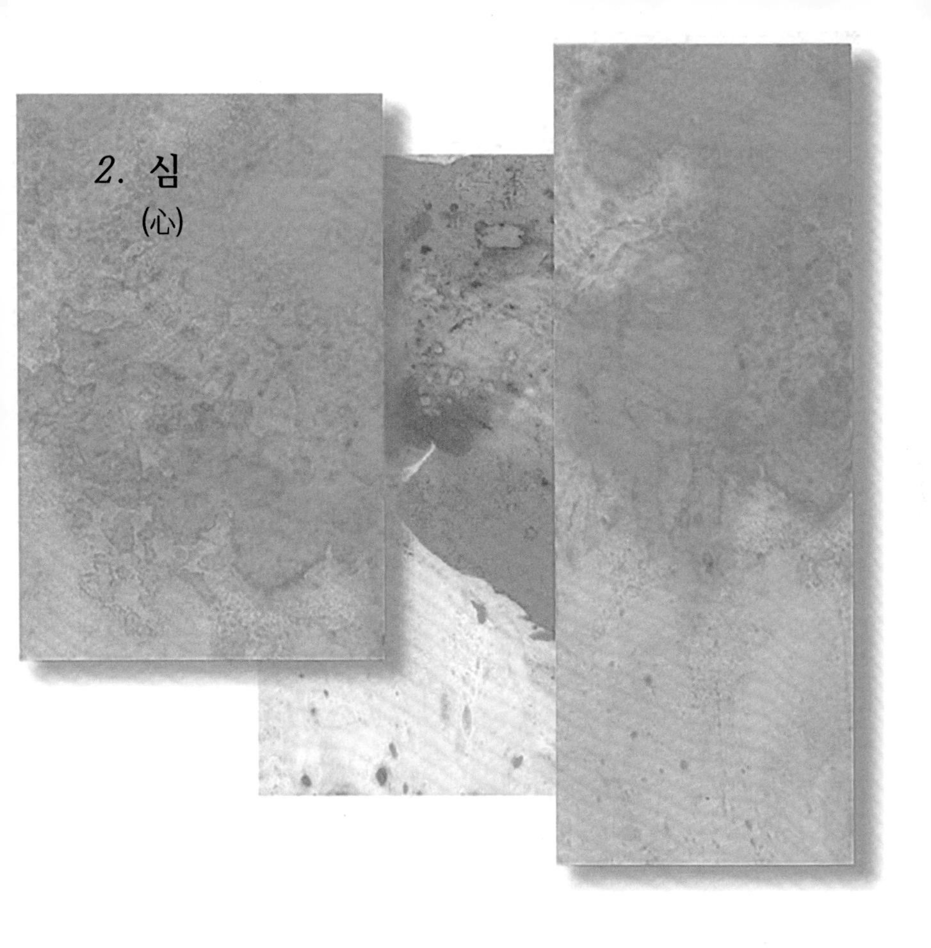

영혼들이 거주하는 중음세계는 인간세상처럼 전생업력이 같거나 어떤 연관성이 관련되어 있는 영혼들끼리 모이고 어울리며 내생을 기다린다.

2

우리가 사용하고 있는 마음(心)인 심식(心識)의 이름을 역사적으로 보면, 근(根)의 이름을 따서 식의 이름도 지어졌다. 즉, 각 근에 따라서 안식(眼識), 비식(鼻識), 설식(舌識), 신식(身識), 의식(意識)등의 이름이 지어졌고, 여기에 말나식(末那識)과 아라야식(阿羅耶識) 등이 첨가하여 인간의 현실적인 정신생활을 종으로 구분하여 거의 완벽하게 설명한다.

논전이 말하는 알고 넘어가야 할 것으로, 인간이 지닌 심(心)의 정체성은 하나냐, 여럿이냐, 즉, 심식(心識)의 체일(體一)이냐, 체별(體別)이냐의 문제이다. 소승(小僧)에서는 마음의 체성이 체일(體一), 즉 하나라고 하였고, 대승(大僧)에서는 심의 체성이 여럿이다고 하였다. 좀더 부언하면 원시불교에서부터 설해온 심(心)의 표현은 많이 있으나 대체로 심(心), 의(意), 식(識), 3종으로 축소하여 불러왔다. 이 세 가지 마음의 이름을 소승(小僧)에서는 마음의 작용이 다름을 표현한 것 뿐이며 체(體)는 모두 같다고 하였다. 대승(大僧)에서는 심(心)을 아라야(Alaya)식이라 하였고, 의(意)를 말나식(Maras)이라 하였다. 총체적으로 아라야식인 이 심(心)은 불가지(不可知)라고 조사(祖師)들이 말하는 것으로 매우 신묘하고 범부로서는 알 수 없는 경지의 당체로 무한 능력이 잠재되어 있다. 이와 같이 영묘한 심(心)의 당체를 명확히 알고자 시심마(是是魔). 즉,

-이것이(心) 무엇인고?-

하고 선가(禪家)에서는 화두로 삼아 용맹정진 하였고, 교가(教家)는 심(心)의 신비성과 심층(深層)에 속하는 초능력과 범부로서 성인이 되지못하게 방해하는 번뇌 등, 마음병의 원리를 알고자 노력해왔다.

그 노력은 오스트리아의 신경학자이며 정신분석학의 창시자인 프로이드(S.Freud)박사가 신경증과 콤플렉스 등, 정신적인 병리를 알고자 연상법을 사용하는 등 부단한 노력의 정신분석, 즉, 심층심리학을 완성시킨 것과 흡사하다.

*

허공세계는 무채색이다. 회색도 아니고 흰색도 아닌 허공에 새떼들이 물결치며 나르는 것처럼 영롱한 빛깔무리가 아름다운 원을 그리기도 하고, 무지개빛깔 한줄기가 수준 높은 가곡을 합창하며 아름답게 유영하는 모습을 본다. 준호의 영혼과 유사한 전생업력을 가진 영혼빛깔무리들이다. 그 중 한 영혼빛깔이 따로 나와 멋진 모습으로 자태를 뽐낸다. 인간세상에서는 볼 수 없는 이 모든 현상들이 신비롭다. 아주 맑은 빛깔을 지닌 영혼들이다.

그 영혼들이 합창을 멈추고 준호의 영혼당체를 줄기로 에워싸더니 영롱하고 아름다운 빛깔을 지닌 영혼하나가 앞으로 나서며 묻는다.

"오-! 처음 보는 영혼인데, 경이로운 빛깔을 지녔군요."

하고 부러워한다. 하지만 자신의 영혼빛깔이 얼마나 경이로운지 준호의 영혼은 아직 잘 모른다. 아마 그 영혼의 빛깔과 같거나 비슷한 모양이다. 어투가 세련된 전생의 여자다. 그는 일순 생전 어릴 적에 시골초등학교 6학년 여름방학 수학여행 때, 자매결연으로 초청받은 서울 한 초등학교에서 아주 예쁜 얼굴의 동급여학생을 파트너로 처음 소개받을 때처럼 붉어지는 얼굴로 괜히 부끄럽고 촌스러워진다. 준호의 혼백은 그 생각을 하면서,

"환상적으로 돋보이는 당신빛깔도 퍽 아름답네요."

하고 느낀 대로 솔직하게 칭찬을 해준다.

그러자 그 영혼은,

"어머나! 환상적으로 돋보이는 빛깔? 아! 어쩜, 탐날 정도로 경이로운 빛깔처럼 말도 예쁘게 해주시는군요. 당신이 마음에 들었어요. 당신은 저와 거의 같은 빛깔인데, 전생에 혹시 뭘 했나요? 난 오페라가수였어요."

"난 화가였지요. 그것으로 대기업 광고미술디자이너로 일하고 있었고."

"화가? 광고미술디자이너? 와-! 어쩐지…… 예술가였군요. 그렇게 예상했어요. 여기 모인 영혼 벗들은 전생에서 모두 음악을 전공하고 대부분 악단에서 활동한 영혼들이죠. 여태 공연을 하고 있었어요. 제가 단장이죠. 성악가영혼도 있고 모두 여기에서 만났답니다. 저쪽, 좀 유별나게 따로 반짝이는 영혼, 어린나이에 국제바이올린콩쿠르에서 대상을 탔다죠? 그래서 자존심도 강하죠. 하지만 귀여워요. 바이올린영혼으로 이름을 불러요. 저는 오페라영혼이구요. 나는 당신을 '경이로운 화가영혼'으로 불러드리겠어요. 괜찮죠? 저만 그렇게 부르는 거구요. 다른 영혼친구들 앞에서는 그냥 화가영혼으로만 부르겠어요. 질투하는 영혼이 생길지 모르거든요. 첫눈에 당신이 좋아졌거든요. 우리 모두는 전생에 예술을 추구하는 삶을 살았기 때문에 빛깔도 모두 비슷비슷 하잖아요?"

"그렇군요. 얼마나 이곳에 계셨나요?"

"만 2년 되나 봐요. 그런데 당신은 혼자인가요? 아직 영혼친구가 없나보죠? 그렇게 혼자 다니면 안 되는데, 검은 영혼들을 만나면 피하세요."

"왜요?"

"나쁜 영혼들이거든요 그들끼리 모여서 논답니다."

"검은 영혼이라고 해서 꼭 그럴 필요가 있나요?"

"아니에요. 조심해야 해요. 대부분 전생에 도둑질을 했거나, 살인을 했거나, 살생을 하고 온갖 악한 짓을 저지른 흉악한 범죄자영혼들이거든요. 그 영혼들은 새롭게 몸을 받아 내생에 들어가기도 어려운 영혼들이어서 악만 남았어요. 보기에도 흉측하죠. 아래쪽은 될수록 내려가지 마세요. 검은 영혼들은 전생 악업이 무거워 떠오르지 못하기 때문에 밑에서만 논답니다. 여기에서 알았지만 허공계는 층층이 중음 신들의 여러 마당이 영혼빛깔에 따라 자연스럽게 구성되어 있답니다. 그걸 두고 고결하게 영혼마당이라고 하지 않고 검은 영혼들과 싸잡아서 우리들까지 귓것(鬼)마당이라고 폄하해서 말하는데 전 그 말이 정말 듣기 싫더라구요."

"그래요? 저는 좋은 영혼친구하나가 있답니다. 아주 박학다식하고 그 영혼에게 많은 것을 배웠어요. 전생에 송림 송씨였는데 그 영혼의 집을 따라가서 제삿밥향기도 아주 맛있게 얻어먹고 왔답니다."

"와- 제삿밥향기를 맛있게 얻어먹었다구요? 여기는 향기가 부족해 늘 배가 고프답니다. 여러 음식향을 먹었겠군요. 부러워요. 지금은 겨울이어서 더욱 그렇죠. 향기만 찾아 헤매는 영혼들도 많아요. 봄이 와야 꽃이 피면 온갖 꽃 향으로 시식을 하죠. 그 때 만큼은 정말 행복하답니다. 꽃향기로 식사를 하면 빛깔이 더욱 영롱하게 빛나거든요."

"그래요? 그럼 어떤 꽃향기가 제일 맛있던가요?"

"그거야 말하면 뭐해요? 당연히 국화향이죠. 그래서 우리 영혼들은 인간세상장례를 치르는 곳이 생기면 모두 달려가죠. 국화꽃으로 장식도 하고 국화꽃을 영단에 올리니까요. 꽃향기는 아무리 많이 운감을 해도 탈나는 법이 없답니다."

영혼들이 거주하는 중음세계는 이렇게 인간세상처럼 전생업력이 같거나 어떤 연관성이 관련되어있는 영혼들끼리 모이고 어울리며 내생을 기다린다.

밀린 업무도 많고 결재처리할 일도 많은데 불현 듯 회사일이 궁금하다. 본의 아니게 무단결근을 했으니까…….

오페라영혼에게 양해를 구한다.

"그럼, 다시 보기로 해요. 잠깐 갈 곳이 있어서……."

"네, 그래요. 화가영혼, 다시 오셔서 아름다운 당신빛깔을 보여줘요. 기대하겠어요. 저를 찾을 때는 무지개 속으로 들어와 저희들 빛깔무리를 먼저 찾으세요."

3. 현생 I
(現生)

화이트에서 블랙까지 회색의 중간색들로 이루어진 검은 무지개는 검은 귓것들 마당이다. 흉측하게 생긴 검은 영혼들이 몰려다닌다.

3

찰나에 회사로 간 준호의 혼백은 사무실허공에서 과장과 동료사원의 대화 장면을 내려다본다.

"미스터 백, 강 주임 소식 없어?"

"네, 무단결근할 분이 아닌데 퇴근하고 집으로 가봐야겠어요. 집전화도 받지를 않아요."

"그래? 이상하네. 어떻든 미스터 백이 강 주임 월차휴가서 어제날짜로 작성해서 올려. 결근처리하지 말고, 확실한 사람인데. 그것보다 말야. 강 주임이 디자인해서 며칠 전 결재 난 서류 있는지 서류함열쇄 따고 찾아봐. 업자에게 바로 넘겨야하는 모양인데, 업자가 대표이사 처남이잖아! 강 주임이 결근했다니까 비서실 연락받고 불려가서 아침부터 대표이사에게 한방 먹었어."

"그래요? 알겠습니다."

미스터 백이 준호의 책상서류함열쇄를 공구로 비틀어 빼고 서류파일을 뒤적이더니 관련서류와 광고물제작사양서 뭉치를 꺼낸다. 준호의 육신은 병실에서 천연덕스럽게 퍼질러 자고 있으므로 지금 어떻게 할 수가 없다. 그는 애만 탄다. 미스터 백이 과장에게 서류파일과 제작사양서를 건넨다. 그것을 펼치고 과장이 말한다.

"강 주임 일 하나는 그만이야. 다시 보지만 아주 완벽해. 누가 봐도 일할 수 있게 디자인설명까지 영문표기해서 업자에게 넘길 수 있게 아주 자세하게 해놨는데, 그 멍청한 업자가 해낼지 모르겠어. 대표이사처남이라 강 주임에게 맨날 잔소리 하라고 할 수도 없고."

"그러게 말입니다. 강 주임이 그 업자를 아주 잘 다루는데."

"우리는 자세히 모르니까, 이대로 넘기면 되겠어. 강 주임 없으니까 미스터 백이 업자 불러서 오전 중에 넘겨줘. 내일은 오전근무고 모레부터 설 연휴니까 지금 회사로 빨리 들어오라고 해. 대표이사에게 불려가서 또 쫑코 먹기전에……."

그 업자는 대표이사 처남으로 본래 개망나니건달로 빈둥빈둥

놀면서 카바레 왕으로 군림하는 상건달이다. 늘 속이 상한 누나가 남편이 관리이사에서 월급쟁이대표이사로 덜컥 승진이 되자, 얼른 개망나니동생을 광고기획사를 차리게 하고 회사와 광고물 제작계약을 했다. 그 과정에서 대표이사의 두 충복들이 도왔다. 자신들의 빠른 진급과 출세를 염두에 두고…….

그 충복들은 대략 이렇다. 관리부소속인 차량과 권 과장, 그리고 총무과인사담당 허 주임으로 강 준호와는 입사 동기다. 그러니까 전생의 그는 기획실에 근무하면서 젊은 나이에 도박에 빠져 평소 밥 먹듯이 잦은 가출을 하던 말코 같은 마누라가 짐을 싸들고 아주 가출을 해버리는 바람에 집안이 시끄럽게 되자 당시 관리이사인 대표이사가 말하기를,

"자넨, 두뇌로 일하는 사람이야. 집안일로 어디 그 자리에 있겠어? 그룹기획실에서 자넬 달라고 발령을 내도 보내지 않은 것은 자네 머리하나 때문인데."

"……."

"그러니까, 마음이 정돈될 때까지 잠깐 지점관리부로 내려가 있어. 딱 일 년만 마음정리하고 있다가 와, 다시 본사로 부를 테니까. 출세에 지장이 되니까 자네 부인은 잊어버려. 잦은 가출에 아주 나갔으면 이제 포기해. 그동안 많이 참았잖아!"

"……."

회사에서 한참 잘 나갈 때 그렇게 그는 불명예를 안고 지방으

로 쫓겨난다. 하지만 일 년이 아니라 하숙집 짐도 제대로 정리되지 않은 3개월도 못되어 관리이사가 대표이사로 승진되면서 가자오자 다시 발령을 받고 본사로 올라온 것이 영업부서 광고미술기획과다. 전공업무를 찾았지만 여기에서 그는 여러 의문을 같게 된다. 왜냐면, 미술 전공이어야만 하는 그 자리는 대학 미술과선배가 다년간 독주하고 있는 자리로 감히 후배가 넘볼 수 없는 자리다.

그러나 그 선배는 처음부터 영업이사라인을 타고 입사했고, 준호는 대표이사의 오른팔격인 기획실에 있던 당초부터 대표이사라인을 타고 입사한 사람으로, 참 묘한 함수관계가 이루어져 있다. 졸지에 진급도 못하고 선배는 일반직평사원자리 그대로 이를 갈며 지방지점으로 내려갔고 준호는 본사로 올라와 끝발 좋은 그 자리를 꿰찬다.

불명예를 뒤집고 보란듯이 이렇게 본사로 멋지게 귀환한 뒤, 그런저런 회사의 구조 속에 어떤 모종의 귀띔이 있으리라 예상했지만, 6개월 동안이나 아무런 정보 없이 업무파악을 하며 꾀 많은 기본광고 건을 바쁘게 처리한 어느 날,

"어이-, 강 주임. 본사로 다시 왔는데 우리 얼굴 좀 봐야지? 업무용 승용차한대 새것으로 빼줄게."

뜬금없는 차량과 권 과장의 사내전화를 받는다.

"그래요? 차야 있는 거 쓰죠 뭐."

"대 광고미술기획주임이 인텔리로 바뀌었는데 당연히 차도 바꿔줘야지, 퇴근하고 있지? 종로다방에서 보자고."

유일하게 광고미술기획담당자는 주임으로서 승용차한대가 배정된다. 업자관리와, 전국에 깔려있는 회사의 제품광고물실태조사, 새로운 광고물설치장소 물색과 신규설치공사와 보수공사 등 감독에 필요하다. 기업의 광고는 판매촉진과 회사의 위상을 대변하고 제품을 고급화시키는데 기여한다.

해 저무는 종로거리, 인파의 발걸음도 퇴근시간 만큼은 가볍다. 담배연기 자욱한 종로다방으로 들어선다. 주변기업사원들의 명소인 종로다방은 인근기업들의 정보도 흘러나온다. 어느 회사 재원이 어떻고, 누가 부장으로 승진했으며, 하는 크고 작은 정보들이 귀를 닫아놓으면 귓밥을 후벼내면서 들어온다.

"어이- 여기야, 여기."

차량과 권 과장이 장식용 어항너머에서 손을 들고 알린다. 안으로 들어가자 입사동기 총무부 허 주임이 함께 있다.

허 주임이 악수를 청하며 말한다.

"반가우이 동기, 본사로 왔으니 우리 다시 뭉치자고, 그래, 적

성도 맞지 않는 지방에서 힘들었지?"

옆에서 권 과장의 한쪽다리바지를 걷어 올린 털이 새까만 종아리 털을 마담이 쓸어 만지며 익살을 떨고 있다.

"어머, 종아리에 웬 털이 이리 많아? 거긴 더 하겠네."

"그래? 우리 날 잡고 한번 볼래?"

권 과장 음기가 발동한다. 하지만 막상 그러지도 않으면서 그 시절 다방문화는 그렇게 꽃을 피웠다. 아슬아슬한 농담을 주고받으며 셀러리 맨들 더러는 하루 긴장과 노고를 그렇게 풀었다.

"마담, 우리 커피 줘야지."

허 주임이 주문하자 권 과장의 바지를 얼른 내리고 마담이 일어선다. 권 과장이 자세를 고쳐 앉고 마담으로부터 커피 잔이 놓아지자 잔을 들었다. 매상을 올리려고 마담은 자기가 마실 차는 항상 비싼 쌍화탕이다. 여우, 얄밉지만 얼굴도 예쁘고 애교가 그만이어서 그냥 봐준다.

다방이 성했던 그 시절에는 특유의 낭만이 있었다. 연인들의 만남의 장소였고 전시장소가 여의치 않는 화가들은 실내장식이 잘된 다방에서 개인전을 열었다. 문인들이 모여 문학을 예기했고 출구 벽에는 만나지 못한 연인에게 편지쪽지를 끼워 넣는 장치가 마련되어있다. 다방의 낭만이 발전하여 음악다방이 생기고, 충무로의 몇몇 꽤 괜찮은 음악다방에는 이름난 가수들의 미니콘서트도 있었다. 또 솜씨 능란한 DJ가 틀어주는 손님이 신청한 멋진 음악을 감상하며 연인과 커피를 마셨다.

권 과장이 입을 열었다.

"강 주임 말야, 지방으로 간지 석달도 안됐는데 급작스럽게 다시 본사로 오게된 이유 아직 모르지?"

"예상이야 하고 있지만 대표이사 결재가면 아직은 아무말씀 없이 호감의 눈빛만 주고, 누구의 귀띔이 없으니까 가닥을 잡을 수가 없고 일단 업무파악하면서 바쁘게 여러 광고물처리만 했지요."

"예상은 하고 있었다는 말이지? 역시 자네야. 정보를 기다리고 있었군."

"기다리고 있었지요. 영업부라인에서는 본래 관리부기획실출신이 뜬금없이 들어앉으니까 무시도 못하고 이상하게 제 눈치만 보고…… 씨팔, 외로운 늑대 같죠."

"대표이사가 인정할 만큼 자네머리는 정말 비상하구만, 관리이사에서 대표이사로 승진하자마자 우리가 사모님부름을 받았어. 그 개망나니동생 살길을 마련해보라는 거였지. 거기에서 자연히 매칭된 것이 자네를 다시 본사로 부르는 것이었고, 자네머리를 빌리자면 먼저 광고기획사를 만들어 자네가 오기전에 회사와 지정계약을 해놓는 것까지 우리임무는 바로 끝난 거야."

"나는 아직 끝나지 않았죠."

"무슨 말이지? 끝나지 않았다는 게?"

"경쟁상대로 영업이사사람으로 들여놓은 동종업자문제가 있잖습니까! 그 업자를 제거해야 할 과제가 남아 있잖아요. 저에겐 구체적인 귀띔도 아직 없었지만."

"햐-, 강 주임. 듣던 대로군. 설명할 필요가 없네. 거기까지 이미 갈파하고 있었군. 그럼 그걸 어떻게 할 텐가?"

"유사시에 그쪽을 제거할 수 있도록 비장의 칼날을 갈아놓고는 있어야죠. 나도 모르게 홀로 적진에 들어간 특전사공수요원 같은 존재가 되어있으니까……."

"뭐라고? 야-! 강 주임, 혀가 내둘러질 정도로 모든 본질을 꿰뚫고 있었다니 특전사출신다워, 강 주임 말 그대로 가감 없이 사모님에게 보고 하겠네. 역시 자네머리는 따를 사람이 없어. 건너 집는 게 혀가 내둘러질 정도로 정확해. 우리가 해야 할 말을 모두 해버리다니, 대표이사 의중을 궤 뚫어 보고 있었구만. 강 주임 신임하는 이유를 알겠어. 그럼, 이제 대표이사님말씀이 직접 있을 거야. 자네 의중을 떠보라는 사모님지시를 받고 오늘 자넬 부른 거라고. 강 주임 업무용승용차부터 새 걸로 빼주라는 것도 사모님 지시야. 명심하라고."

대표이사 사모가 동생일로 회사 일을 쥐락펴락한다.

본래 00그룹 방계회사인 서울본사는 그룹에서 따로 막 떨어져 나와 초기 인사편재가 대표이사 없이 관리이사라인과 영업이사라인으로 양분되어 있었다. 관리이사는 회사의 전반적인 관리책임자인 반면, 영업이사는 영업 분야 책임자로 대표이사자리를 두고 둘은 경쟁관계에 있었다. 관리부는 여러 부서에 머리로 일하는 대졸출신들로만 구성된 반면, 영업부는 간부급을 제외하고 대부분 대졸과 고졸출신들이 섞여 시장에서 뛴다. 다만 영업부에 유일한 대졸출신들로 구성된 광고미술기획과가 있고, 결재라인은 영업이사결재 후 관리이사결재까지 이루어져야하는 체재로 관리이사 쪽이 편재 상 우위에 있다.

관리이사와 영업이사 둘은 서로 대표이사자리를 넘보는 자리다. 그런데 관리이사에서 대표이사로 승진이 되자 당연한 것을 두고 영업이사 질투가 하늘을 찌른다. 거기에 승진된 대표이사가 능력도 없는 자신의 처남을 두 충복을 불러 얼른 광고기획사를 차리게 했다. 그리고 회사의 지정업소로 계약하고 지방으로 좇겨난 본래 미술전공자인 준호를 불러온다. 영업이사가 가만히 있을 리 없다. 외주를 줄 때 인척회사에 하청을 몰아주는 독점을 막고 하청물의 복수견적이 요구되는 원칙 하에 트집을 잡고 경쟁업체가 필요하다는 명분을 내세워 아랫사람에게 지시를 내려 자신의 사람으로 또 하나의 광고기획사를 지정해놓고 밀어올리는데 대표이사는 명분상 그걸 막을 수 없다.

지금이야 건물옥상에 대형빌보드에 대형전광판 영상광고로까지 기술이 발전했지만, 전공자입장에서 보는 7-80년대 양쪽 광고업자들의 수준은 옥외광고의 대형행사아취나 상점들의 간판을 붓으로 페인팅 하던 수준에서 변화된 레저간판에 폰트를 아크릴로 오려붙이는 정도다.

가장 직급이 높고 광고의 상위대접을 받는 것은 당시 네온사인 제작기술이다. 그런 두 업자의 틈바구니에서 영업이사와 대표이사의 눈치를 보며 광고물량도 똑 같이 나누어 줘야하는 불편이 따른다.

시대변화에 따라 광고의 대변화는 대형빌보드에 T·M을 포함한 상품이미지를 사진처럼 극사실로 그려내는 페인팅기술이 요구되는 시대로 상향되고 있다. 이를 따를 수 없는 하급 간판 쟁이 수준의 두 업자를 관리하는 고충 속에 여기에서 차량과 권과장으로부터 보고 받은 대표이사가 내린 암약의 직접명령이다.

대표이사의 충복들을 만난 후, 양쪽 기획사 월건(月建) 광고물 제작비지급품의 결재를 하면서, 대표이사는 영업이사 쪽 광고업자 결재내용은 하나하나 따지면서, 처남 결재 건은 전표의 내용도 보지 않는다. 그냥 단번에 결재사인을 해버린다.

그러면서 하는 말이,

"이봐, 강 주임. 내 처남 놈 말야. 그 녀석 건달출신인 거, 말 들어서 알고 있지? 자네가 하는 말 전해주더군, 그녀석 자리 잡을 때까지 자주 쫓아가 감독하면서 수주광고물 직접 그려주다시피 해야 해. 그리고 양쪽으로 수주가 되니까 수입이 적다고 만날 누나를 볶아대는데 퇴근하고 집에 가면 내가 못살겠어."

"영업이사님 눈살도 이만저만이 아닙니다."

"어려운거 내가 왜 모르겠나. 중간에서 힘들겠지."

"보통일이 아닙니다."

"그러겠지. 자넨 회사뿐 아니라 그룹에서도 천재로 소문난 사람이야. 자네가 오자마자 기획한 판촉광고물들이 시장에 뿌려지고서 디일러들 제품판매고가 바로 상승하는 효과를 가져왔어. 전에 없던 일이지. 이대로라면 다음 분기에 사원들 추가보너스 100% 지급도 가능해. 그 명석한 머리로 저쪽 광고사 속히 제거할 방법이 없을까? 듣기로는 비장의 칼날은 갈고 있다고 했지?"

이렇게 노골적인 대표이사의 요구로 골머리를 앓는다. 어떻든 기획한 광고수주는 되었으니까 마음을 놓지만 개망나니업자 녀석이 제대로 할지 모르겠다.

*

준호의 혼백은 다시 허공계로 온다. 그런저런 문제가 없는 시차가 없는 자유로운 세계다. 허공에 가득 찬 거대한 무지개빛깔 아래로 까마득한 검은 무지개바다가 보인다. 호기심에 쫓아내려간다. 화이트에서 블랙까지 회색의 중간색들로 이루어진 검은 무지개는 검은 귓것들 마당이다. 흉측하게 생긴 검은 영혼들이 몰려다닌다. 오페라영혼이 말한 허공 하층에, 살인자, 살생자, 악한, 악업으로 점철된 검은 영혼들이 거칠게 놀고 있다.

회색과 흑색의 무리들……,

검은 영혼들이 우르르 몰려와 공포감을 느낄 정도로 어지럽게 맴돌더니 준호의 영혼당체를 배구공처럼 이리 던지고 저리 던지며 깔깔댄다.

그 때,

"빨리 이쪽으로……."

송씨 영혼이 어느덧 나타나 준호의 영혼당체를 밀고 그곳을 벗어나면서 하는 말이,

"어디를 그리 함부로 쏘다니는 거요. 검은 영혼들은 피해야 합니다. 자칫 섞였다가는 그들을 따라 지옥으로 떨어지든지, 축생보로 몸을 받아 짐승으로 태어날 수도 있어요. 다시는 검은 영혼들이 노는 마당으로는 고개도 돌리지 말아요. 내가 미처

말씀을 못 드렸군요."

"무슨 말이지요?"

"아까 맨 먼저 당신을 괴롭힌 검은 영혼을 내가 잘 아는데 전생에 개고기장수였어요. 그래서 개들의 영혼이 노는 곳을 찾아다니더라고요. 왜냐면 개 한 마리 잡으면 근수를 달아 수입을 계산하고, 여름이면 보신탕난리가 나니까 또 수입을 계산하고, 나중에는 남의 집 개까지 도둑질로 잡아다가 팔아먹곤 했지요. 개를 다룰 때마다 개의 인자(因子)를 자연히 몸으로 흡수하게 되니까 중음 천에서도 개들의 영혼을 좇아다니게 되고, 결국 개들의 혼백이 윤회하는 길로 들어가 강아지로 태어나고 말지요. 그걸 전생업보(前生業報)라고 합니다."

"전생 업보?"

"네, 전생에 어떻게 살았느냐에 따라 후생이 결정된답니다. 전생업보를 따라 다시 태어나는 거지요. 그렇게 돌고 도는 것이 윤회의 세계이고 인과법칙(因果法則)인 거라오. 그래서 뭇 성현들은 내가 어떻게 다음 생에 태어날 것인가는 자신이 살아온 과정을 보면 안다고 했어요. 그래서 개장수 놈은 다음 생에 강아지로 태어나 나중에는 스스로 보신탕이 되는 거지요."

"네."

검은 영혼들을 피하라며 주의를 줬던 오페라영혼의 말이 상기된다.

4. 아라야식 (阿羅耶識)

만약 아라야식이(心) 없다면, 안(眼), 이(耳), 비(鼻), 설(舌), 신(身), 의(意), 육근(六根) 등 6식의 식체(識體)가 각각 달라 정신적인 혼란을 야기한다.

4

인간에게 선(善)과 악(惡)의 근원이 있다고 보는 유식학(唯識學)[1] 에서는 심리학적으로 인간의 선(善), 악(惡)을 구별한다. 그 목적은 악을 소멸하고 선을 증장하여 인간을 지혜롭게 진리의 문으로 인도하는데 있다. 이러한 유식학에 나타나는 심리학적인 분석 론을 인용하면 영혼설(靈魂設)과 윤회설(輪廻設)을 이해하는데 도움이 크다.

아라야식이라는 술어를 유식학에서는 쓴다. 이는 영혼(靈魂), 또는 혼령(魂靈), 심령(心靈)등으로 말할 수 있다. 이것들은 육체를 떠나서도 존재하며 심령활동의 원동력으로 생각되는 주체로, 말 그대로 신령하고 영통하며 잠재력을 가지고 인간생활을

1)유식학(唯識學派) : 인도 대승불교 한 학파의 이론으로 유식파라 한다. 수행방법으로 유가행, 즉 유가를 중요시 하여 유가행파(瑜伽行派)라고도 한다.

지배한다. 즉, 인간의 일상생활 속에서 항상 활용하고 있으면서도 그 당체를 알 수 없는 불가사의한 존재로 영(靈) 또는 영혼을 윤회도상의 주체로 쓰지만 이것을 아라야식(阿羅耶識), 또는 마음(心)이라고 한다. 그 심(心)은 선성과 악성으로 구별하고 악성을 정화하고 선성을 증장하여 절대선(絕對善)으로 회귀하고자 하는데 목적이 있다.

앞서 윤회의 주체는 영혼이라 했다. 윤회라는 전생설(轉生說)을 논하자면 깊고 심오하다. 유가사지론(瑜伽師地論)에 의하면 아라야식(心)을 생시(生時)와 사후(死後)주체로서, 또는 인과와 연기의 주체로서 설정하지 않으면 안 되는 이유는 팔종(八種)이 있기 때문이다. 즉, 유가사지론의 섭결택분(攝決擇分)에 의하면 인간의 사후문제 등 여덟 가지 문제와 다섯 종류의 윤회전생설(轉生說)은 인간의 생사문제를 명확히 해준다. 오직 아라야식의 자체만이 생시와 사후문제를 해결할 수 있다고 고증하고 있다. 모든 법의 종자(種子)를 갈무리하고 지각작용을 가능하게 하는 가장 근원적인 심층의식으로 과거의 인식, 경험, 행위, 학습 등에 의해 형성된 인상이나 잠재력을 말한다. 팔종 제 1에서 인간에게 아라야식(心)이 없다면 의지와(依止)와 집수(執受)가 불가능하다고 보며, 이것을 다시 다섯 가지로 분류하면,

그 5종 중

첫째, 아라야식은 전생의 선, 악, 등, 업인(業因)을 간직하고 업인은 미래의 결과에 대한 종자(種子/원인)로서 만약 이를 포섭하고 포장할 수 없다면 우리 육체의 결과에 대한 원인은 어디에 간직되느냐는 것이다. 하므로, 이 식의 중심이 되어 전생의 업종자를 간직하고, 또 업종자의 능력으로 현생의 여러 인연을 만나 그 인연으로 하여금 육체와 환경과 안식 등 정신의 심체를 발생하게 되며 새 출발이 가능할 수 있다.

둘째, 마음, 즉 심(心)이라는 아라야식이 있기 때문에 안식이나 6식의 정신 체와 작용도 선과 악 등, 모든 성질을 발생할 수 있게 된다.

셋째, 아라야식만이 선. 악에 치우치지 않고 선, 악의 업종자를 공정하게 받아들여 간직할 수 있다. 모든 심식의 체성은 이미 선, 악에 치우치는 번뇌성이 있는 성질(有覆性)과 단절이 있으므로, 아라야식과 같이 무부무기(無覆無記)의 종자와 다른 결과를 받게 하는 이숙(異熟)종자를 포장할만한 자격이 없다.

넷째, 안식 등 육식(六識)의 체성은 각각 다르기 때문에 어느

식도 총체로서 다른 식의 의지처가 될 수 없고, 오직 아라야식만이 모든 식(識/정신)의 의지처가 될 수 있을 뿐 아니라, 내외 모든 것을 받아들이고 유지시켜주는 주체가 된다.

다섯째, 아라야식은 모든 식의 뿌리와 같다는 의미에서 근본식이라 하고, 이 뿌리에서 가지가 돋는 것처럼 모든 지말식(枝末識)들이 동시에 발생(轉生)했다가 발생하지 않는(不轉) 등, 근본의 거처로 삼는다. 하지만 다른 식들은 여러 식의 의지처가 되지 못하는 과실이 있게 된다. 그러므로 이상과 같이 결점이 없는 아라야식만이 윤회의 자격을 구비하였다고 보는 것이다.

만약 아라야식이 없다면,

안식이나 모든 식의 작용을 유지시킬 수도 없거니와, 그 중에서도 의식 등이 과거의 일을 계획하거나 잘못을 반성할 줄도 모른다. 이와 같은 내심을 다른 사람에게 명확하게 설명할 수 없다. 우리 인간이 이와 같은 것이 가능한 것은 아라야식(心/Alaya vijnana)이 존재하기 때문이다.

만약 아라야식이 없다면,

안(眼), 이(耳), 비(鼻), 설(舌), 신(身), 의(意), 육근(五根) 등 6식의 식체(識體)가 각각 달라 정신적인 혼란을 야기한다. 또 육식은 꾸

준하지 못하므로 그 체성이 단절되어 영원한 생명체의 구실을 할 수 없다. 6식은 평소에 선행과 악행 등 여러 행동으로 미래의 인과응보를 초래하는 원인종자(原因種子)를 찰라 찰라 훈습할 수가 없다. 그리고 유루(有漏)와 무루(無漏)의 종자가 혼성하여 인과의 도리가 문란해지며, 과거, 현재, 미래의 시간에 구애됨이 없고, 간단없이 상속시켜주는 종자의 원리를 설명할 수 없다. 이와 같은 인과의 도리를 유지시켜 주고, 정신질서를 정립하는 것은 아라야식이 마음의 주체가 되기 때문이다.

만약 아라야식이 없다면,
중생 각자가 살고 있는 기세간(器世間)의 업과, 정신을 비롯하여 나(我)를 중심으로 이루어지는 아업(我業)과 환경에서 이루어지는 경업(境業)과, 중생이 의지하여 살고 있는 육체의 업이 되는 의업(依業)등 4종류의 업을 분별하여 설명할 수가 없다. 하므로 이와 같은 도리를 설명할 수 있고, 생각과 기억 등을 유지시킬 수 있는 것은 오직 아라야식이 있기 때문이다.

만약 아라야식이 없다면,
인간이 생각하고 사는 사려(思慮)가 있다가도 없고, 없다가도 있을 수 있는 도리가 불가능하다. 또한 수행하는 승려가 참선(參禪)을 할 때, 정(定)에 들어있거나 없거나 여러 가지 작용을 영수

(嶺受) 또는 보유할 수 가 없다.

만약 아라야식이 없다면,

참선하거나 정(定)에 들거나, 제 6 의식의 번뇌작용이 끊어진 무상정(無想定)과 제 말나식의 나쁜 오염(汚染性)이 끊어진 멸진정(滅盡定) 등 최고수행의 경지에 도달했을 때, 안식 등 전 5식(前 五識)은 물론 소승불교에서 생명체로 인정받고 있는 제 6 의식마저 그 활동이 자주 정지하고 만다. 이 때의 생명체는 무엇으로 대신하여 무엇이 유지시켜 주느냐가 문제가 된다. 하지만, 아라야식이 있기 때문에 그 정(定)의 경지에서 생명이 끊어지지 않고 또 마음이 육체에서 떠나지 않고 육체도 사신(死身)이 아니라, 생신(生身)으로 지속될 수 있다는 것이다. 해서 아라야식은 인정해야 한다고 주장한다.

만약 아라야식이 없다면,

우리가 사망할 때, 그 과정에서 상체(上體)나 혹은 하체(下體)로부터 차츰 숨져가며, 점차 냉촉(冷觸)할 수도 없고, 평소의 의식도 일시에 단절되어 의식이 불명하게 되어버린다. 하지만 우리가 사망할 때, 수족전체가 동시에 마비되고 시체로 변하거나, 의식이 불명하게 되지 않고 극히 일부에서부터 변화가 일어나 전체로 번지며, 정신상태가 흐려지거나 최후까지 남아있게 되는 것은 아라야식이 있기 때문이다.

더욱이 갑자기 졸도하였거나, 비상한 사고로 완전히 의식불명이 되었거나, 그리고 사망할 때에도 제 6 의식의 작용이 완전하게 단절되어 사람을 몰라보거나 또는 눈을 감고도 아직 생명이 유지되고 있는 것은 바로 제 8 아라야식이 최후까지 남아있다는 증거다.

*

송씨 영혼이 앞서 개장수영혼을 비유하여 윤회와 인과법칙을 말하면서 다시 말한다.

"지금까지 아라야식에 대한 논증을 여태 알았지요? 어떻든 우리는 왜 죽어야 하며 죽게 되면 어떻게 되는지 궁금할 겁니다."

"네, 어디, 더 좀, 설명해줄 수 없나요? 나는 모든 것이 생소해서 궁금한 게 한 두가지라야지요."

"네, 우리는 인간일 적에 삶에 대한 애착과 육체에 대한 애착이 가장 많았지요. 왜, 살면서 병이 들고 왜, 죽어야 하며, 죽고나면 어떻게 되는지 경론(經論)을 근거로 말해주리다."

"호! 당신은 30년 동안 이곳 중천을 헤매면서 삼계대도사(三界大道師)가 되었군요."

"그래요? 모든 물질(物質)에는 한 물체가 성립되고 일정기간 머물다가 파괴되며, 결국 공(空)으로 돌아가는 성(成), 주(住), 괴(壞), 공(空), 사상(四相)의 네 가지가 있습니다. 육체에는 태어나고 늙고 병들고, 죽는 생로병사(生老病死)가 있고, 정신적으로는 역시 좋은 생각과 나쁜 생각이 나타나고, 그 생각이 지속되며, 또 그 생각이 변화하며 없어지는 등 네 가지 모양 즉, 성(成), 주(住), 괴(壞), 공(空), 사상(四相)의 네 가지가 있음을 익히 말했듯이 이른바 그 무상 속에서 영원한 진리를 발견하거나, 또는 체험하지 못하고 오히려 가상(假相)인 무상 속에 휘말려 속고 사는 것이 대부분입니다."

"네."

"그것은 본래 어쩔 수 없이 과거로부터 무명(無明)에 의하여 업장을 많이 쌓고, 그 업장에 의하여 본래 지니고 있는 지혜와 무한한 가능성을 개발하지 못한 까닭이랍니다. 이를테면 지혜가 없기 때문에 그 진리를 쉽사리 발견할 수 없는 것이지요. 그래서 우리는 우리 인간의 몸도 업력에 얽매여 윤회하는 도중에 있는 것을 망각하여, 신체상 나타난 생로병사의 무상성임을 달관하지 못하고 취생몽사하는 윤회의 바퀴에 얽매여 살고 있는 것이랍니다."

"오- 그렇군요."

"네, 이렇게 무상 속에서 생사를 되풀이하는 주인공은 아라야식이며, 바로 당신 마음이기도 하지요. 이 식은 전생의 모든 업력을 싣고, 업력의 지시를 받아 삼계(三界)윤회를 하는 도중에 다행히 인간의 몸을 받게 된 거랍니다. 즉, 생의 인(因)의 발동에서 생(生)을 받아나는 것으로 이것을 인능변(因能變), 동시에 그 인의 세력(功能)으로 과보(人身)를 받게 되는 바, 이를 과능변(果能變)이라 하지요. 이 두 가지 능변에 대하여는 어려우니까, 다음 기회에 말하기로 하고, 그 과정만 말씀드린다면 인간의 육체가 변천하고 또 인간들이 생을 바꾸어 다시 나며, 윤회하는 것은 이숙(異熟)의 원리가 있다는 점이지요. 이숙이라는 말은 세 가지로 구분되는데, 제가 여기에서 알게 된 논전을 보면 이시이숙(異時而熟), 변이이숙(變異而熟), 이류이숙(異類而熟), 이렇게 세 가지가 있어요. 즉, 아라야식이 최초로 총체의 생명을 받아나면, 그 뒤에 여러 정신이 구성되고 육체가 구성되며, 그 구성된 정신과 육체는 태어나자마자 찰라찰라 변천하고 있는 것이 곧 이숙(而熟)의 뜻이랍니다."

"오- 깊이 들어갈수록 아라야식의 법리는 정말 영묘하군요."

"네, 다시 말하면 시간을 달리하여 변천하고, 공간적으로 육체와 물질이 다른 모습으로 변천하며, 종래 마지막 과보의 종류를 달리하여 변천하고, 성숙된다는 것이 중생의 현실이지요. 이것은 우리의 몸이 태어나면 시간적으로나 공간적으로 부단히 변천하여 몸을 바꾸어 다른 몸을 받아 다시 태어난다는 말과 상통하는 것이랍니다."

이 때. 준호의 당체에 이상한 현상이 일어난다. 없는 육신의 가슴에 불안과 충격이 몰려온다. 송씨 영혼에게 양해를 구한다.

"아- 잠깐, 내 당체가 이상하게 불안한데 잠깐 다녀오리다."

"그래요? 당신빛깔이 갑자기 이상하군요."

*

시야에 병실복도가 보인다. 많은 의사와 간호사들이 오가고 뚱뚱한 간호사가 담당의를 화급히 데리고 가면서 말한다. 흰 가운자락을 펄럭이며 담당의가 뒤 따르고 살찐 오리처럼 뒤뚱거리는 간호사가 바쁘게 앞서간다. 책임 있게 하는 것을 보면 아마 수간호사 일게다.

"영안실로 가야 하는 환자가 이상해요. 보호자가 하도 애원을 하길래 다른 병실환자가 쓰고 남은 링겔바늘을 굳은 팔뚝에 겨우 꽂아놓고 왔는데 여섯시간이 지나면 굳어야 할 신체가 굳지를 않았는지 조금 남은 링겔이 글쎄, 살 속으로 모두 들어갔지 뭐예요."

"그래? 응급실에서 오진했나? 차트를 보면 의학적으로는 분명히 사망인데."

병실로 들어온 담당의가 눈을 까고 펜라이트로 한참동안 불빛을 비춰도 보고 콧구멍 속도 들여다보더니 가망이 없는지 고개를 가로 젓는다.

노모가 말한다.

"의사선생, 내 아이 죽지 않았어. 잘 좀 살펴봐, 지금 자고 있다고, 자고 있어."

"할머니, 걱정하지 마세요. 지금 보고 있어요."

담당의가 바늘을 찔렀던 팔뚝을 주물러 보더니 침대가 내려앉을 정도로 육신가슴을 푹푹 짓누른다. 가슴을 짓누르면 침대 깊숙이 몸뚱이가 절반이나 접어졌다가 올라올 정도로 심하게 눌러댄다. 준호의 육신은 아무 반응이 없다. 조급한 표정의 의사가 간호사에게 지시한다.

"여섯시간이 지나면 사지부터 굳는데 신체변화가 전혀 없어. 충격기 가져와 봐."

굴러가듯이 밖으로 나간 간호사가 바퀴가 달린 무슨 기계를 밀고 들어오고, 전선이 연결된 앉은뱅이 다리미 같은 것으로 가슴을 눌렀다가 떼기를 반복한다. 간호사는 기계에 켜진 빨간 바늘이 움직이는지 바라보지만 바늘은 미동도 없다. 저렇게 죽은 육신을 가지고 의사가 땀을 흘리며 아무리 요잡을 떨어도 정작 육신덩어리의 주인으로서 애착을 느끼지 못하는 것은 망자(亡者)로서 자연스러운 체념이지만, 곁에서 자식을 바라보는 애 닳는 노모의 표정에 준호의 혼백은 가슴이 아리다.

그는 다시 찰나에 회사를 간다. 대표이사 처남 박 사장이 광고물수주를 받으려고 불려왔고. 응접의자에 앉아 미스터 백의 지시를 받고 있다.

"박 사장님, 이거 결재된 광고물인데 제작 할 수 있겠어요? 나는 잘 모르지만 덩치가 아주 큰 껀 인데……."

기획물도안을 펼쳐 보이며 미스터 백이 그에게 묻는다.

"설명을 들었으면 좋겠는데……강 주임님 안계시나요?"

"결근하셨는데 연락이 없어요. 무슨 일 있나 봐요."

그 녀석은 영문으로 표기된 전문용어의 뜻도 모른다. 하나에서 열까지 손에 쥐어주며 일을 시켰던 터여서 강 주임이 눈에 보이지 않으므로 가타부타 자신 있게 말도 못한다.

미스터 백 또한 자신의 업무가 아니어서 자세한 설명을 해줄 수도 없다. 강 주임은 뚜렷한 전공을 가지고 옥내외광고와 TV 광고까지 기획해서 배우를 섭외하고 촬영할 때 감독이 되기도 하지만, 그는 유치원생들 견학을 유치해서 영사기를 돌려 제품 생산현장 영화를 보여주고, 현장견학과 돌아갈 때 준호가 만든 예쁜 판촉광고물을 선물하거나 하는 단순 업무다. 하므로 그는 대표이사에게 과장이 혼나니까 건네만 줄 뿐이다.

"해야지요. 작업지시서 주세요. 설 연휴 끝나는 대로 바로 작업하지요."

하고 책처럼 묶은 사양서 뭉치와 발주서를 엉거주춤 받아가지만, 강 주임이 없고서는 어떤 자재를 어떻게 써야 할지, 광고면 철판을 3mm짜리로 써도 되는지, 영문표기 뜻도 몰라 그 녀석은 불안하다. 면적에 따라 철판두께를 정하는 비율계산법을 알려주었지만 초등학교셈본실력도 따르지 못하는 정말 멍청이다.

또 그 녀석은 시각을 다투는 광고물설치를 눈앞에 두고 책임감도 없이 사라지는 녀석이다.

그러니까, 월드컵세계축구대회가 열리면 경기장관중석 밑으로 여러 기업들의 광고물이 설치된다. 중계하는 TV카메라에 잘 잡히는 메인 석을 차지하려는 기업들의 경쟁이 피가 튄다. 하지만 회사가 거액을 지원하였으므로 광고물 위치는 당연히 메인석이다. 그 위치는 수비가 뽈 대 코앞에서 공격수와 다투는 장면을 담으려고 카메라를 고정시킨 황금위치다.

TV앞에서 시선을 고정시킨 시청자들은 격정의 장면을 보면서 상품광고이미지가 시각을 통해 두뇌 속으로 마약처럼 주입되어도 멍청해서 그걸 모른다. 그러다가 어느 싯점, 어느 장소에서 자신도 모르게 의식 속에 잠재되어있던 그 상품광고 이미지가 저절로 떠오른다.

그러면 그 멍청이가,

"가만 있자. 그게 뭐더라? 응! 여보, 퇴근하고 집에 올 때 그거 좀 사와요."

"그거라니?"

"있잖아요. 브라질하고 축구할 때, 있잖아요. 저-."

"아! 그거? 알았어. 알았어."

그거? 그것이 바로 그것이다.

"이봐, 거시기 있지? 그거 좀 사와."

"응, 거시기? 알았어요."

하는 것과 똑같이 된다. 거시기는 하려는 말이 떠오르지 않을 때 쓰는 군말로 거시기라는 말 하나로 천하가 움직이고 만법이 통용된다.

아내의 말에 축구경기중계를 같이 본 남편의 머리에서는 축구공을 따라가다가 뽈 대 앞에서 멈추면, 관중석 아래로 뺑 둘러진 여러 회사의 제품광고이미지가 스치면서 가장 오래 비쳤던 광고이미지에서 의식이 딱 멈춘다. 순간 스치는 이 과정은 슬로우비디오로 늘려본 것으로, 아내가 말하는 그것의 광고를 기억해내는 프로세스가 그렇다. 이렇게 해서 처음 그 상품을 한번 사다 쓰면 평생 그것만 사다 쓴다. 해외여행 때 꼭 챙기는 사람도 있다. 같이 여행을 간 친구들이 그걸 보고 돌아와서는 보란듯이 자기도 그걸 산다. 사는 것으로 끝나지 않고 여행을 같이 간 친구들에게 전화를 해서 그것을 열개나 샀다고 자랑까지 한다.

부유층의 심리다. 아예 아파트베란다에 쟁여 놓고 쓴다. 그것이 음료수라면 평생 그 음료수만 박스로 사다 마신다. 그러면 그 상품은 회사의 주력상품으로 자리 잡고, 그 상품하나가 회사를 대기업으로 성장시켜 추가 보너스도 자주나오고, 직원가족들을 먹여 살린다. 이후 다른 상품까지 그 회사거라면 무조건 산다. 광고심리학에 접근한 고차원적인 광고수단이다.

그래서, 상품 T·M 광고물을 축구장으로 옮겼는지 확인차 전화를 했지만 여직원이 제대로 대답도 못한다. 사장이 어디를 갔는지 모른다는 말에 비상이 걸릴 수밖에 없다. 지금 쯤 광고물이 축구장메인자리에 가있어야 한다.

차를 몰고 쫓아간다. 작업장을 둘러보고 사무실로 올라간다. 광고물은 트럭에 실려 있어야 하지만 바닥에 자빠져 있고, 트럭은 마당구석에 처박혀있다. 사장이 없으니까 일은 하지 않고 한쪽귀퉁이에서 직원들이 머리를 맞대고 한 점에 백 원짜리 고스돕 화투에 넋이 나가 있다가 화들짝 화투판담요를 뒤집고 모두 일어선다. 이곳에서 강 주임은 그들의 킬러다.

왜냐면, 밥거리를 공급해주고 광고물이 잘못되면 대표이사처남이라는 것도 의식하지 않고 재사용을 하지 못하도록 망치로 때려 부셔도 대들지도 못할 정도의 존재니까……

고질적인 갑 질은 아니다.

“사장 어디 갔어요?”

하고 묻자 모두가 머뭇머뭇 당황한다.

“사장 어디 갔는지 묻잖아요.”

서로 눈치를 보더니 그 중 하나가 겨우 말한다.

“저, 카바레에…….”

“뭐? 대낮에 카바레?”

“…….”

“빨리 찾아와요. 어디 카바레야?”

“강남, 캬……바레.”

“뭐? 강남……까지, 간 거야? 이거 미치겠구먼”

“오늘 가수 남진이 출연한다고…….”

“영업이사 지정광고업자 따돌리고 수주를 해준 건데. 박 사장 속 차리기는 틀렸구먼…… 뭐? 남진이 출연한다고? 남진이?”

하고 귀에 들어온 남진이 출연하다는 말에 약간의 긍정과 놀람을 보이자,

“네. 남진이 출연하는 날이래요.”

주눅이 들었던 표정이 바뀌더니 유명한 남진이 출연하므로 그 정도는 이해할 수 있지 않느냐는 듯이 당당하게 말하지만,

“남진 같은 소리하네. 당장 광고물 차에 싣고 모두 따라와요.”

당장 가보고 싶다. 하지만 준호는 꾹 참는다. 이렇게 직접 나서야 할 때가 한두 번이 아니다. 그러면서 대표이사 처남인 그 녀석과 미운 정부터 들어간다. 나중에 알아봤더니 종업원들이 지시를 받아놓고 백 원짜리 고스톱에 빠져 그 중요한 일을 망치고 있었다.

그렇게 일 년이 지나서다. 그동안 그 녀석은 여러 번 식사와 술자리를 권했지만 거절해온 터다. 그 녀석은 걸핏하면 누나를 찾아가 경쟁업체 쪽과 수주가 나누어지므로 수입이 적다고 늘 하소연을 했다. 그러고서 대표이사가 퇴근하면 그 녀석의 누나가 동생일로 매번 이렇게 바가지를 긁는다.

"강 주임 좀 달래 봐요. 동생 놈 잘 좀 보살피라고. 강 주임만 오면 영업이사가 들여세운 업자도 털어내고 그런다더니 소식도 없고, 천재라면서……."

"강 주임 말 안 해도 밑작업 하고 있을 거니까, 처남 놈 보고 접대 한번 크게 하라고 해. 거, 돈 아끼지 말고 오입도 좀 시켜주고……."

"뭐라고요? 오입? 오입까지 시켜줘요?"

아차! 말을 하다 보니 사회에서 금기할 말을 내뱉고 말았다. 슬며시 눈치를 보며 어영구영 얼버무린다.

"강 주임 그런 거 받아드릴 사람은 아냐. 하지만 큰 사업 할려면 그만한 게 없어. 사회가 그래. 사회가……."

"원 참, 기가 막혀. 사회핑계는…… 알았어요. 동생 놈이 그러는데 지난번에 접대 좀 하려고 말씀 드리니까 이렇게 말하면서 거절하더래요."

동생일이어서 사모는 더는 따지지 않는다. 하지만 잦은 출장에 접대 받는 일이 많은 것도 늘 의심스럽다. '뭐? 사회가 그래?' 동생일이 끝나고 출장이나 접대를 하거나 받거나 하게 되면 이제부터 꼭 뒷조사를 해봐야겠다고 가슴에 똬리를 틀어놓는다. 실인즉 걸리는 게 있는 대표이사는 그 말을 해놓고 곁눈질로 눈치를 보면서 슬며시 묻는다. 옛날 일을 들춰내 큰소리를 칠까봐 약간 쫄아 붙어있다.

"뭐라고……."

"강 주임님 오늘은 저녁식사 하고서 술 한 잔 합시다. 과장님 모시고 과원들 모두 데리고 나오세요. 그러니까 강 주임 하는 말이, '나 없어도 제대로 일할 줄 알면 그 때 합시다.' 그러더래요."

"거봐, 강 주임 그런 사람이야. 확실하게 밥 먹고 살도록 쫀쫀하게 가르치는구먼. 제대로 하게 해놓고 저쪽을 털어내려는 거겠지, 그 사람 머리를 믿고 있어봐."

이렇게 말하면서 걸리는 것 하나가 들통날까봐 화장실 가는 척 마누라 눈치 속을 슬그머니 빠져나온다. 그것도 그럴 것이, 젊은 시절 그룹기획실에서 중책을 맡고 지방으로 순회감사차 출장을 갔다가 하부지점장에게 성접대를 받으면서 쓰고 남은 콘돔을 버리고 올 일이지, 멍청하게 열개짜리케이스 채 무심코 신사복안주머니에 넣어뒀다가 퇴근하고 집으로 들어오면 벗어주는 양복을 받아든 아내에게 용코로 들킨 적이 있었다.

그 일을 잊었는지 다시 꺼내지 않는 것이 다행이다. 물론 그 때, '살겠네, 못살겠네,' 아우성 끝에,

"그놈의 회사 때려치지 않으려면 당장 갈라서요."

그런 곤욕이 없었다. 빌어먹을…….

*

준호의 혼백은 송씨 영혼을 다시 만난다. 그 영혼이 묻는다.

"아까 당신 영혼빛깔이 요동을 치더구먼 무슨 일 있었소? 지금 당신빛깔은 다시 전처럼 영롱해졌군요."

"아니요. 별일은…… 의사가 내 가슴을 계속 짓누르는 걸 보고 왔지요. 아무짝에도 쓸모없어진 육신덩어리를 나중에는 전깃줄이 달린 납작한 앉은뱅이다리미 같은 걸로 가슴을 막 지지기도 하더군요."

"오- 당신을 다시 현생으로 불러들일 작업을 했군요."

"그런가 봐요. 그런데 옆에서 애타는 노모를 보니까 가슴이 찢어질 듯 아프더군요."

"당연하지요, 우리 영혼세계에서는 구천을 헤매면서도 혈육들을 걱정하고 구천에서도 자식이 우는소리를 듣는 답니다. 어머니들은 자식이 배가 고프다고 하면, 자다가도 밥을 해먹였잖아요? 그게 부모지요. 그러니 구천에서도 자식우는소리를 듣는 거지요."

"그래요? 그러면 우는 자식을 도울 수 있는 방법은 없나요? 아직 어린자식하나를 두고 왔는데."

"왜, 없겠어요. 물론 있지요. 우리 영혼들은 무한능력을 가지고 있어요. 그 능력을 발휘해서 위험에 처한 인간세상의 자식을 도울 수 있는 방법이 얼마든지 있답니다. 이런 말이 있잖아요? '참! 귀신이 곡할 노릇이구만……."

"네, 들어봤지요."

"인간의 힘으로 안 될 불가사의한 일이 해결되었을 때 나오는 말이지요. 우리 영혼들이 인간 세상에 두고 온 자식들을 도울 수 있는 기회가 한번씩 온답니다."

"그게 어느 때 인가요?"

"네, 알려드리지요. 인간이 태어날 때 누구나 태어난 생년(生年), 생월(生月), 생일(生日), 생시(生時)가 구성됩니다. 즉, 이것이 타고난 사주팔자(四柱八字)지요. 사주팔자는 공평하게 누구나 가지고 태어나는 것으로 이것은 평생 길흉을 지배합니다. 사주팔자를 벗어날 수 없는 것이 인간이고, 사주 중에 태어난 날인 일주(日柱)를 중심으로 다른 것들을 대조하고 조율하며 살아갑니다. 육십갑자는 모두 음(陰)과 양(陽)으로 구성되고, 서로 상생(相生)하기도 하고 상극(相剋)하면서 상생작용이 잘되는 사주를 가지면 잘살기도 하지만, 상극을 당하면 힘든 일이 생기지요."

"아! 네."

"우주만물이 오행육갑과 음양오행 원리에 의하여 자기만의 고유한 기를 받고 태어납니다. 인간도 마찬가지로, 금(金), 목(木), 수(水), 화(火), 토(土)의 기운 중에 이로운 기를 만나면 몸도 건강하고 운세가 좋아 부귀하지만, 맞지 않는 기를 만나면 운이 좋을 수가 없고, 매사 막히고 실패를 거듭하다가 심지어 죽기까지 한답니다. 좋아지는 것은 상생(相生)작용이고, 나빠지는 것은 상극(相剋)작용이지요. 그 음양의 조화를 누구도 벗어날 수 없답니다."

"그럼, 나도 그 작용에 의해서 여기를 온 건가요?"

"그렇지요. 당신은 영민한 질문을 참 잘하는군요. 음양오행의 원리는 무한능력을 가지고 있는데, 사주팔자는 천간(天干)과 지지(地支) 상·하로 구성되고, 천간은 운명의 20%, 지지는 80%를 지배합니다. 당신의 사주일주 천간이 갑(甲)이라면 그 갑과 다른 자(字)가 또 갑이라면 이것을 비견(比肩)이라 합니다. 해서, 갑이 갑년이 되면 운명으로는 이사. 분리, 이별을 뜻하므로 이사를 하게 되거나 직장에서는 자리를 옮기고, 같이 살던 사람과의 이별이 있지요. 그 반대로 옛날사람을 다시 만나기도 하는데, 비견운이 왔을 때 파살(波殺)이 중첩되면 타인과의 소송시비가 일어나기도 하지요."

"그럼 아까 말씀하셨듯이 인간세상의 자식은 어떻게 도울 수가 있나요?"

"네, 이야기가 잠깐 다른 방향으로 흘러갔지만 지금까지 말씀드린 것을 먼저 이해하셔야 합니다. 두고 온 자식하나가 걸리는 모양이군요."

"네, 그걸 말씀해주셔야 장차 제 자식을 돕지요."

"네, 10 천간(天干) 갑(甲)·을(乙)·병(丙)·정(丁)·무(戊)·기(己)·경(庚)·신(辛)·임(壬)·계(癸)와 12지지(支地) 자(子)·축(丑)·인(寅)·묘(卯)·진(辰)·사(巳)·오(午)·미(未)·신(申)·유(酉)·술(戌)·해(亥)를 당신의 사주(四柱)중 일주(日柱) 천간과 대조해서 잡는 것이 육친(六親)인데, 육친은 비견(比肩)·겁재(劫財)·편관(編官)·정관(正官)·편재(編財)·정재(正財)·식신(食神)·상관(傷官)·편인(編印)·인수(印綬)로 분개합니다. 모두 설명하자면 비견은 아까 말했고. 겁재는 재물을 겁하는 것이어서 손재가 있고, 편인은 예술의 별, 인수(印綬)는 여러 내용이 복합되어있지만 어머니를 뜻하는 자애로운 것으로, 우리 어머니들은 자식에 대한 애정이 깊지요. 그래서 인

수 운이 들어오는 대운이나 해(年)에는 우리 영혼들이 두고 온 자식을 도울 수 있는 기회가 된답니다. 이 시기에 어머니의 마음으로 도울 수 있게 되는 거지요."

"그럼, 그 시기를 어떻게 영혼세계에서 알게 되지요?"

"네, 자연스럽게 자식에게 갖는 관심이 커지고 좋은 기운을 가지고 자손을 찾게 되지요. 역서(易書)가 인수(印綬)를 설명하는 것을 보면, 인수운을 만나면 선조의 현몽과 신비한 조상신의 가호를 받고. 조상의 가호로 어려운 일들이 거짓말처럼 모두 해소되는가 하면, 직장인은 영전하고 재산이 증식되는 등, 생각하지도 못한 어려운 일들이 풀린답니다. 정말 불가사의한 어려운 일이 귀신이 곡할 정도로 풀리는 거지요."

"그럼 자식의 인수 운을 명심해야 하겠군요."

"아무렴요. 제가 본 일례를 말씀드리면, 제가 잘 아는 영혼하나가 있었는데, 당신처럼 자손걱정을 늘 하던 영혼이었어요. 그 자식이 늘 걸려서 윤회를 못하고 있다가 자식의 결정적인 기회에 얼른 인수기운을 잔뜩 퍼부어 주고서 중음 계를 비로소 떠났지요. 그 자손은 이태리에서 성악까지 전공하고 돌아왔지만 겨우 어느 2년제 지방전문대학교수로 자존심 상하며 몸을 붙이고 있으면서 늘 국립대학교수로 가기를 원했지요. 그러다가 서울 어느 국립대학 성악전공음악교수를 뽑는 광고를 보고 서류를 냈는데, 경쟁자들이 모두 서울대, 고려대출신들로 모두 자신처럼 해외 유학자들인데다가 자신은 지방대출신이어서 아예 포기를 했나봐요. 그들과 경쟁상대가 되지 않고, 하도 폭폭해서 어느 주역가를 찾았더니 주역가가 말하기를, 당신은 조상의 가호로 필시 큰 뜻을 이룰 것이라며 조상 공이라도 한번 올려주라고 권했지요. 그 조상은 일찍 돌아가신 부친이였나본데, 고향으로 내려가 부친묘소를 다녀와 공을 올렸고, 결과에는 쟁쟁한 상대들을 물리치고 돈 한 푼도 쓰지 않고 당당하게 서울 국립대학교수로 가게 되었지 뭡니까. 그 뒤 나는 그 교수가 궁금해서 나중에 찾아보았는데, 유명한 성악가가 되고 오페라단을 만들어 이름을 크게 날리고 있더군요. 음악계의 큰 문화상도 받고……."

"오-! 그런가요?"

"불가사의한 일이 플린거지요. 월등한 경력을 소유한 서울대, 고려대출신들 입장에서는 돈까지 몽땅 썼는데 정말 귀신이 곡할 노릇이었지요. 그게 인수운(印綬運)이랍니다. 그런가 하면 고달픔에 지친 자식이 때 아닌 때에 묘소를 찾아와 하소연을 하기도 하지만, 심지어 점집무당을 찾아가 조상을 불러들이잖아요. 이때 무한능력을 가진 우리가 어떻게 하라고 무당을 통해 일러주기도 하고 자식을 돕게 되지요. 그래서 자식이 인수 운을 만나면 만사가 형통한답니다. 만약 대운 단위(10년)에서 인수운을 만나면 10년 동안이나 도울 수 있고 그러면 큰 부자가 되지요.

어떤 영혼은 자식주변을 항상 맴돌면서 늘 도와주는 영혼도 보았어요. 자식이 물을 건너면 얼른 돌다리도 만들어 준답니다. 그래서 물에 빠져도 자식이 살아나는 거지요."

"그래요? 그럼 당신이 말하는 것을 명심해두었다가 아예 어린 자식에게 찰싹 달라붙어 커가는 것을 늘 봐야 하겠군요."

"뭐라고요? 찰싹 달라붙다니, 그러지 마세요. 오히려 방해가 될 수 있어요. 이런 말이 있잖아요. 어떤 사람이 하도 되는 일이 없어서 무당을 찾아 갔더니 하는 말이,

'붙어 다니는 조상귀신하나가 있어서 되는 일이 없다.' 고……

그러니까 운명적으로 우리가 도울 수 있는 운이 왔을 때 자연스럽게 도와줘야 합니다. 아무 때나 가서 끼웃거리지도 마세요. 애처롭다고 자손한테 자꾸 붙어있으면 자식이 왜 되는 일이 없는지 알아요?"

"모르지요."

"누구나 타고 태어난 사주팔자(四柱八字)에서 음양오행의 상생과 상극작용을 하면서 사는데. 괜히 도와준답시고 당신 영혼이 찰싹 달라붙어 있으면 자식의 사주오행에서 상생을 오히려 막게 되고 당신 영혼인자로 오히려 사주가 분잡해져서 되는 일이 없답니다. 명심하세요."

5. 무속 (巫俗)

과학이 발달하는 현대문명 속에서도 나약한 인간의 마음바닥에 영혼세계를 은연 중 믿고 있는 한, 점집과 무당은 결코 없어지지 않는다.

5

"무속 말이 나왔으니까 묻는 건데, 무당들은 어떻게 구천을 헤매는 조상을 불러들여 점괘를 내지요?"

앞서 두고 온 자식을 도울 수 있다는 송씨 영혼에게 지청구를 먹고 다시 묻는다.

"하! 이제는 정곡을 찔러 묻는군요. 당신이 말하는 본질을 말하기 전에 알아둘 중요한 것이 있어요. 먼저 인간의 중음신은 무한능력을 가지고 있다고 말씀 드렸었지요?"

"네, 그랬지요."

"중유의 영혼들은 생전에 지은 업력이 심히 빨라져 인간으로서는 상상할 수 없는 불가사의한 초능력적인 힘을 발휘한다고 했지요?"

"네, 그랬지요."

"그럼, 영혼들은 어떠한 물체에도 구애됨이 없이 통과하고, 아무리 먼 곳도 볼 수 있으며, 또 자신이 미래에 태어날 곳도 그 업에 따라 스스로 볼 수 있다고 해주신 말도 기억합니까?"

"네, 그렇지만 자세한 설명은 없었지요. 들을 기회도 없었고요."

"그럼 잘 들으세요. 중유영혼들의 무한능력은 범불교에서는 진정한 선(禪)으로 여기지 않는 외도선(外道禪)의 능력이 있는데, 외도 선에는 육통(六通)이 있지요. 즉 육통은 천리를 볼 수 있는 천안통(天眼通), 그리고 들을 수 있는 천이통(天耳通)과, 무슨 마음을 먹고 있는지 알아내는 타심통(他心通), 장차 운명을 알아보는 숙명통(宿命通)과 아무리 먼 곳도 찰나에 몸을 옮기는 신족통(神足通)까지 오통인데, 여기에 누진통(漏盡通)을 가하여 육통이 됩니다. 이것은 불교의 정법(正法), 진정한 선(禪) 세계에서는 어디까지나 외도선(外道禪)이라는 것을 재삼 강조하지만, 여하튼 불가사의한 이러한 능력이 있기 때문에 무당들이 자신의 몸에 접신한 조상신의 힘을 빌어 점괘를 내는 거랍니다. 반대급부로 무당에게 접신한 영혼은 무당이 굿을 할 때마다 차린 음식 향으로 배를 불리지요. 어차피 윤회를 못하는 배고픈 잡귀니까 그렇게 얻어먹으며 자신의 당체를 유지한답니다."

"호-! 그래요?"

"네, 그리고 방금 말씀드린 천안통(天眼通), 천이통(天耳通), 타심통(他心通), 숙명통(宿命通), 신족통(神足通), 누진통(漏盡通) 등, 육신통(六神通)에 대하여는 바르게 아셔야 하므로 다음 기회에 더 말씀드리지요."

"네, 그러면 그 전에 제가 윤회를 해버리면 귀한 말씀을 듣지 못하겠군요."

"당신이 빠른 윤회가 된다면 그것이 우선이지요. 그리고 중음천 영혼들은 내생의 몸을 속히 받아가려고 애를 쓰지만 전생여한이 많아 집착이 강해서 그 업력의 방해를 받으면 생처 인연을 만나지 못하고 방황합니다. 떠돌아다니면서 구천잡귀로 헤매지요. 육신이 필요한데 그것을 견디지 못하면 살아있는 후손의 몸을 의지 처로 삼아 아주 들어앉으려는 속성이 있어요. 그런 영혼들은 후손하나를 선택하게 되는데 본인의사와는 관계없이 고통을 주지요. 잔인한 거지요."

"어떻게요?"

"네, 일단 접신을 시도해서 후손의 몸으로 들어앉으면 그 후손의 오행육기가 난잡해져서 되는 일이 없고, 시름시름 아프기도 하고, 몇날며칠 신병(神病)을 앓기도 하다가 병원을 찾지만 의학적 원인도 나오지 않고 시달리지요. 그러다가 한 무당을 찾게 되면 무당은 무한능력을 가진 자신의 조상영혼이 이르는대로 앞서 말씀드린 육통(六通) 중 타심통(他心通)과 숙명통(宿命通)을 동원하여 운명을 말해주지요. 괘상은 백발백중 맞아 떨어지고, 무당의 권유에 종래 신 내림 굿으로 자신의 몸에 몸 주신으로 아주 들어앉히고 무당 길을 가지요. 그렇게 되기까지 그 사람은 견딜 수 없는 파란을 겪는 답니다. 따지면 불쌍하지요."

"아- 무섭군요."

"그렇게 조상신의 신 내림을 받는 과정에서 맨 먼저 건드려지는 것은 부부관계랍니다."

"네? 그건 무슨 말이지요?"

"네, 그 과정은 이렇답니다. 영혼은 음(陰)으로 오행 중, 수(水)에 속하고, 접신되는 곳은 수(水)와 수(水)가 상합(相合)하는 신체 중 음부(陰部/자궁)로 접신을 하지요. 그렇게 상합하면 음부에 수기(水氣)가 왕성해져서 왕성해진 수기(水氣)는 위로 솟아 수극화(水剋火)현상을 일으키지요. 즉, 넘치는 수(水)가 심장인 화(火)를 치는 겁니다. 그러면서 조상귀신이 들어앉으면 먼저 밤에 남편이 무섭기까지 합니다. 몸이 닿기만 해도 진저리가 쳐지고, 남편이 싫어지기 시작하지요. 신체적으로는 화(火)에 속하는 심장이 두근거리고, 심장병현상으로 힘이 빠지거나 어깨를 뭔가가 짓누르는 고통과 몸이 가라앉는 증상이 반복되는 지경에 며칠 동안을 굶어도 음식을 먹을 수 없고 시달리지만, 병리학적으로는 정상입니다. 한방에서 진맥을 해도 신맥(神脈)이 중첩되어 잡히지가 않지요. 사람 잡지요. 이정도 단계를 거치면 선무당이 되어

괜히 다른 사람을 보면 그 사람에게 닥친 일이 눈에 보이고, 묻지도 않았는데 입이 근질거려서 한마디 하지요. 하는 말이."

"네. 말씀해 보세요."

"어젯밤 집에 도둑 들었구먼? 도둑놈들이 놋그릇까지 모조리 털어갔네? 하고 눈으로 본 듯이 말하면. 그 사람이 깜짝 놀라며 말하지요."

"뭐라고 물어요?"

"네, 이렇게 되지요. 아이갸? 그걸 어떻게 알았어? 신 들렸어? 어젯밤 우리 집에 도둑 들었어. 어떻게 해야지?"

"찾아 줄까? 아랫동네 고사목너머 엿 집으로 가봐."

"엿 집? 알았어. 지서에 신고부터 해야겠네."

"그러면서 즉시 삼거리지서에 신고하면 지서장은 차석과 막 부임한 애송이 순경하나와 자전거를 타고 쫓아가 엿집을 급습합니다. 시치미를 떼고 한참 갯엿을 만드느라 두터운 흰엿 뭉치가닥을 기둥에 후려치고 있던 쥔 네가 화들짝 놀라, 팔에 감긴 엿 뭉치에서 팔을 빼고 도망치려다가 차석손아귀에 덜썩 덜미가 잡혀 수갑이 채워지고, 엿을 담은 리어카를 끌고 엿 팔러 나가려던 엿장수들이 왕가위도 내던지고 밖으로 튀려다가 애송이 순경이 호각을 불며 그들을 잡아들입니다. 지서장은 뒷짐을 지고 집안 뒷쪽 창고 포대 속에 담긴 놋그릇을 모조리 찾아냅니다. 놋그릇이나 구리종류는 고물 값으로는 최고지요. 그 바람에 진급까지 해서 차석은 지서장이 되고 지서장은 본서로 영전하는 기쁨을 누리지요. 이렇게 되자 선무당은 아예 정식으로 신 내림을 받고, 버젓이 신당도 차리고 점집을 알리려고 대나무 장대에 빨간 깃발도 세웁니다. 영험하다고 소문이 나서 돈 대신 곡식자루를 머리에 이고 이 동네 저 동네 아낙들이 점을 치려고 몰려들고, 소문이 멀리 퍼져 기차를 타고 오는 사람도 있답니다. 유명해진 선무당은 나중에는 소리꾼에게 육자배기 회심가(回心歌), 백발가(白髮歌)에 왕생가(往生歌)는 물론, 신을 부르는 신장전대축사문 소리공부도 배워 굿판도 벌이고 굿을 할 때마다 무당법사들도 여러 명을 고용하지요. 까닭없이 아프던 몸도 그 뒤부터는 언제 그랬냐는 듯이 아프지도 않고 가볍게 된답니다."

"무당 속도 어찌 그리 잘 아시나요?"

"네, 그렇게 된답니다. 점괘를 낼 때를 보면, 찾아온 손님에게 생년월일시를 먼저 묻지요. 그러면 손님이,

'올 해 마흔살 정월 초닷새 저녁 개밥줄 때' 태어났다고 말해 줍니다. 그 순간 무당의 머릿속에는 영혼계의 빠른 시간에 손님이 겪고 있는 일이 눈에 보이거나, 자신도 모르게 불쑥 터져 나오는 염력의 말이 소스라칠 정도로 맞아 떨어지지요."

"어떻게요?"

"서방놈 바람피우누먼? 고거 땜에 살까 말까 하는구먼? 그래서 왔지?"

"그려, 그려. 그 놈 땜에 내가 죽고 말지 못 살것어. 그년은 얼매나 기다려야 떨어진대야."

"서방 탓 아녀. 귀신바람 펴. 굿하면 떨어져."

"그러고서 굿날을 잡고 굿을 해주는데 정말 그년이 떨어지지요. 그렇게 된 후로는 자신에게 틀어 앉은 조상귀신의 아라야식(心)이 덮어 씌워져 변덕이 심해지고 몸에 틀어앉은 주신의 마음과 본 마음이 분잡하여 남편과도 결코 못살 지경까지 가게 되지요. 그런가하면 군대를 제대하고 9급 공무원시험에 합격하여 면서기가 된 남편이, 장차 면장까지 꿈꾸는데 창피해서 더는 못 살겠다며 내쫓아버리는 차에, 굿판에 썼던 은연중 눈이 맞은 법사하나와 먼 곳으로 출행낭을 쳐 점집을 차린 무당도 있지요. 여하든 무당팔자가 좋은 사람이 드물지요. 학술적으로 무당은 귀신을 섬겨 굿을 하고 길흉화복을 점치는 일에 종사하는 여자를 말합니다."

"그럼, 박수무당은 그러한 과정을 겪은 남자무당을 말하나요?."

"호-! 아주 영민한 질문이군요. 맞아요. 말이 나왔으니까 말하는데 세습무당이란 말은 들어봤나요?"

"네, 말씀해 보세요."

"네. 한번 틀어 앉은 영혼은 무당의 몸에 평생 붙어있지 못합니다. 나이가 들면 한계가 오고 한계가 오면 점괘도 자꾸 빗나가고 어머니의 주신이 거반 여식의 몸으로 세습되는데 여러 자손 중 사주에 주로 진(辰), 술(戌), 축(丑), 미(未)가 좌충우돌 혼재되어있거나 신기운이 있는 사주를 가진 여식에게 틀어 앉는데 그런 경우 어머니로부터 제의를 학습하고 무당 길을 가지요."

"제가 알기로는 무당을 중심으로 민간에게 전승되어온 풍속으로 무속(巫俗)이 우리나라 민간신앙 중에서 가장 확고한 신앙체계를 이루고 있는 것으로 알고 있는데."

"당신의 영혼빛깔이 영롱한 만큼이나 가만히 보면 영민한 질문을 잘하는군요. 제가 속으로 놀랠 정도로 당신은 영민합니다. 말귀도 참 잘 알아들어요."

"그래요? 고맙습니다."

"네, 진심입니다. 허투루 하는 말이 아니에요. 그러면 더 설명해 드리지요. 당신은 정말 영민하니까……."

"네, 감사합니다."

"종교적 민간신앙이라고 할 만큼 무속의 신앙체계를 들여다보면, 불교와 버금가는 경문이 존재한다는 거죠. 물론. 유사한 불교의 경문을 인용하기도 하지만, 신앙체계를 이루는 무속의 경문에서 해동율경집(海東律經集)을 보면 신을 불러들이는 경문인 신장전대축사라는 것이 있고, 굿을 할 때는 불교에서 먼저 천수경(千手經)을 게송하듯 굿판도량을 깨끗이 하는 부정경(不淨經)부터 시작하지요. 불교의식과 유사한 점이 많고, 불교적 신앙체계와 거의 같기 때문에 민간신앙으로 자리를 잡은 거지요."

“나는, 어머님을 따라 어느 절간을 따라갔다가 스님의 천수경을 들어본 적이 있는데, 굿판에서 쓰는 부정경을 당신은 대체 알고나 말씀하시는 겁니까? 지금?”

“뭐라고요? 모르면서 아는 체 하는 것 같나요?”

“아뇨, 그냥 내용을 알고 싶어서…….”

“그럼, 처음부터 그렇게 말해야지. 왜 갑자기 비꼬고 따지듯 말하는 거죠? 부정경(不淨經)은 여러 가지 나쁜 부정을 막고 소멸하여 도량을 청청하게 하는 뜻인데 내용이야 좋은 경문이지요. 내 한번 게송해 보리다. 내가 모를까봐 당신이 의심하고 있으니까…….”

그러면서 송 씨 영혼이 팔언절구 부정경 첫 구절을 게송한다.

천상부정지하부정 (天上不淨地下不淨)
원가부정근가부정 (遠家不淨近家不淨)
대문부정중문부정 (大門不淨中門不淨)
계견부정우마부정 (鷄犬不淨牛馬不淨)
금석부정수화부정 (金石不淨水火不淨)

“이렇게 다섯 구절만 들려드리지요. 하늘과 땅과 집안의 모든 것을 깨끗이 한다는 뜻이야말로 내용은 참 좋지요. 이렇게 먼저 도량을 청정하게 하고서 굿을 시작한답니다.”

"참, 당신은 정말 여러 가지 알아줘야 할 영혼이군요."

"그리고 본래 칠성신앙이나. 산신신앙은 우리의 토속민간신앙으로 그것 말고도 모두 열거하면 변소에는 측신(厠神), 부엌에는 조왕신(竈王神), 우물에는 정신(井神), 장독에는 천룡신(天龍神), 거기에 산신(山神), 칠성(七星), 용왕(龍王), 현왕(現王), 무수하게 많은 이러한 신(神)들이 하나의 전(殿)이나 각(閣)에 단(壇)을 형성하고, 나중에는 처처신상(處處神像)으로 사사봉신(事事奉神)되어왔지요. 우리 어머니들은 천룡신인 장독에 정안수를 올리고 타향으로 나간 자식을 위해 기도했고, 부뚜막에는 사발에 정안수를 올리고 조왕신에게 빌었답니다. 이러한 자연신앙은 불타이전 중국과 인도, 기타 여러나라 인민들의 귀의와 존경을 받아온 성신(聖神)들로 존재해왔지요. 하지만 불타탄생 후에는 부처의 위대한 정신력과 무적(無敵)의 자비심에 감화되어 교화된 불자(佛子)가 되어 불법(佛法)의 유통과 옹호를 맹세한 성중(聖衆)들이 되었답니다. 그러니까 불교가 들어오기 전부터 존재해왔지요. 때문에 불교가 들어오면서 이것들을 받아 들였고, 이것은 티벧 라마불교가 몽골에 들어오면서 몽골자연신앙을 받아들인 것과 같답니다. 방금 말하는 산신이나 칠성신앙은 일종의 자연신앙으로 자연신앙의 뿌리는 고대 몽골자연신앙에서 찾아볼 수 있답니다. 태고부터 몽골사람들은 생활 깊숙이 자연신앙이 자리를 잡고 있는데 자연물 전체를 대상으로 하지요. 그러니까, 돌이나. 바위, 대지, 산, 하늘의 별 등, 어떤 특수한 형태를 가진 것들은 모두 자연신앙의 대상이 되었지요. 이러한 변천과정을 요약하여 한가지로 말할 수는 없어요. 자연신앙의 원초적인 형태는 페티시즘(Fetisism), 즉 물신(物神)신앙이지요. 자연물 그자체가 초자연적인 힘을 가지며 마법적인 힘을 가지고 있다고 믿는 신앙의 원초적인 형태로 봅니다."

"네, 자연신앙에 깊은 이론이 존재하는군요."

"그래요, 당신의 영혼은 영민한 만큼이나 제 말귀를 참 잘 알아들어서 편한데, 멍청한 영혼들은 알아듣지를 못해 아예 입다물고 일러주지도 않는 답니다. 어떻게 되든지 신경도 안 써요. 귀한 말만 시집보내는 꼴이지요."

"저에게 칭찬을 너무 많이 해주시는 군요."

"아-! 당신은 자격이 있어요. 다시 더 일러드리지요. 우리의 무속에서 옛적에 성황당을 지나는 길손들이 그곳에 돌을 던지고 기원을 했듯이 몽골어워 역시, 그 곳에 돌을 던지고 세바퀴를 돌며 소원을 기원하지요. 물론 몽골의 어워에는 기둥자리에 오방색 천을 감고 늘어뜨린 것처럼, 우리의 성황당 고목나무에 오방색 천을 감거나 매달아 놓고, 무당들이 성황당에서 굿판을 벌렸지요. 그렇게 세월이 갈수록 던진 돌들이 쌓여있는데, 몽골어워 역시 똑 같답니다. 성황당 굿판을 지금 우리는 보기 힘들지만, 몽골은 21세기인 지금까지 어워에서 굿하는 모습을 볼 수 있답니다. 물론 아무 때나 하는 것은 아니고 우리의 불교나 무속에서 길일(吉日)을 택해서 하듯이, 몽골어워굿 역시 같답니다. 그래서 우리 무속의 근복적 뿌리가 몽골에 있다고 보는 거지요. 즉, 성황당의 뿌리는 몽골의 어워라 할 수 있지요. 그들도 우리처럼 오행육갑(五行六甲)을 따져 굿하는 날을 정하는 것을 보면, 갑자(甲子), 갑술(甲戌), 갑진(甲辰), 갑인(甲寅), 기사(己巳), 경오(庚午)날 외에 19 길일 중 택하는데, 이 또한 우리 무속에서 정하는 길일과 똑같답니다. 몽골 어워 굿판에는 여섯 살 애 무당부터 70순 무녀와 박수무당까지 모두 나와 굿을 하지요. 정말 볼만하답니다."

"호! 당신은 언제 그곳도 가봤나요? 생전에 가봤나요?"

"아뇨, 중음 천에서 가봤지요."

"하기야…… 중음천을 30년 동안 싸돌아다니면서 별아 별 것을 다 보았겠군요."

"네, 칭찬하는 건가요?"

"칭찬이고말고요. 만약 중음세계에 영혼대학이 있다면 당신은 세계민속학박사학위도 진작 따서 교수가 되었을 테고, 종래 영혼대학총장도 되고도 남았지요."

"지나친 칭찬이지만 하시는 말씀은 감사합니다."

"참, 아까 말씀 중에 잡귀라는 말을 썼는데, 혹 제가 잡귀가 될지를 몰라 걱정이 됩니다."

"원- 걱정하시기는…… 당신은 정색도 맑고, 아직 장례식도 하지 않은 영혼이잖아요. 잡귀(雜鬼)라는 말을 확대해석하면 애착심이 너무 강하거나 원한 관계가 많은 잡된 귀신을 말할 수 있어요. 주로 굶주리고 목이 마른 기갈(飢渴)고통이 많은 영혼들이지요. 그래서 불교는 이런 영혼들을 위해 천도재를 지내주기도 하지요. 이런 잡귀들은 아무데나 정착하려고 하고, 공연히 후손의 몸에 틀어 앉으면 그 후손은 되는 일이 없고 까닭 없이 몸이 아프답니다. 책주귀신(嘖主鬼神)이 된 거지요. 책주귀신 영가를 위한 천도 재를 지내는데, 불교문헌에는 이것을 구병시식이라고 합니다. 이런 잡귀는 모두 아귀도(餓鬼道)에 속하죠. 원한이 있으면 원한을 풀고, 아득하고 망망한 구천을 고혼으로 이리저리 헤매면서 오랜 세월 떠돌아도 생처를 만나지 못하고 굶주리면서 떠돌아다니는 책주귀신들을 관세음보살과 비증보살이 베푸는 자비로운 가피로 좋은 세계로 가서 태어나도록 축원을 하는 것이 구병시식의 요지랍니다. 그래서 불교에서 수륙제(水陸祭)나 다른 제사를 지낼 때, 주인 없이 떠도는 애혼(哀魂)들을 꼭 챙겨서 천도하는 축원을 반드시 해준답니다. 그리고……."

하고서 뜸을 들인다.

"그리고? 또 하실 말씀이 있나요?."

"있지요. 무당 촌을 가면 거개가 무당집에 댓잎이 붙은 대나무를 높이 세워놓은 걸 보았을 겁니다. 앞서 귀신은 오행으로 수(水)에 속한다고 말했지요? 수(水)와 수는 상합하는 논리에서 즉, 귀신은 수(水)이므로, 오행 수(水)에 속하는 대나무를 타고 들어옵니다. 그래서 무당들이 신당을 차리면 대나무를 세우지요. 소나무가 화(火)에 속한다면 대나무는 수(水)에 속하지요. 또 신력(神力)을 강하게 받고자 흐르는 천(川/水)을 끼고 신당들이 군락을 이루고, 굿을 하면서 신을 접신시키는 신대 역시 댓잎이 붙은 대나무 살 가지를 세워놓는 거랍니다."

"오라-! 그래서 대부분 천변장터를 끼고 점집이 많은 이유가 그래서인가요?"

"그렇답니다. 갈수록 과학이 발달하는 현대문명 속에서도 나약한 인간의 마음바닥에 영혼세계를 은연중 믿고 있는 한, 점집과 무당은 결코 없어지지 않을 겁니다."

6. 육신통
(六神通)

영혼들은 어떠한 물체에도 걸림 없이 통과하며(신족통神足通), 아무리 먼 곳이나 또 자신이 미래에 태어날 곳도 그 업에 따라 스스로 볼 수 있다(천안통天眼通).

6

"영혼들은 어떠한 물체에도 걸림 없이 통과하며(신족통神足通), 아무리 먼 곳이나 또 자신이 미래에 태어날 곳도 그 업에 따라 스스로 볼 수 있다(천안통天眼通)는 언질을 무속을 말하면서 설명해 주었는데, 무속을 설명하고자 깊은 내용을 말씀드릴 수 없었지요, 이 모두는 범불교적인 입장에서 보는 육신통에 속하는데 좀더 깊고 바르게 아셔야만 어디를 가도 말할 수 있답니다."

"네."

송씨 영혼이 지닌 영혼세계의 해박한 지식은 무궁무진하다.

"말씀드리지요. 내가 아는 바로는 물론 오랜 세월 헤매면서 보고들은 것도 있지만, 어떤 기회에 논전이나 기록을 보게 되고 그것들과 중음 천 체험을 근거로 말씀드립니다. 또 아주 영민한 당신의 영혼은 제가 어떤 말을 토해 내도 모조리 알아듣고 심중에 담아놓는 능력을 가졌어요"

"칭찬인가요?"

"칭찬이지요. 하기야 전생에 예술가 영혼들은 대체적으로 영민하지요. 자, 그럼 인간의 초능력과 육신통을 말씀해 드리지요."

그러니까, 송씨 영혼이 말하는 이론을 열거하자면 이렇다. 무한한 가능성과 지혜와 모든 것을 새롭게 창조할 수 있는 존재는 인간이다. 여기에 불교의 천안통이나 천이통, 그리고 신족통 등, 여섯 가지의 예를 대입하여 인간의 가능성을 살펴볼 수 있다. 이러한 내용을 심령학적인 설명과 비유를 든 사람은 과거 불교학자였던 윤주일 선생의 『불교강설(佛敎講說)』 224쪽을 인용하면,

현대의 심령학자들이 말하는 일종의 독심술이나 염사술(念寫術)같은 것은, 일종의 식광(識光)에 불과하며 일시적인 타인의 심리를 촌탁(忖度: 헤아려 아는 것)하는데, 다소 도움이 될지 모르지만 불타의 타심통(他心通)으로 맑은 거울 속에 물상을 보는 것과 같이 분명하지는 못할 것이다.

라고 정의했다. 이와 같이 불교에서 말하는 수행인의 경지는 더더욱 무궁한 경지가 있고, 타심통을 포함한 육신통의 이야기가 그것이며, 즉, 육심통은 심령학적인 초능력을 불교적으로 이해시키는데 아주 적절한 내용을 지니고 있다. 이는 바로 마음의 번뇌생활에서 수도를 통하여 청정한 보살(普薩)의 지혜를 증득하므로서 나타난다. 신통(神通)의 뜻은, 즉, 신(神)은 그 내용이 신묘하여 감히 그 경지를 알기 어렵다는 뜻이며 통(通)은 어떠한 장애도 받지 않는다는 뜻이다.

육신통(六神通/Saclabhivah)은 부처와 보살의 수양의 힘, 이를테면 정혜(定慧)의 힘에 의하여 나타나는 현상으로. 장아함경(長阿含經) 제 9에 이르기를, 천이통증(天耳通證), 천안통증,(天眼通證), 신족통증(神足通證), 지타심통증(知他心通證), 숙명통증(宿命通證), 누진통증(漏盡通證)이 육신통의 이름으로, 또 다른 구사론(俱舍論) 제 27에는 뜻은 같으나 이름을 달리하는 내용이 있다. 그리고 보살은 누진통을 제외하고 5통만을 증득할 수 있고, 오직 불타만이 육신통을 모두 구족한다고 구사론은 설파한다.

또 구사론에 범부의 중생도 부지런히 수행하면 5통(五通)을 얻을 수 있다고 기록된 것을 보면, 우리 범부들도 5통을 구족할 수 있는 가능성이 얼마든지 있다. 그리고 6신통의 순서를 밝히고 있는 것은 대지도론(大智度論)으로, 제일 먼저 천안통을 증득하게 되어 있다. 천안통으로 중생의 이모저모 모든 것을 보게 되고, 천이통으로 들을 뿐 아니라, 상대방의 속마음을 아는 타심통과, 과거를 알 수 있는 숙명통을 구하고, 마지막 마음의 병을 치료하고자 누진통을 구한다고 하였다. 그러면 6신통을 심령학에서 말하는 이야기와 비교하여 항목을 지어 설명해 보면,

1, 천안통(天眼通)

유형무형의 모든 일체를 볼 수 있는 천안통은 천안으로서 삼계(三界) 가운데 욕계(欲界), 색계(色界)의 두 세계에 존재하는 물질의 모든 색처(色處)를 관조하고, 그 실상을 실증할 수 있는 통력(通力)을 가진 심안(心眼)을 일컫는다.

이 눈(眼)은 지(地), 수(水), 화(火), 풍(風), 사대(四大)로 구성되는 물질의 내면에 존재하는 청정한 본색을 보며 지옥(地獄), 아귀(餓鬼), 축생(畜生), 천도(天道), 인도(人道), 아수라(阿修羅) 등, 육도(六道)의 중생계와 자기와 타인에게 존재하는 모든 물체와 먼 곳이나 가까운 곳, 그리고 크고 작은 일체를 능히 관조할 수 있다. 또 천안은 정려(靜慮)를 바탕으로 영혼의 정색(淨色)의 사대로 조성된 안근(眼根), 안식이 의지할 기관을 이미 증득한 가운데서 나타나는 자재(自在)한 눈이다.

천안은 죽은 사람의 영혼과 살아있는 사람의 모든 것을 볼 수

있고 중생들의 마음까지도 보는 것이다. 천안을 증득한 불타의 제자 아나율 존자는 33천(天)에 불타가 계시는 것을 천안으로 알아내기도 했고, 천안으로 33천을 두루 관찰하다가 일 유순이 떨어진 곳에 바위에 앉아있는 불타를 보았다.

2. 천이통(天耳通)

심령학에서 영청(clair-audiece)이라는 말이 있다. 이것은 보통사람에게는 들리지 않는 소리를 마음대로 들을 수 있는 신통한 청력의 경지를 말하는 것으로, 천성(天聲)이나 신의 소리를 마음대로 들을 수 있는 경지를 뜻한다. 종교계에서는 하늘에서 천사의 소리를 들었다는 기록이 많고, 불교에서 나타난 예를 들어보면 유명한 유식학자(唯識學者)인 남인도 달라비다(Dravida/達羅毘荼)국에서 태어난 호법논사(護法論師)는, 그가 열반할 때 하늘에서 풍악이 슬피 울리며 현겁(現劫)의 일불(一佛)이라고 외친 소리를 대중들이 들었다고 기록되어 있다고 한다.

따라서 천리안을 설명할 때, 참으로 자신의 지혜가 밝아 육성이외의 소리를 들으려면 수행을 부지런히 쌓아 이식(耳識)의 번뇌가 소멸될 때 가능(修得)하다. 이를테면 가상의 소리(假聲)가 아니라 참되고 청정한 소리(淨眞聲)를 접할 수 있는 경지를 터득할 수 가 있다. 이와 같이 여러 현상이 마음(識)의 변화로부터 나타나는 것으로, 이를 정화하여 바른 소리를 듣게 하는 것이 수행이다. 하므로 천이(天耳)란 천이가 의지하는 이근(耳根)은 천이의 기관으로, 즉, 의지처가 청청한 지(地), 수(水), 화(火), 풍(風), 4대로 조성되어 있고, 이에 의지하여 청정한 소리를 듣는 것이 천이(天耳)다. 또 천이통은 천이지통(天耳智通), 또는 천이통증이라 칭하기도 한다.

3, 타심통(他心通)

불가사의한 능력을 지니고 있는 것이 사람의 마음이며, 때문에 온갖 지혜와 신통력을 발휘한다. 작다고 보면 한없이 작은 존재지만, 또 크다면 한없이 크다고 볼 수 있다. 하여, 심령학에서는 독심술(讀心術)과 염력(念力)의 위력을 주목하고, 또 사람의 불가사의한 염력이 나는 새도 떨어뜨린다는데 주목을 끈다.

심령학에서 말하는 독심술은 타인의 마음을 읽는다는 것이 그리 쉬운 일은 아니나. 그것이 전혀 불가능한 것은 아니다.

사념(思念)전달, 이를테면 자신의 생각을 먼 곳에 있는 사람에게 전하는 경우, 이는 영혼과의 교신이 아니라 살아있는 인간 사이에서 행해지는 염력의 전달을 일컫는다. 여기에서 말해두고자 하는 것은 심령학에서 사념전달을 이심전심(以心傳心)이라는 말을 비유로서 예를 들고 있지만, 이심전심의 본 뜻은 부처와 가섭존자와의 사이에서 오고갔던 무루심(無漏心)의 경지다.

무루 심은 번뇌로 인하여 장애가 많은 분별의 속심(俗心)에서 나타나는 염력이 아니라, 자유롭고 집착이 없는 멸진정(滅盡定)의 경지이기 때문에 독심술이나 사념전달 같은 속심에서 나타나는 생각과는 구별 된다.

심(心)은 본래 이름이나 상태가 없는 것이어서, 마음을 눈으로 보거나 상태로서 내놓을 수 없지만, 부지런히 수도하여 심지(心智/심안)를 구득하면 어떤 생각을 가지고 있는지, 타인의 마음을 알 수 있다. 때문에 현재 인간의 선과 악을 논하고 마음의 현상이 어떠하다는 경전의 내용을 믿고 따를 뿐이지만, 적어도 제 8지 보살이상의 성인들은 성지(聖智)로써 중생들의 번뇌심 등을 관찰할 수 있다는 것으로, 이러한 경지를 타심통의 경지라 할 수 있다. 이는 종교적 신앙의 힘으로 정신을 집중하고 유아적인(有我的)인 마음의 상태를 초월하여 망상이 없는 절대의 심상(心相)인 무념무상에 도달한 무아의 경지라야 가능하다.

4, 숙명통(宿命通)

숙명통이라는 말이 있다. 이것을 숙주통(宿住通), 또는 숙주수념지증통(宿住隨念智證通)이라고 말하는데, 과거에 있었던 무량한 일들을 모두 안다는 것으로 일생 또는 삼십 생 내지 천만생(千萬生) 살아온 일까지 모두 안다는 것이다. 그러니까 숙명이라는 뜻은 숙세의 명수(命數)이며. 통(通)은 모든 것을 알 수 있는 묘지(妙智)를 의미한다. 이와 같은 숙명통은 수행의 힘에 의하여 축적되는 염력(念力)에서 나타나고, 이러한 염력이 증가함에 따라 과거세에 살았던 욕계(慾界)와 색계(色界)를 관찰할 수 있게 된다. 이처럼 숙명통을 증득하면 여러 생 살아온 일들을 알 수 있고, 심안(心眼)이 밝아지면 금생뿐 아니라 전생의 일까지도 모두 알 수 있다는 것이며, 천상세계의 천인들도 어디에서 어떻게 그 곳에 출생하게 되었는가를 알 수 있다고 하였다.

5, 신족통(神足通)

신족통은 신체를 자유자재하게 행할 수 있다는 뜻으로 신족통은 신통(身通), 신여의통(身如意通), 혹은 여의족통(如意足通)으로 부르지만 모두 같은 뜻이다. 누구나 정념(正念)으로 수행하면 무한한 가능성이 발휘되어 뜻대로 허공을 비행할 수도 있고, 자유자재하게 모든 환경과 물체를 변화하여 나타낼 수 있는 통력(通力)을 말한다.

기록에 의하면 신족통을 세 가지로 분류하여 설명한다. 그 내용을 보면, 그 중 운신(運身)은 몸을 날려 허공에 비행하는데 마치 새와 같고, 무애 자재하기가 나르는 신선(飛仙)과 같다는 것이다. 승해(勝解)는 멀리 있으면서 무엇이나 가까이서 보고 아는 것과 같고, 인간계에서 해와 달을 손으로 만지며 색구경선천(色究

竟天)까지도 마음대로 왔다 갔다 한다는 것이다. 세 번 째로 의세(意勢)는 색(色/빛깔)과 성(聲/소리)과 향(香/냄새), 그리고 미(味/맛)와 촉(觸/촉감) 등, 물질과 정신의 모든 것(法)이 설사 부정(不淨)할지라도 이를 맑고 깨끗하게 할 수 있다. 또 색계천(色界天)에도 마음대로 몸을 나투어 갈수도 있으며, 신족통은 여기에서 사라졌다가 다른 곳에서 나타나는 전변술(轉變術)을 부리기도 한다.

6. 누진통(漏盡通)

누진통은 지금까지 말한 5통 중에 가장 훌륭한 내용을 지니고 있다. 누진통의 해설을 보면 누(漏)라는 말은 눈, 귀, 코, 입과 몸과 마음까지 육근(六根)의 문으로 누설(漏泄)된다는 뜻이다.

물론, 선(善)한 마음도 육근을 통하여 누설될 수 있기 때문에 악한 마음과 나쁜 것들이 누설된다는 뜻에서 번뇌라고 한다. 즉, 번뇌가 육근을 통하여 누설하고 있기 때문에 죄업을 짓고, 그 죄업으로 악한 과보를 받게 될 뿐 아니라 평소에도 마음을 어지럽히고 나아가 수도하는 마음을 방해하고 파괴하는 역할까지도 한다. 때문에 구도하는 수행자에게 최대의 적은 번뇌다. 번뇌는 모든 중생을 고통으로 끌고 들어가는 원인이 된다.

해서, 도(道)를 구하는 수행자는 이 번뇌인 누(漏)를 없애가며 정진한다. 번뇌를 정화하면 마음이 청정해지고, 마음이 청정해지면 그 마음의 체에서 밝은 지혜가 나타난다. 다시 어필하면 루(漏)가 있는 유루심(有漏心)을 정화하여 누가 없는 무루심(無漏心)으로 전환하는 것이다. 이것을 다시 비교하면 유루심은 범부의 마음이고, 무루심은 성인의 마음이다.

7. 영혼의 출생

육근종자를 지닌 인연 깊은 미세한 영혼빛깔이 난자나 정자에 결집하여 자궁에 탁태하면 바로 여자는 임신을 한다. 즉, 난자 + 정자 + 영혼(六根)이 결집하면 생명하나가 잉태하며. 이 현상을 삼위일체라고 하는 어원으로 볼 수 있다.

7

“삼위일체(三位一體)라는 말은 들어 보았나요?”

송씨 영혼이 묻는다.

“흔히 쓰는 말이지만 어떻게 파생된 말인지 어원(語原)은 모릅니다.”

“그건 본래 중음세계의 말로 승가(僧家)를 통해 세상에 알려졌다고도 합니다. 삼위일체(三位一體)를 통하여 영혼이 인간으로 출생하는 과정을 오늘 보여드리려고 합니다. 그래서 밤이 되면 저와 갈 곳이 있어요. 영혼이 인간으로 어떻게 출생하게 되는지 그 현장을 함께 보는 거지요.”

“아주 귀한 것을 보게 되었군요.”

중음 천에 밤이 왔다. 송씨 영혼을 따라 인간계로 내려간다. 그와 간 곳은 젊은 부부가 잠자는 방이다. 수많은 영혼들이 방안 공간에 가득 차있다. 그 영혼들이 빛을 발하며 바쁘게 떠다닌다.

송씨 영혼이 말한다.

"지금 몰려온 저 많은 영혼들은 젊은 두 부부가 성행위를 하기를 기다리는 중이지요."

"왜, 그러지요?"

"인간의 몸을 받아 출생하려는 거지요. 두 부부가 몸을 섞게 되면 남자의 정자와 여자의 난자가 헤엄쳐 갈 수 있는 정액바다가 만들어집니다. 정액 속을 유영하는 정자와 난자는 서로 다른 성분을 지니고 있고, 수많은 영혼들이 난자나 정자에 결집하려고 경쟁을 하지만 향기로 식사가 되고 다시 태어날 생처의 향기를 찾아 다시 태어나는 건달바(健達婆/Gandarva)논리에 따라 전생 업력에 인연이 가장 깊고 향기를 맡은 영혼이 난자나 정자에 결집을 하여 인간의 몸으로 출생하려는 거랍니다. 이 때, 안(眼)·이(耳)·비(鼻)·설(舌)·신(身)·의(意)·육근(五根), 즉, 안근(眼根), 이근(耳根)·비근(鼻根)·설근(舌根)·신근(身根)·의근(意根), 육근종자를 지닌 인연 깊은 미세한 영혼빛깔이 난자나 정자에 결집하여 자궁에 탁태하면 바로 여자는 임신을 합니다. 즉, 1위 난자 + 2위 정자 + 3위 영혼(六根)이 결집하면 생명하나가 잉태하게 되지요. 이 현상을 본래 삼위일체라고 하는 어원으로 볼 수 있고, 일설로는 영혼빛깔이 난자에 결집하면 역(易)으로 사내아이가 되고, 정자에 결집하면 음(陰)으로 바뀌어 여자아이가 된답니다. 신체의 구조가 되는 안(眼)·이(耳)·비(鼻)·설(舌)·신(身)·의(意), 육근(六根)종자가 없이 난자와 정자의 결집은 이루어지지 않지요. 그건 불임현상이지요."

"그래요? 금시초문의 말씀이군요."

"이것은 축생도 똑 같답니다. 그리고 자궁안에서 여자아이로 태어 날 영혼은 음(陰)이어서 형상(水)부터 만들어지고, 사내아이로 태어날 영혼은 양(陽)이어서 골상(骨象/木)의 형태부터 형성되는데 이렇게 음, 양이 결정되는 기간은 3개월이 걸립니다. 그리고 결정이 되면 산모는 이것을 알게 됩니다."

"어떻게 알게 되나요?"

"산모가 입덧을 하게 되지요. 그것은 한 인간으로 태어나기 위해 태반인 자궁내벽에 완벽하게 태아가 자리를 잡았다는 신체의 신호인 거지요."

이 때, 샤워를 마친 부부가 이불 속으로 들어가 서로 애정 표현을 하며 애무를 시작 한다. 혼백들이 바빠진다. 부부의 동작이 격렬해질수록 수많은 영혼들이 방안 공간에서 영롱하게 빛을 발하기 시작한다.

섹스의 경지가 깊어지고 드디어 근문(根門)이 열리고 정액이 분사되며 정액바다가 만들어진다. 개구리알 속에서 갓 나온 앙증맞은 올챙이 같은 미세한 정자하나가 맹렬하게 난자를 향해 S자로 헤엄치며 돌진한다. 아주 날렵한 영혼빛깔들이 그 뒤를 따른다. 어떤 영혼은 정자를 향하고 어떤 영혼은 인연 따라 난자로 향한다.

이때 송씨 영혼이 화급히 말한다.

"앗! 빨리 이 쪽으로 나와요. 우리는 인연이 안 되는데 방해가 되잖아요."

재빠른 영혼빛깔하나가 난자와 결집하는 정자에 합일(合一)하면서 삼위일체에 성공한다. 영혼빛깔 속 신체의 구조가 되는 육근(六根)종자가 들어감으로써 인간의 몸으로 다시 태어나게 된다.

"방금 결집한 보랏빛영혼은 내가 잘 아는 영혼인데 퍽 잘 되었군요. 아주 착하고 영민한 영혼이었지요. 인간의 몸을 받게 되었어요. 정자와 결집했는데 여자의 몸을 받겠군요. 저렇게 힘들게 인간의 몸으로 태어나게 되면 중음세계의 일은 일순간에 모두 잊어버린답니다. 삼계윤회(전생, 중음계, 후생)가 된 거지요"

"신비한 영혼세계로군요."

"여기에서 제가 또 말해 둘 것은 저렇게 인간으로 태어나는 것을 다행으로 여겨야 합니다. 아까 본 것처럼 사람의 몸을 받기란 바다에서 눈 먼 거북이가 나뭇조각을 만나는 것보다 어렵다고 했어요. 그것은 열반의 경지에 도달하자면 가장 적합한 세계가 인간세상이기 때문이지요.

"네."

"논전에 의하면 인간으로 태어나면 새로운 업(業)을 짓게 되는데, 스스로 세간의 여러 가지 기교를 부리는 업처(業處)를 일으킨다고 하였고, 또한 객관세계에 나타난 모든 대상을 수용함과 동시에 새로운 업력이 축척된다고 합니다."

"참으로 신비한 광경을 보았네요."

"네, 이것이 최초로 모태(母胎)에 의탁하여 영혼이 육체와 결합하고, 태내 오위(五位)중 초위(初位)인 갈라람(羯羅藍) 位가 성립된다고 합니다. 이는 지(地), 수(水), 화(火), 풍(風) 4대가 응결하여 육체를 성립시키는 최초 7일 간의 태아기를 말하지요. 다음으로 태아의 피부는 제 2위인 액부담(頞部曇) 位가 전위(前位)에서 응고되어 있는 그 위에 박피가 형성됩니다. 그리고 제 3위 과정에서 포(皰)가 견고해지고 혈육(血肉)이 정상적으로 구성되는 기간이지요. 이어 건남위(鍵南位)라 말하는 제4위에서는 견육(堅肉)이라 번역하는데, 육체가 더욱 견고해지는 것을 뜻하지요. 제5위 발라사카위라는 말은 번역하면 지절(支節)이라 하는데, 즉, 사지와 골격이 완비되어, 이 기간은 이제 아이로 세상에 출생하기까지의 기간인 거랍니다. 그러니까 이상 오위(五位)는 태내의 오위로

써 출생하는 생명체와 어린아이가 어머니 태안에서 자라나는 과정을 밝인 것입니다. 때문에 독자부[1])에서 내세우는 것은 윤회주체가 뚜렷하지 못한 것을 대비하여 업을 짓고, 그 결과로 고과(苦果)와 낙과(樂果)를 받으며, 보고, 듣고, 생각하고, 알고하는 선악행위의 업력에 대한 책임을 지며, 윤회하는 주체를 추구한 끝에 발견한 결과라 할 수 있지요."

"원, 세상에. 도대체 당신은 그저 떠도는 중음신이 아니라 삼계대도사가 틀림없군요."

"아직, 제 말이 남아있는데 칭찬은 일러요."

"네, 말씀해보세요."

"이렇게 우리 인간은 완성되어 태어나게 되는데 이렇게 볼 때, 인간은 어디까지나 인과의 도리에서 스스로 창조하는 것이지, 다른 조물주에 의하여 창조되는 것이 아니라는 겁니다. 이것이 일체유심조(一切唯心造)의 도리이자 인과응보의 도리인 거라오. 이상을 십이연기설(十二緣紀說)[2]에 비유하면 태내의 오위가운데

---

1) 독자부(犢子部) : Vatsiputriya 또는 바추부라부(婆麁富羅部)로, 불멸 3백년 경에 설일체유부(設一切有部)에서 갈라진 학파이다.

2) 십이연기설(十二緣起說) : 인연(因緣)에서 인(因)은 결과를 낳기 위한 내적이며 직접적인 원인을 가리키고, 연(緣)은 이를 돕는 외적이며 간접적인 원인을 가리킨다. 일반적으로는 양자를 합쳐 원인의 뜻으로 쓴다. 연기(緣起)는 영어로는 dependent arising (의존하여 생겨남) conditioned genesis (조건지워진 생성) dependent co-arising (의존된 상호 발생) 또는 interdependent arising (상호 의존하여 생겨남) 등으로 번역되는데, 연기(緣起)의 법칙은 '이것이 있으면 그것이 있고, 이것이 없으면 그것도 없다.' 라고 서술된다.

이 서술에서 '이것' 과 '그것' 의 두 항목은 서로 연기관계(緣起關係), 즉, 인과관계(因果關係)에 있다고 말한다. 그러니까, '그것' 은 '이것' 을 의존하여(조건으로 하여) 일어나는 관계에 있다고 말한다. 예를 들어, 사제설(四諦說)인 고집멸도(苦

전사위는 명색(名色/정신과 육체)에 해당하며, 최후의 지절(支節)위는 안(眼)·이(耳)·비(鼻)·설(舌)·신(身)·의(意), 육근(六根)에 해당한다고 보는 거랍니다."

"아-! 중음 천에는 인간세상에서 상상할 수 없는 만법이 존재하는군요."

"네, 좀 더 자세하게 영혼과 부모와의 인연이 어떻게 결합되는지 말씀드리지요. 영혼들은 허공세계에 잔류하면서 우리처럼 유사한 업을 가진 유정들끼리 친하고 서로 도와주면서 허공생사를 되풀이하다가 마침내 인연이 맞는 부모를 만나게 되면 그 부모에게 강한 애욕이 일어납니다."

"네."

"부모에 대한 애욕은 부모들의 성행위를 보고 동요하게 되는 전도심(顚倒心)이 일어납니다. 출생하기 전의 영혼을 희취욕(希趣欲)이라 부르는데, 이 말은 부모에게 의탁하여 태어나려는 희망과 욕구를 말하지요. 다시 말하면 부모가 서로 성행위를 할 때 나타나는 정혈(精血)을 목격하면 인연이 강한 영혼이 전도심을 일으키고, 그 전도심으로 부모의 성행위를 봄과 동시에 영혼은 자신이 성행위를 하는 것으로 착각하는 순간의 도각(倒覺/오르가

集滅道)는 집과 고라는 연기하는 항목과 도와 멸이라는 연기하는 항목을 합하여 병렬한 것이다. 여기에서 집은 고의 원인 또는 인연이 되며, 도는 멸의 원인 또는 인연이 된다. 고집멸도는 고통의 원인이 집착, 또는 갈애이며 고통을 소멸시키는 원인 또는 수단이 도라는 연기관계를 밝힌 것이다. 연기(緣起)하는 항목들로는 이들 외에도 여러 가지가 있는데, 그 중에서 대표적인 열 두 항목을 사용하여 설명된 연기설이 12연기설이다.

즘)을 일으키면서 탐애가 가열되고, 여자가 될 영혼은 아버지에게 탐애심(貪愛心)이 일어나고, 남자가 될 영혼은 어머니에게 탐애심이 일어나, 난자나 정자에 결집을 합니다. 이 내용은 오행음양으로 먼저 설명 드렸던 내용입니다. 이렇게 성(性)의 반대현상을 일으키지요. 그런데 이 과정에서 영혼이 부모의 몸과 생식처를 볼 수 있는 것은 공간에 있을 때뿐이며, 오직 부모의 근문(根門/음부와 성기)만을 볼 수 있지요."

"네, 점보다도 작은 미세한 개체 속에서도 한없는 대우주의 법리가 존재하는군요."

"허! 화가영혼께서는 하나를 말하면 열을 깨우치는군요. 그래서 나는 당신이 마음에 들어요. 또 하나, 영혼이 부모의 태중에 의탁하는 찰나의 상황을 보면, 만약 그 영혼이 과거세에 악업을 많이 지어 박복하고 하찮은 곳에 태어날 업력을 지녔다면, 모태에 들어갈 때 험한 잡목과 갈대 속을 들어가는 것 같은 망견(妄見)을 갖게 되고, 여러 가지 분잡스럽고 난잡한 소리를 듣게 된다고 합니다. 하지만 만약 그 영혼이 다복하고 존귀한 가정에 태어날 중유(영혼)라면 어머니의 태내에 응착할 때 고요하고 아름다운 미묘와 즐거운 소리를 듣게 된답니다. 이때, 부모의 성행위에서 탐애로 유출된 적백(赤白)과 부모의 정혈(精血/난자, 정자)과 화합하면서 어머니의 태중에 안주하게 되지요. 이렇게 하여 부모를 완전히 정하게 된답니다."

"눈으로 보는 것처럼 아주 자세하게 설명해주시는군요. 이야기를 듣고 보니 제 자신은 어떻게 태어나게 될지 전도가 망망하군요."

"물론 그러겠지요. 이처럼 한 덩어리가 된 부모의 정혈은 마치 우유가 끓어 응결된 것과 같고, 이곳에 전생업력으로 된 아라야식이 기착하여 인간의 형태를 나타내는데, 여기에는 아라야식과 더불어 현세에 받을 모든 업보(業報)의 원인인 일체종자(一切種子)가 포섭됩니다. 다시 말하면 육체의 부분인 눈, 코, 귀, 등을 형성할 총체로서 과보체가 부모의 업력과 플러스 되어, 그 정혈에 의하여 태어나는 것이지요. 이것을 유식학(有識學)에서는 이숙식(異熟識), 또는 아라야식을 중심으로 한 총보(總報)라고 합니다. 이 총보는 삼위(三位)인 중음신(영혼)의 전생업력 + 아버지의 업력 + 어머니의 업력이 서로 이루어지지 않으면 불가능한 것입니다. 또 총보라는 말은 장차 인간의 과보를 받을 전체의 과보체(果報體)라는 말이랍니다. 즉 총보를 중심으로 정신과 육체, 그리고 인간조직체가 따로 성립된 것이어서 별보(別報)라고도 부르지요."

"네, 처음 말하기를 이러한 과정으로 들어가면 중음계의 일들은 모르게 된다고 하셨지요?"

"아! 그 말씀을 기억하고 계시는 군요. 그렇답니다. 이와 같이 중유(中有/영혼)로서의 아라야식이 어머니의 태중에 완전히 의탁하게 되면 과거의 전도된 여러 가지 연(緣)과 중음계에서 알게 된 영혼 친구들은 물론 중유의 탈은 완전히 없어져버립니다. 그럼 이제 태아의 성장과정을 말씀해드리지요."

"네, 감사합니다."

"먼저 태내 오위(五位)를 살펴봅시다. 첫째는 갈라람(羯羅藍/Kalala) 位가 있는데, 이는 전생의 영혼이 부모(緣)의 정액과 혼합하여 어머니의 태안에 태어나는 최초의 인간으로, 처음 7일 간의 상태를 말하는 것으로, 마음인 아라야식에 의하여 최초 육체를 형성하는 상태로, 지대(地大), 수대(水大), 화대(火大), 풍대(風大) 등, 사대요소가 마음과 더불어 응결된 상태를 의미합니다. 이를 육단심(肉團心)이라 말하고, 마음과 육체가 최초로 결합한 마음과 육체라는 뜻에서 비롯한 것이지요."

"네."

"둘째는 액부담(額部曇) 位로서 앞서 말한 갈라람위에서 응결된 부모의 정액과 마음의 액심(額心)이 점차 응고되어 엷은 살결이 형성되고, 그 위에 살결이 덥혀지는 것을 의미합니다. 이는 이칠일(第二週)째의 기간에 형성되는 육체와 마음의 상태랍니다. 셋째, 폐시(閉尸) 位로서 앞에 말한 살결이 도육 견고해지며, 혈육이 생성되는 상태를 말합니다. 이처럼 육체가 형성되는 기간은 3주간의 시일이 걸립니다. 넷째는 건남(鍵南) 位로 견육(堅肉)이라 번역하는데, 인간형을 갖춘 육체를 뜻합니다. 다섯째 단계로 들어가면 팔다리 사지와 오장육부(五臟六腑)가 생성되고, 골격과 정신의 형태까지 완비되어 어머니로부터 출생하기 이전까지의 태내(胎內) 형체를 의미하는데, 다섯째 단계인 발라사위의 기간은 가장 긴 시간이 걸린답니다. 이렇게 사람이 다시 출생하기까지의 과정은 매우 복잡하답니다."

"아! 제가 생전에 어머니의 태내에서 나오기까지의 과정을 눈으로 보는 듯 합니다. 참으로 오묘하고 어려운 과정을 거쳤군요."

"네, 우리는 지혜의 눈이 없기 때문에 중유(中有/영혼)가 생유(生有)로 환생하는 찰나를 관찰할 수가 없지만 진정한 의미로 보면, 이 세상에 태어난 것은 영혼이 본 어머니의 태안에 의탁하는 찰나인 것이며, 그 찰나가 곧 생일(生日)이라 할 수 있지요. 하지만 우리는 육안으로 볼 수 있고, 또 외계로 출생할 날짜를 생시, 또는 생일로 정하고 생일잔치를 벌이는 것은 유형의 형상만 볼 수 있을 뿐이고, 무형의 생명을 볼 수 있는 혜안이 없기 때문입니다. 차원을 높여 지금까지 말씀드린 생태를 유식학(唯識學)적으로 설명하면 중음신격인 최초의 총인(總因/아라야식)이 모태에 태어나 갈라람을 형성하기 시작하는 것을 인능변(因能變)이라 하지요."

"네."

"다시 말하면 제 8 아라야식이 전생에 지은 모든 업력을 짊어지고 이것이 모든 인간의 조건을 창조해내는 원인(原因/種子)들을 총 대표하는 원인이 됩니다. 그리고 부모의 연(緣)을 만나는 즉시, 인간형태로 능히 변현(能變)하며, 인간의 과보를 만들어낸다는 뜻이지요. 동시에 인간으로 완성시켜줄 모든 원인을 지니고 있는 아라야식 위에 안(眼)·이(耳)·비(鼻)·설(舌)·신(身)·의(意), 등, 육근(六根)과 마음(六識)등 인간의 모든 것이 형성되는 과정을 과능변(果能變)이라 합니다. 이것은 태내 오위의 전체에 해당한다는 뜻이며, 인간의 조건이 능히 조성되었다는 것입니다."

"네."

"이렇게 우리 인간이 완성되어 출생하기까지 인간은 어디까지나 인과의 도리에서 스스로 창조하는 것으로 다른 조물주에 의해 창조되는 것이 아니지요. 이 말씀도 앞서 언급했지요. 이것이 일체유심조(一切唯心造)의 도리이자 인과응보라고 했잖아요."

"네, 빠짐없이 모두 기억합니다."

"와- 지금까지 어려운 내용을 말씀드렸는데, 모두 기억하시다니, 당신 정말 영민하군요. 도대체 아이큐가 몇인가요?"

"145……."

"145? 와- 당신 천재로군요. 언제 아이큐검사를 했나요?"

"군대 갈 때."

"그 때 아이큐 검사도 하나요?"

"네, 신체검사 하면서……."

"그래요. 나도 기억이 나는군요."

"그런데 아이큐 때문에 군대에서 고생 좀 했지요. 입대 후 논산훈련소에서 개인별 신상카드기록에 아이큐가 높은 사병들이 비정규전부대인 특전사로 자대배치를 받았지요. 그리고 공수교육을 받고서 특수전교육과목에서 나까지 아이큐 140이상 되는 15명이 따로 선발되어 암호 보내기와 받은 암호 풀기교육을 집중적으로 훈련받았지요. 최종적으로 11명이 탈락하고 4명이 남았는데 제가 거기에 포함되었답니다."

"그리 구요?"

"이 과정이 끝남과 동시 행정주특기, 공병주특기, 보병주특기, 등 개인별로 주어진 군사주특기가 보안상 없어져 버립니다. 그걸 제로주특기라고 하지요. 군번만 남고 계급도 없어져버립니다. 하지만 장교대우를 받고 누구도 함부로 못합니다, 5분 이상 말을 걸어도 안 되지요. 1급 군사기밀을 취급하게 되니까. 게다가 옆에 다른 사람이 있을 경우 우리끼리는 군사기밀을 암호로 대화를 합니다."

"와-! 그럼 무슨 임무를 했나요?"

"최전방 임진강 삼팔선지척에 있는 우리의 북파간첩훈련부대로 파견되어 북파 되는 요원들에게 집중적으로 암호를 무전치는 교육을 시키고 북파된 우리 측 요원이 평양에서 보내온 정보암호를 풀어 상부에 보고하는 반면, 새벽에 북한에서 남파간첩들에게 대남방송으로 불러주는 난수암호를 우리암호로 풀어

하달하는 임무를 수행했는데, 밤 낮없이 허천 나게 고생했지요. 새벽 세 시가 되면 딱 한 시간, 카랑카랑한 목소리로 여자가 난수암호를 숫자로 부르고 들어갑니다. 남쪽으로 침투한 간첩들은 그 시간에 난수암호를 받아 행동을 개시 하고, 보안상 1호 요원으로 불리는 나는 즉시 그 난수암호를 우리암호로 바꿔 특전사정보국과 보안사령부로 파견된 동기생인 2호 요원과 3호 요원에게 이첩하면 비밀요원들이 바빠집니다. 그 바람에 연천, 파주, 포천, 동두천, 의정부, 전방지역에서 암약하는 간첩들을 많이 잡았지요."

"와- 그래요? 대단하셨군요. 우리 측에서도 북파 하는 간첩 훈련소가 있었나요?"

"네, 있었지요. 제가 파견되어있던 임진강 삼팔선 코밑에 전파도 잡히지 않는 요새 같은 아주 깊은 산 속에도 있었고, 한탄강 변 골 깊은 곳에도 있었지요. 부대원들은 모두 계급장도 없는 위장용 인민군복에 북한 말을 쓰기 때문에 그곳에 있으면 꼭 북한부대에 있는 것 같지요. 우리라고 간첩을 보내지 말라는 법이 있나요? 당연히 맞서야죠."

"와-! 당연히 우리도 맞서야지요. 기억나는 일은 없나요?"

"왜, 없겠어요. 한번은 제가 쓰는 장비에 며칠 동안 북으로 타전하는 무전신호음이 잡혔지요. 그 신호를 풀어보니까 새로 부임한 최전방 00사단 부대장 이름이며 계급, 숙소위치는 물론 암

살명령에 인근 미군부대 위치, 훈련 상황 규모 등이 북으로 타전되고 있었지요. 그 위치가 아주 가까운 곳이어서 방첩대로 이첩하면 출동시간이 걸리므로 즉시 비상을 걸어 동작 빠른 북파 요원들을 데리고 현장을 급습했지요."

"잡았나요?"

"잡았지요. 잡고 보니 고정간첩이었는데 마을이장이 부엌바닥에 커다란 땅굴을 파놓고 그곳에서 무전을 치고 있는 현장을 바로 잡았지요. 그 마을은 남으로 피난을 왔다가 삼팔선이 가로 막히면서 북으로 가지 못한 북한출신사람들이 모여 사는 삼팔선지척 외딴 오지마을이었지요."

"와- 나중에 어떻게 되었나요?"

"네, 이장은 물론 마을 관련자들까지 색출해서 방첩대에 넘겼고 사단을 이전하고 마을은 아주 없애버렸지요."

"와- 당신 알고 보니 대단했군요. 아이큐 값을 했군요. 사단은 어디로 옮겼나요?"

"그건 일급비밀입니다. 지금까지 말씀드린 것 모두가 비밀입니다. 영혼세계에서도 누설되면 안 되지요."

"그러겠군요! 자, 그럼 이제 아까 말씀드린 내용을 이어갑시다. 그러니까, 십이연기설(十二緣起說)에 비유하면 태내의 오위(五位) 가운데 전사위는 명색(名色/정신과 육체)에 해당하고, 최후의 지절(支節) 위는 안(眼), 이(耳), 비(鼻), 설(舌), 신(身), 의(意), 등 육입(六入)

에 해당하는 거랍니다."

이렇게 송씨 영혼은 계속 설명한다.

"지금까지 태내의 오위를 설명 드렸습니다만, 이는 통상적인 학설이고, 논전에 의하는 전 오위에다가 발모조위(髮毛爪位)와 근위(根位), 그리고 형위(形位)를 가하여 팔위(八位)로 분개하여 말씀드리지요."

"네."

"첫째, 갈라람(羯羅籃) 位는 중유의 식이 최초로 모태에 의탁하면 영혼의 탈을 벗고, 동시에 지(地), 수(水), 화(火), 풍대(風), 사대로 이루어진 육체의 바탕이 마련되는 순간이라고 앞서 말씀드렸지요."

"네."

"즉, 지계(地界)로 인하여 육체가 점점 커지고, 수계(水界)를 연유해서 육체조직이 점차 구비되고, 화계(火界)를 연유하여 그 육체가 성숙되고 굳어집니다. 사대 중 풍계(風界)에 연유하여서는 여러 가지 지절이 각각 육체의 조직 안에 마련되고 안정이 됩니다."

"네."

"이처럼 영혼이 인간으로 전환하여 인간의 육체와 정신 등, 모든 것을 이룩할 모든 인간의 구성원인 일체종자식(一切種子識/아라야식)은 어머니 태내에서 인간의 자체가 구성될 때, 청정하거나 아니면 부정한 업력에 따라 얼굴이 예쁘거나 밉거나, 둥글거나 길거나, 크고 작고, 여기에서 사주추명학을 대입해 볼 수 있는데 면 태어나는 시간에 따라 인(寅), 신(申), 사(巳), 해(亥), 시(時)에 태어나는 경우 둥근 얼굴에 관직(官職), 사업가. 자(子), 오(午), 묘(卯), 유(酉)시에 태어나는 경우 계란형 얼굴에, 재주가 있고 한량기질, 지적 멋쟁이에 예술가. 진(辰), 술(戌), 축(丑), 미(未)시에 태어나는 경우 근골형 관상에 주로 군인이나 경찰직, 엔지니어, 쇠를 다루는 기술자. 또 신체가 약하고 건강한 것 등, 전체조직이 마련됩니다. 이에 의하여 생가의 씨족과 성별과 빛이 구별되는 색력과 수명의 한계와 재산, 가구 등의 결과가 결정되지요. 다시 말해 후천적환경과 여건을 만나는 것은 전생 애착심의 발로지요."

"네."

"그리고 청정과 부정(不淨)의 업력에 따라 결정되기도 하고, 이 세상에서 나를 중심으로 그 밖의 모든 것에 대하여는 아집과 번집 등, 애착심이 자연히 일어나게 되는 것은 전생에 익혔던 업력과 훈습이 전생의 영혼인 아라야식 안에 남아있기 때문이랍니다."

"네."

"이제 발모조위(髮毛爪位)에 대한 설명은 해드려야 하겠군요. 발모조위(髮毛爪位)는 말 그대로 머리털과 손톱, 발톱이 나오는 단계를 말합니다. 다음 근위(根位)로는, 눈, 코, 입, 몸, 뜻 등, 육체의 육근(六根)이 완전히 형성된 것을 말하지요. 그러니까 인간의 육체위에 부분조직이 완비된 상태를 말하지요."

"네."

"그리고 논전에서는 아이가 어머니의 태내에서 자라나는 과정을 여덟으로 구분하여 설명합니다. 이는 전생의 업력이 전체의 인(因)이 되고, 어머니와 아버지, 그리고 어머니의 태내에서 따뜻한 온도와 습기, 그리고 모든 영양 등을 연(緣)으로 하여 나타나는 과보(果報)인 것이지요. 그러기 때문에 인(因), 연(緣), 과(果)는 세 발 달린 솥과 같아서 떨어질 수 없는 인과법 구성요건이 되는 거랍니다."

"네."

"결론적으로 전생에 선행을 많이 쌓으면 좋은 업인으로 좋은 부모를 만날 수 있고, 육체도 튼튼하게 태어날 수 있는 거지요. 그래서 인간이 살아가는 현생의 모습은 전생의 자기가 지은 업력의 표현이며, 다음 생으로 이어가는 발로가 된답니다. 왜냐면 현재의 노력과 선행은 습관(習)으로 축척되어 중유를 통해 내생까지 연장되기 때문입니다. 선행의 업력은 영혼을 맑게 하고 좋은 결과를 가져오므로, 전생의 일들을 알려면 지금의 나를 보면 알게 되고, 다음 생의 결과를 알려 하면 금생의 모습과 결과를 보면 아는 거랍니다. 이에 대하여 논전을 보면 즉, 전생의 업력에 의하여 선과(善果) 또는 악과(惡果)를 받으며, 신체의 각 분

야도 업력의 표현대로 구성된다고 합니다."

"네, 말씀을 듣고 보니 제가 태어나게 된 과정도 상상이 갑니다."

"자, 그러면 검은 영혼들이 윤회의 길로 들어가는 것을 구경하러 갑시다."

송씨 영혼이 인간계로 내려가면서 하는 말이,

"제가 말했지요? 내가 어떻게 태어날까 하는 것은 전생에 자신이 살아온 모습을 보면 된다고…… 검은 영혼들이 인간의 몸을 받는 것은 참으로 어렵지요. 더구나 살생을 업으로 삼고 살아온 개장수영혼들은 개들의 영혼이 노는 곳을 쫓아다니다가 개들이 다시 태어나는 곳이 천국인양 여기다가 개로 태어나고 말지요. 그 현장을 가봅시다."

다시 인간세상 허공에서 몇 마리의 수캐들이 암내를 풍기는 꽤 잘생긴 암캐주변을 꼬리를 세우고 서로 다투며 맴돈다. 그 중 수캐 한 마리가 얼른 암캐의 뒤편에서 교배를 시도하는데 수많은 검은 영혼들이 몰려와 서로 다툰다.

"이쪽으로 나와요. 자칫 검은 영혼들에게 휩쓸리면 잘못될 수 있어요. 우리는 멀리서 봅시다."

송씨 영혼이 주의를 주며 또 말한다."

"저들이 개의 몸으로 태어나게 되는 과정은 인간과 다를 바

없지만 많은 생명체 중에서 견(犬)들의 교배시간은 일정한 시간이 지나야 끝이 납니다. 앗! 당신을 괴롭히던 개장수영혼이 정액바다로 뛰어 들었어요. 다른 검은 영혼하나와 아주 빠르게 경쟁을 하는군요. 보이지요?"

앞서간 다른 검은 영혼이 아주 빠른 속도로 헤엄치더니 암캐가 내 품은 난자에 결집하는 순간 정자가 달라붙었다. 찰나에 삼위일체가 형성되고 그 종자는 곧 바로 암캐의 자궁벽에 탁태한다.

"방금 보았지요? 저 검은 영혼은 이제 탁태하여 수캐의 몸을 받게 되었군요. 전생업보에 따라 이제 강아지로 태어나겠지요. 윤회의 마지막 과정인 지금의 현상은 검은 영혼이 내생에 다시 개의 몸으로 다시 태어나는 순간까지를 말하는 중유(中有)로 들어간 거지요. 중생의 윤회기간은 생유(生有), 본유(本有), 사유(死有), 중유(中有)로 구분하는데, 지금 검은 영혼의 과정은 중유에 속하지요. 그런데 당신을 괴롭히던 그 개장수영혼이 앞서간 검은 영혼을 물어뜯으려다가 염라옥졸(閻羅獄卒) 철 갈퀴에 목이채여 지옥으로 끌려가버리고 마는군요."

"네? 염라옥졸에게 끌려가요? 난 보지 못했는데……."

"찰나에 끌려갔어요. 끝까지 악(惡)을 부리다가 지옥으로 끌려간 거지요"

"원, 눈도 밝군요."

"30년을 중음 천에 있었잖아요. 그런데 저렇게 한번 축생(畜生)의 몸을 받으면 다시 인간으로 태어나기란, 달에 떡고물을 발라 달떡을 만들어먹는 것보다 어렵답니다. 왜냐면 본래 축생들은 우치한 성품이어서 축생의 업력은 그 종류가 무량하고, 번뇌의 종류가 그만큼 많기 때문인데 축생으로 태어나고도 남은 업력으로 백 천억의 생사를 수없이 되풀이합니다. 또 축생은 지옥과 아귀도에도 있기 때문에 사곡(邪曲)된 업력으로 지옥이나 아귀도로 바로 태어날 수도 있어요. 개장수영혼녀석은 이제 개의 축생보로도 당장 태어나기는 틀렸지요. 팔대지옥(八大地獄)으로 끌려갔으니까."

"팔대지옥(八大地獄)?"

"네, 지옥의 종류에는 팔종(八種)의 지옥이 있는데, 내용이 너무 많아서 기회가 되면 말씀드리겠지만 지옥은 활(活)지옥부터 시작해서, 흑승(黑繩)지옥, 중합(衆合)지옥, 규환(叫喚)지옥, 대규환(大叫喚)지옥, 초열(焦熱)지옥, 이렇게 구분하지요. 그래서 지옥중생은 지옥에서 불로 지지고 뜨거운 쇳물에 거꾸로 처박고, 그뿐인 줄 아세요? 아주 말할 수 없는 고통을 당하며 산답니다. 하지만 지옥의 고통 속에서도 해탈할 기회는 온답니다. 악업의 인연이 점차 소멸되기 때문이지요. 예를 들면 기름심지가 다 타고

나면 등불이 켜지지 않는 것처럼, 업력도 없어지기 때문이랍니다. 하지만 지옥에 일단 빠지면 염라옥졸(閻羅獄卒)에게 쇠철봉에 목을 꿰어 끌려 다니며 팔대지옥에서 온갖 고통을 받게 되는데 한편 생각하면 당신을 괴롭혔던 개장수 영혼이 좀 불쌍한 생각이 들지만 자작자수여서 뭐라고 말할 수 없군요."

8. 현생 Ⅱ
(現生)

영혼의 보특가라(補特伽羅)는 사유(死有/죽음)에서 중유(중음신)로 들어가는 것이 마치 암흑한 어둠 속을 탈출하여 광명의 세계로 들어가는 것과 같고, 사망자의 표정도 밝게 보인다고 한다. 그것은 곧 한없이 아름다운 색상이 떠올라 명랑한 분위기를 조성하여 즐겁게 해주는 환경 때문이다.

8

“뭐라고? 강 주임이 죽었어? 결근했다더니 지금 무슨 소리야. 과장, 자세히 말해봐.”

갑작스런 비보에 대표이사가 경악한다. 잘못한 것도 없는데 잔뜩 주눅이 든 과장이 머뭇거리며 다시 말한다.

“네, 기획사 박 사장이 아침에 강 주임 빌보드 광고수주를 받아가면서 강 주임을 묻기에 결근을 했다니까 집으로 찾아간 모양이에요. 이웃집사람에게 이야기를 듣고 병원까지 다녀와서 방금 그렇게 연락이 왔습니다.”

이 때, 비서로부터 인터폰이 울린다.

“대표이사님, 사모님전화 받으세요.”

대표이사가 인터폰을 놓고 전화기를 들었다.

화급한 목소리가 들려온다.

"큰일 났어요. 동생 놈이 일 때문에 설 인사도 할 겸 결근한 강 주임을 찾아 병원까지 다녀온 모양인데 글쎄 가망이 없나 봐요."

"알고 있어. 이거 큰일 났군."

대표이사나 사모님은 무엇보다도 동생의 일로 강 주임의 비보는 충격이다. 왜냐면 이번에 강 주임이 수주해준 빌보드광고는 거금이 투자되는 사업일 뿐더러, 자칫 잘못했다가는 이어지는 광고물을 영업이사 업자 쪽으로 빼앗길지 모른다. 처남 놈 사활이 걸린 문제이기도 하다. 조급해진 대표이사가 과장에게 명령한다.

"뭐하고 있어. 빨리 병원으로 가보지 않고. 어떻게 담당과장보다 업자가 사원소식을 먼저 아나! 안 그래? 가면 바로 상황부터 보고해."

강 준호가 갑자기 죽었다는 소문은 일파만파 들불처럼 회사에 번진다. 은근히 쾌재를 부르는 건 영업이사와 그가 천거한 경쟁업체광고사다. 자신들의 사업전개에도 사활을 거는 만큼 사원 한사람의 목숨 따위는 그냥 털어버리면 되는 장닭 발톱에 낀 모이 찌꺼기다. 그들에게 강 준호는 눈엣가시다. 더구나 이번

대표이사의 처남 쪽으로 넘어간 광고물은 제 1차 대형 빌보드광고물셈플로 이것을 필두로 서울에서 부산까지 고속도로 주변, 눈에 띄는 산머리에 세우게 되는 샘플격인 첫 설치물로 차 후, 지속되는 그 예산은 몇억대를 넘나든다. 그러니까 이 광고 건이야 말로 일을 맡게 되는 광고사가 돈방석에 앉게 되는 대형사업이다. 최초 제작공사비지급은 물론, 사후관리와 퇴색될 경우 보수예산까지 지속적으로 지급받게 되기 때문에 평생이 보장되는 사업이다. 더구나 회사의 광고비예산은 다른 어떤 예산보다 우선시하기 때문에 사활을 걸 수밖에 없다.

이 사업을 기획한 강 준호의 계산은 따로 있다. 그는 대표이사 처남과 영업이사 쪽 광고사에 소소한 광고물을 배분해주면서 양쪽 업무처리능력에 점수를 매겨왔다. 그리고 영업이사 쪽 업자를 제거할 수 있는 비장의 결정적 구실이 만들어져 있던 터다.

그는 이러한 사실을 대표이사의 두 충복들을 통해 사모에게 간접보고를 해왔다. 그는 대표이사사모를 절대 만나지 않는다. 코빼기가 어디 붙어있는지도 모른다. 누가 봐도 눈에 띌 수 있기 때문에 그것을 알게 되는 반대쪽에 부정의 구실을 줄 수 있으므로 대표이사사모의 부름을 피해왔다. 그가 천재라고 불릴 만한 처세다. 다만 정식결재라인을 통해 대표이사에게 자세히 말하지도 않고 슬쩍 암시를 주거나 조금씩 귀띔을 해왔다. 그런 차제에 그가 죽었다는 소문은 그들에게 충격일 수밖에 없다.

고, 박정희 대통령의 독재시절, 건물옥상이나 고속도로 주변 산등성이에 세우는 대형빌보드설치는 대통령의 신변보호 상 금물이었다. 누군가 불순한 저격수가 그곳에 잠복하고 있다가 망원경이 달린 총구를 겨냥해 저격하는 치명적인 사태가 발생할지 모를 우려를 박통은 무서워했다.

그만큼 정부는 보안을 철저히 했다.

하지만 유일하게 빌보드를 세울 수 있는 제품광고는 당시 코카콜라 T·M 하나뿐이다. 그것은 미국과의 안보체결과 아울러 코카콜라제품은 미국산이었기 때문에 정부는 그것을 승인했다. 하지만 세상이 바뀌고 그것이 풀리자마자, 재빠르게 관청허가를 독점으로 따내고 고속도로변 눈에 띄는 산과 대로변 고층건물옥상에 빌보드광고를 처음 기획해서 품의를 올려 결재를 받아, 샘플 하나씩을 세우려고 산주(山主)는 물론, 주요도시 건물주를 찾아 사용계약까지 마친 작자가 바로 강 준호다.

누구의 지시도 아니다. 전문가로서의 예민한 감각이다. 이런 형태의 대형광고물은 프랑스에서부터 이미 시작되었다. 정보와 광고로 먹고사는 대기업들의 경쟁은 피가 튄다.

상상도 못한 상대기업의 빌보드기획자가 누군지 일파만파 소문이 퍼지고 그 머리하나를 취하려고 다른 대기업에서 러브콜이 들어오기 시작한다. 하지만 그는 결코 흔들리지 않는다. 그 바람에 이것을 알게 된 회사는 준호를 빼앗길까봐 봉급을 대폭 올려준다. 여하튼 대형빌보드광고물이 이때부터 다른 대기업들이 뛰어드는 계기가 된다. 하므로 그를 천재라고 칭하지 않을 수 없다. 빌보드광고물의 뼈대를 세우는 철재작업은 차량과장의 기술지원 몫이다. 기획물의 설계도를 가지고 차량과의 기술인력으로 철재를 자르고 산소 땜을 해주면 비로소 그곳에 철판을 붙이고 광고상품을 그려내는 작업이다.

*

준호의 혼백은 노모는 보이지 않는 병실의 자신을 또 본다. 자신에게 바짝 다가간 그는 자신에게 말한다.

"너, 도대체 왜이래. 무슨 잠만 이렇게 퍼질러 자는 거야, 일어나 빨리. 어머님 애태우지 말고 오시기 전에 얼른 일어나 앉아 있으라고."

"……."

"너, 정말 뻔뻔하구나. 난 네 주인이야. 주인이라고! 주인의 말은 들어 녀석아."

"……."

"나쁜 새끼. 교활한 놈."

결코 일어나지 않는다. 형광등불빛에 반사된 하얀 벽 빛깔처럼 이렇게 세상모르고 퍼질러 자는 얼굴빛이 희다.

"이게…… 당신이요?"

찰나에 나타난 송씨 영혼이 자신의 빛을 발하며 옆에 와있다.

"네, 이 녀석이 내 육신덩어리요. 이렇게 잠만 퍼질러 자고 있어요."

"와 -! 당신, 영화배우처럼 참 잘생겼군요. 신성일을 죽이네. 코가 정말 멋진데, 성형수술로 세웠소?"

"에이- 참, 무슨 말을……."

"그럼, 자연 코예요? 꼭 미캘란젤로 조각상 코처럼 참 잘났군요."

"참, 비유도 잘하시네. 하기는 성형외과의사가 내 코를 보더니 뿐 좀 뜨자며 물에 적신 석고붕대를 코에 막 들이대면서 도대체 어느 성형외과에서 이렇게 멋지게 세웠냐고 묻더군요. 그 뒤부터 내 코를 가진 사람이 많아졌지요."

"그래요? 내 코는 술 때문에 딸기코에 하필 코 가상에 점까지 박혔는데 그것이 흠이지요. 당신 코는 정말 그럴 만 하네요. 그런데 침대에 누워있는 당신표정이 참으로 평온해 보이는 것을 보면 당신 영혼빛깔이 맑은 이유를 알겠군요."

"그건 또 무슨 말씀이지요?"

"네, 죽음(死有)과 중음 신(中有)에 대해서 또 다른 자료가 있는데 정리해 보면 매우 다양합니다. 인간의 죽음은 평소 자신이 지은 선악(善惡)의 업력에 따라 가지각색으로 주검의 마당에서 얼굴에 나타납니다. 악업이 많으면 죽을 때 악업의 인자가 발동하여 죽음의 찰나에 무섭고 기괴한 환상의 색상들이 헤아릴 수 없는 종류로 전변하여 그 빛깔이 얼굴에 나타납니다. 이는 죽고 난 후, 팔대지옥으로 간다는 것을 의미하지요. 물론, 그 영혼의 빛깔은 음하고 흉측한 어둠의 빛깔이지요. 그런데 지금 보이는 당신 얼굴빛깔은 선업의 환상으로 가득 차 있는 오묘하고 영롱한 빛깔이거든요. 지금 당신의 영혼빛깔처럼……."

"호! 그래요? 당신은 왜 이리 아는 게 많아요?"

"30년 동안 중음세계에서 깨닫고 보아온 거지요. 선업을 많이 닦은 사람은 죽을 때 조용하고 마음고통도 받지 않는다고 합니다. 자는 듯 조용히 죽지요. 당신 얼굴빛깔은 악업이 많은 사람처럼 무서운 환상이 아니라, 아름다운 환희를 느끼는 현상을 당신 얼굴빛깔이 말하고 있어요."

"그래요? 하지만 나는 당신이 말하는 내 얼굴빛을 알 수 없군요."

"당연하지요. 당신은 중음세계에 막 나타났으니까, 그리고 이곳으로 올 때 무슨 색상을 보지는 않았나요? 보았을 텐데. 잘 생각해 봐요."

"글쎄요. 왜, 그걸 물어요?"

"네, 우주만물은 모든 것이 색깔이 있지요. 사람이 죽을 때 색상을 보게 되는데, 천상에 출생할 사람은 화려하고 즐거운 락상(樂相)을 보게 되고, 그 빛깔들은 흰빛으로 미세하고 유연하고 청정한 것으로, 아주 고운 모직과 같이 보인다고 합니다. 그러면 사망자는 환희심이 일어나고 얼굴에도 기쁨과 화평한 모습을 보이고, 푸른 수목이나 아름다운 연화가 핀 연못도 보게 된답니다. 당신 얼굴빛이 아주 청정하게 보여서 묻는 거예요."

"그래요? 제 얼굴빛깔이 그렇게 보이나요? 나는 잘 모르겠는데. 여하튼 흰 광명을 본 것 같아요. 흑색은 아니었어요."

이와 같이 영혼의 보특가라(補特伽羅)[1]는 사유(死有/죽음)에서 중유(중음신)로 들어가는 것이 마치 암흑한 어둠 속을 탈출하여 광명의 세계로 들어가는 것과 같고, 사망자의 표정도 밝게 보인다고 한다. 그것은 곧 한없이 아름다운 색상이 떠올라 명랑한 분위기를 조성하여 즐겁게 해주는 환경 때문이라고 한다.

즉, 혼미한 생각이 없이 맑고 깨끗한 생각만이 떠올라 사후

1) 보특가라(補特伽羅) : pudgala의 음역, 사람, 개체, 존재의 뜻.

좋은 과보를 선택할 수 있는 정신적인 마음의 여유가 생겨나 환희로써 내생으로 진입하기 때문이다. 이는 평소 세상을 살아가면서 마음수양을 많이 쌓고 모든 물질에 대한 탐욕과 애착하는 마음을 자제하는 힘이 있었기 때문이다.

제 2 부

찰나(刹那)와 겁(劫)

9. 삼악도 (三惡道)

지옥은 삼계육도(三界六道)에 포함된다. 본래 삼계(三界) 속에 육도가 있고, 육도는 중생들의 업력에 따라 태어나는 곳이다. 지옥, 아귀, 축생, 인간, 천도, 아수라, 등으로 고통을 받는 삼악도(三惡道)가 그 안에 있다.

9

대표이사의 지시로 병원을 찾은 과장이 병원출구 공중전화박스에 엉덩이를 잔뜩 뒤로 뺀 자세로 매달려 전화로 보고한다. 참 매사에 불성실한 포즈다.

"대표이사님, 병실을 나와 보고 드립니다."

"그래? 강 주임 어떻게 됐어?"

"차트상으로는 사망이랍니다. 영안실로 내려가려는데 강 주임 노모가 시신을 붙잡고 살려야 한다고 놓아주지를 않아 애를 먹고 있습니다. 노모가 반은 실성했습니다."

"뭐야? 알았어. 내 병원장에게 당장 전화할 테니까, 영안실로 가는 걸 일단 막게. 병원장이 나와는 골프친구야. 최선은 해야지."

그가 죽으면 처남을 돈방석에 앉히기란 물 건너간다. 더구나 강 주임의 질책성 말 한 마디에 카바레 발을 끊고 사람구실을 하는 처남 놈 때문에라도 최선을 해봐야겠다고 결심한다. 거기에 바밀리온이라는 아뜨리에 간판으로 강 주임의 창작부업인 광고디자인공부까지 시키면서 처남을 성공시키려고 노력하는 그를 살려야만 한다. 대표이사의 전화를 받은 병원장은 출근을 하면서 영안실로 내려가려는 환자의 가련한 노모의 사연을 듣고 처리를 해줬기 때문에, 알고 있다며 즉시 담당의를 붙여 조치를 취한다.

*

준호의 혼백은 그들의 모습을 병원을 오가며 본다. 반 실성한 노모의 모습은 중음천 영혼의 가슴을 후빈다.

엄마도 없는 그의 어린 아기를 맡아 보아주며 두 집 건너에 살고 있는 하나 밖에 없는 누나가, 아침에 택시를 잡아 병원으로 보내고 출근한 이웃집아저씨 안주인이 남편에게 전화를 받고 집으로 찾아와 모르고 있었냐며 전해주는 비보에 화들짝 놀라 매형과 병원으로 달려와 아이를 등에 업고 발을 동동거리며 펄펄 뛰고 있다.

"이놈아. 빨리 일어나. 어미도 없는 새끼하나 있는 거 안 걸니니? 네 새끼 놔두고 어디를 가. 이 나쁜 놈아."

펑펑 우는 누나의 모습과 아무것도 모르고 멀뚱거리는 아이의 눈망울을 보자 중음 천 허공에 슬픔의 비가 뿌린다.

누나 등에 업혀 있는 어린 자식의 주변을 맴돌며 비로소 전생에 대한 견딜 수 없는 강한 애착이 일어난다. 정말 죽은 것이 사실이라면 죽고 싶지 않다. 다시 살아나고 싶다.

"저걸 보면서 괴롭게 여기 계속 있을 거요?"

언제 왔는지 송씨 영혼이 나타나 우울하게 가족을 바라보는 그에게 위로하듯 말한다.

"가야지요."

"우리는 이제 우리 길을 가야 합니다."

그렇다. 인간세상을 떠난 영혼은 영혼 길로 가야한다. 이렇게 영혼 길을 가야하는 것은 인과응보겠지만 현상으로 보는 가족의 모습에 발이 걸린다.

"자, 뒤도 돌아보지 말고 어서 갑시다."

송씨 영혼이 그의 당체를 밀고 무채색허공 높이 솟아오른다. 휘황찬란한 빛깔이 마블링처럼 펼쳐있다. 참 아름답다. 허공세계는 영혼들의 빛깔천지다. 영롱한 다른 빛무리가 몰려와 두 영혼의 주변을 맴돈다. 맴도는 영혼들의 빛깔을 보고 송씨 영혼이 말한다.

"우리를 반기는 영혼들이군요. 유사한 영혼빛깔을 보면 이렇게 주변을 맴돌며 반겨준답니다. 영혼들의 예의지요."

언젠가 만난 음악가영혼들이다. 오페라영혼이 반기며 말한다.

"반가워요 화가영혼! 다시 만났군요. 멀리에서도 눈에 띄는 당신빛깔은 여전히 아름다워요. 곁에 계신 분은 전에 말한 영혼친군가요?"

"네, 전에 말한 박학다식한 송씨 영혼이랍니다. 저의 스승이지요."

"안녕하세요."

인간세상처럼 그들은 서로 인사를 한다. 빛깔이 말을 하고 의사를 전달한다. 오페라영혼이 송씨 영혼을 보고서 말하기를,

"말씀 들었어요. 당신 빛깔도 퍽 아름답고 아는 게 참 많다죠? 빛깔이 우리와 비슷한데 전생에 뭘하셨나요?"

말씨를 보나 태도를 보나, 전생에 여자였던 오페라영혼은 매력적인 목소리에 향기가 넘쳐난다. 가정교육을 볼 수 있을 정도로 예의도 바르다. 일부러 멋스럽게 말하는 것이 아니라 전생의 배

움과 생활 속에 몸에 벤 지적인 멋이다. 어떤 여자는 좋아하는 남자 앞에서 수준 높게 보인답시고 일부러 멋스럽게 말하려다가 오히려 무식이 탄로 난지도 모르고 계속 천박을 떤다. 유치하고 이치가 어긋나는 말을 눈치도 없이 줄곳 지껄이면 이에 질린 남자는 듣다못해,

"아, 그래요? 그렇군요. 맞아요. 잠깐, 화장실 좀."

하고 맞장구를 쳐주다가 자리를 뜨고서 다시는 나타나지 않는다. 그녀는 조바심에 화장실출구 쪽만 바라보다가 그는 끝내 보이지 않고 만지작거리던 애꿎은 홍차유리잔만 손끝에서 놓쳐 탁자 밑으로 굴러 떨어져 깨지고 만다. 쯧쯧, 이럴 때를 대비하여 대화꺼리로 쓸 교양서라도 평소에 여러 권 읽어 둘 일이지……,

"아- 나는 서예가였지요."

"서예가? 어머…… 그럼, 두 분 모두 예술가영혼이군요. 그래서 우리 모두의 빛깔이 같군요. 우리 친구하기로 해요. 모두 예술가출신인데! 그리고 중음세계지식도 저희에게도 알려 주시구요."

준호의 영혼이 동조한다.

"오라, 그래서 송씨 영혼빛깔이 나와 비슷했군요. 지금부터는 서예가영혼으로 불러드려야 겠군요."

"좋아요. 우리 모두 친구가 되었으니까 따로 행동하지 않기로 해요."

이 모습을 보고 있던 음악가영혼들이 영롱한 빛깔로 세 영혼의 주변을 율동으로 돌며 춤을 춘다. 새로운 영혼친구가 생긴 것이 좋아서다.

오페라영혼이 청한다.

"저희 영혼들은 워낙 낭만적인 성격이어서 현실을 직시하지 못하는 나태함이 있어요. 앞으로의 일도 모르구요. 어디로 가게 될지도 모르면서 걸핏하면 속없이 저렇게 춤만 춘답니다. 물론 전생에 무용수가 많은 탓도 있지만요. 나쁜 곳으로 갈지도 모르는데…… 아-지옥은 무서워요."

"그래요? 화가영혼에게는 지옥이야기를 조금 해드렸는데, 제가 아는 대로 좀더 자세하게 지옥말씀을 해줄게요. 참고하세요. 중음 천에서도 전생에 지은 선업의 비중을 증장시키면, 자신들이 지닌 악업인자가 소멸되고, 그러면 지옥도 면하고 좋은 곳으로 윤회를 한답니다. 그러니까 여기 중음 천에서도 선한 생각을 많이 하고 전생의 선한 인자로 악성이 소멸되도록 노력하세요. 만약 검은 영혼들처럼 자각을 못하고 다른 영혼들을 괴롭히고 그런다면 지옥을 면할 수 없어요."

"네, 노력하겠어요."

"지옥은 삼계육도(三界六道)에 포함되는데 본래 삼계(三界) 속에

육도가 있고, 육도는 중생들의 업력에 따라 태어나는 곳입니다. 지옥, 아귀, 축생, 인간, 천도, 아수라, 등으로 고통을 받는 삼악도(三惡道)가 그 안에 있답니다. 삼악도라는 말은 중생의 세계를 삼계육도로 나누고 삼계육도를 上·下로 구분하면 지옥은 가장 하층에 있지요. 기록을 보면 지옥은 인간계에서 지하(地下) 이만 유순(二萬由旬)아래로 내려가면 있다고 합니다. 지옥 중에서 가장 아래에 있는 지옥은 무간지옥(無間地獄)이지요. 이 지옥의 거리는 사만유순(四萬由旬)이니까, 가장 하층의 지옥입니다. 여기에서부터 위로 차례차례 팔대지옥(八大地獄)이 형성되어 있어요. 무간지옥은 아비지옥(阿鼻地獄)으로도 부르고, 아비는 무간이란 말과 같은 뜻이지요. 물론, 이 지옥의 위치 설에는 여러 학설이 없는 건 아닙니다."

"어머나! 그렇게 깊은 곳에 지옥이 있나요? 우리는 몰랐어요. 아-정말 무서워요."

오페라영혼이 경망스러울 정도로 호들갑을 떨자 다른 음악가 영혼들이 덩달아 불안한 빛깔로 동요한다.

"팔대지옥을 말하려는데 호들갑들이 너무 심하군요."

"죄송해요. 어서 말씀해 주세요."

"지금부터는 침착하세요. 먼저 팔대지옥의 이름을 보면, 상지옥(想地獄), 흑승지옥(黑繩地獄), 퇴압지옥(堆壓地獄), 규환지옥(叫喚地獄), 대규환지옥(大叫喚地獄), 소적지옥(燒炙地獄), 대소적지옥(大

燒炙地獄), 무간지옥(無間地獄), 이렇게 크게 나누어 팔대지옥이 됩니다. 한자(漢字)만 풀이해 봐도 정말 소름이 돋는 답니다. 소적지옥과 대소적지옥을 풀이하면 적 쇠에 올려놓고 이리 굽고, 저리 굽고, 뒤집어가며 굽고, 제삿날 쓸 조기 굽듯이 뜨거운 불에 마구 굽는 고통을 주는데, 얼마나 무섭고 고통스럽겠어요?"

"끼-악, 그만, 그만, 소름이 돋아요. 적 쇠에 올려놓고 뒤집어가며 굽다니……."

"화가영혼에게는 익히 드린 말씀이지만, 이렇게 지옥중생은 지옥에서 불로 지지고 볶고, 뜨거운 쇳물에 거꾸로 쳐박고, 그뿐인 줄 아세요? 아주 말할 수 없는 고통을 당하며 산답니다. 하지만 지옥의 고통 속에서도 해탈할 기회는 온답니다. 벌을 받으면서 악업이 점차 소멸되기 때문이지요. 예를 들면 기름심지가 다 타고나면 등불이 켜지지 않는 것처럼 업력도 조금씩 없어지기 때문이랍니다. 하지만 지옥에 일단 빠지면 염라옥졸에게 쇠 철봉에 목을 꿰어 끌려 다니며 팔대지옥을 두루 거치며 온갖 고통을 받게 된답니다."

"아 - 정말 무서워요."

"팔대지옥은 장아함경(長阿含經[1]) 학설을 따른 내용으로, 그

1)장아함경(長阿含經) : 4아함 가운데 장편의 경문을 모은 것으로, 4분 30경으로, 사제(四諦) 12 인연의 가르침을 말한 것.

형태와 종류가 경전마다 조금씩 다르지만 대동소이합니다. 또 팔대지옥이 모두 같은 지옥이지만 그 업력의 차이가 있고, 최초의 지옥은 죄업이 가볍고 점점 더 무거운 죄업으로 그 다음의 지옥으로 가게 되며, 최후 무간지옥은 가장 극악한 지옥세계지요. 지옥에서 태어나는 업력은 누가 조작해서 주는 것은 아닙니다. 오직 인간 세상에 태어난 중생 각자가 세상을 살면서 스스로 지은 죄업으로 과보를 받아 지옥을 가게 되는 것이므로 자작자수(自作自受)의 인과법칙인 것이지요."

무서운 지옥세계이야기에 음악가영혼들이 모두 조용해졌다. 까불며 율동하던 무용수영혼들도 율동을 멈추고 찬물을 끼얹은 듯 일순 얌전해졌다. 이 때, 보기에도 흉측한 개장수영혼이 저쪽에서 쏜살같이 날아와 음악가영혼들 무릿 빛 속으로 순식간에 파고들어 자신의 빛깔을 숨기려고 요동을 친다. 놀란 음악가영혼들이 우르르 몰려가며 비명을 지른다.

"모두 침착하세요. 그대로 있어요. 괜찮아요."

서예가영혼의 말에 모두 그 자리에서 불안한 빛깔로 반짝인다. 음악가영혼들의 지휘자 격인 오페라영혼이 경색되어 묻는다.

"서예가영혼, 무슨 일이 생길지 몰라 지금 우리는 불안해요. 흉측한 검은 영혼이 우리들 빛깔 속으로 숨었잖아요."

"네, 걱정하지 마세요. 아까 흉측한 개장수영혼이 견(犬)혼백들이 윤회하는 곳에서 앞서간 다른 견 혼백을 질투가나서 물어뜯으려다가 염라옥졸에게 끌려가는 걸 보았는데 아마 도망쳐 왔나 봐요. 곧 염라옥졸이 쫓아와 끌고 갈 거니까 걱정하지 마세요. 저렇게 숨었지만 염라옥졸은 천리안(天理眼)으로 다 보고 있답니다."

"염라옥졸? 아-무서워요. 우리는 괜찮겠죠? 숨겨줬다고 우리까지 끌고 가면 어쩌죠?"

"걱정 말아요. 우리는 선업의 맑은 정색(淨色)으로 되어 있잖아요. 앗-! 저기 불꽃갈고리를 든 염라옥졸이 불이 활활 타오르는 수레를 끌고 활대같이 굽은 길을 화살처럼 빠르게 달려오는군요. 모두 한쪽으로 비키세요. 염라옥졸은 몸은 인간을 닮고 머리는 용두(龍頭)랍니다. 지옥세계 경찰이지요."

염라옥졸은 불꽃갈구리를 길게 뻗어 검은 영혼의 목을 한순간에 낚아채어 불꽃이 활활 튀는 수레에 처박고 사만유순(四萬由旬)거리가 되는 지옥 중에서 가장 아래, 무간지옥(無間地獄)으로 끌고 내려간다. 겁에 질린 연약한 음악가영혼들이 자신들의 영혼빛깔을 제대로 반짝이지도 못하고 발발 떤다.

서예가영혼이 개장수 영혼이야기를 해준다.

"방금 염라옥졸에게 끌려간 개장수영혼은 전생에 살생을 일삼고 워낙 포악해서, 이제 팔대지옥을 두루 거치며 그곳에서 생사를 반복하다가 다시 허공세계로 올 거예요. 얼마나 전생에서 포악했냐면 전기로 손쉽게 개를 잡으면 맛이 없다며 개를 묶어 놓고 온몸을 몽둥이로 때려잡았답니다. 그래야 개고기가 부드럽고 보신탕이 맛있다나요? 또 때려잡은 개고기는 비싸게 팔았답니다. 잘 끌려갔는데 언제 올지는 모르지만 전생 살생죄업의 벌을 다 받아야만 다시 와서 윤회를 하지요. 그렇다고 인간으로 태어나지는 못해요. 결국 강아지로 태어나 종래 보신탕이 되겠지요. 그게 업보니까. 지난번 화가영혼이 검은 영혼들에게 휩쌓였는데, 개장수영혼 녀석이 화가영혼을 배구공처럼 이리 던지고 저리 던지며 고통을 주는 것을 제가 가까스로 구해왔답니다."

"어머나! 아이 무서워. 저 아름다운 빛깔을 지닌 화가영혼을요? 정말 큰일날 뻔 했군요."

"자, 그럼 팔대지옥 중에서 먼저 상지옥이야기부터 들어봅시다."

"네, 말씀만 들어도 무섭지만 궁금해요. 모두 말씀해 주세요."

"상지옥은 일명 등활(等活)지옥이라 하고, 지옥중생들이 죽었다가 다시 살아난다는 뜻에서 갱활(更活), 또는 등활(等活)지옥으로 부르기도 합니다. 그러나 생각한다는 뜻에서 생각 상(想)자를 써서 상지옥이라 하지요. 이곳 중생들은 손톱이 날카로운 철(鐵)로 되어 성질이 사납고 화를 잘 냅니다. 참을 줄도 모르고 서로 싸우는데 날카로운 철 손톱이 닿기만 하면 피차의 살점이 달아나 피를 흘리며 끊임없이 서로 싸우는 악귀세상이랍니다. 그래서 상지옥은 항상 비명소리가 끊이지를 않고, 살점이 모조리 떨어져나가 바로 죽게 되지만 차라리 아주 죽어버리는 것이 좋을 정도로 고통스럽지요. 그렇다고 그대로 죽는 것도 아니고, 냉풍(冷風)이 불어와 그 몸을 스치면 언제 그랬냐는 듯이 삽시에 평상시의 몸으로 복귀되고, 하루에도 수십 번을 비참하게 죽고 냉풍(冷風)에 다시 살아나는 고통이야말로 상상하기 힘든 고통이지요. 이들은 유영도(油影刀)와 소도(小刀)를 서로 휘두르기도 하고 이렇게 일정기간 과보를 받으면 상지옥을 견디기가 힘들어 자신을 구원해달라며 소리치며 정신없이 다른 곳으로 도망을 친답니다. 하지만 아직도 전생죄업이 남아서 도망을 쳐본들 상지옥에 속하는 소지옥(小地獄)으로 떨어지고 말지요. 대지옥(大地獄)의 크기는 이만유순(二萬由旬)인데 소지옥의 크기는 오백유순으로 소지옥은 대지옥의 사문(四門)에 위치하지요. 더 자세히 말씀드리면 대지옥을 중심으로 소지옥은 사 방향(四 方向)에 있는데 일문(一門)마다 또 사소지옥(四小地獄)이 있고, 도합 16 소지옥이 된답니다. 모두 상지옥의 부속지옥으로 도망쳐오지만 먼저, 흑사(黑沙)지옥으로 떨어지면 도착하자마자 뜨거운 열풍이 폭풍으로 일어나 흑모래가 뒤집어 씌워지는 고문을 가합니다. 죄인의 몸은 피부가 검게 타고 살점이 떨어져나가는 고통이 뼛속까지 사무쳐 또 죽어버리고, 남은 죄업으로 다시 살아나 고통을 받다가 다시 도망치지요. 하지만 남은 죄업에 끌려 비시(沸屎)지옥에 떨어져 다시 형벌을 받게 됩니다. 이곳 비시지옥은 전생에 형제간에 우애를 못하고 부모에게 불효하였거나 악행의 죄업이 큰 사람들의 단골지옥이지요. 형벌을 보면 벌겋게 달군 쇠뭉치 비시철환(沸屎鐵丸)이 나타나고 무서워 달아나다가 다급하여 그것을 안고 넘어지면 온몸이 불에 모두 타버리는 고통을 받지요. 이번에는 불덩어리 철환이 목구멍으로 들어가 뱃속창자까지 태워버리고 결국 죽지만, 다시 살아나 남은 죄업으로 도망친 곳은 철정(鐵釘)지옥입니다. 이곳은 죄인을 잡아 철정으로 찍고 쪼아 고문을 가하는 곳입니다. 이곳에 도착하면 즉시 염라옥졸들이 나타나 목을 잡아 뜨거운 열철 위에 눕혀 놓고 쇠 정으로 고목나무를 쪼듯이 쪼아버리고 살점을 죄다 발라내고는 뼈까지 마구 쪼아댄답니다. 이때 얼마나 고통스럽겠어요. 상상한번 해보세요. 오페라영혼."

"어머나! 깜짝, 무서워요. 왜 하필 저를 지목하는 거죠?"

"그렇게 무서워요? 그럼 그만 할까요?"

"아니에요. 저희는 호기심이 많아요. 더 말씀해 주세요. 서예가영혼."

“네, 그럼 다시 시작하지요. 철정으로 고통을 받은 죄인은 견디다 못해 죽었다가 다시 살아나 철정지옥을 탈출합니다.”

“탈출에 성공하나요?”

“아니지요. 아직도 죄업이 남아 탈출해서 간곳이 기아(飢餓)지옥으로 빠집니다.”

“기아(飢餓)? 배고파 죽나요? 세상에, 밥도 안주나요?”

“아이 참! 잠자코 좀 들어요. 자발 떨지 말고…… 기아지옥에 떨어지면 염라옥졸이 나타나 이렇게 묻는 답니다.”

“뭐라고 물어요?”

“네, 너는 무엇을 구하려고 여기를 왔느냐? 하고 물으면 ‘나는 배가 몹시 고픕니다. 주린 배를 채우고 싶습니다.’ 하고 애원하지요. 그러면 염라옥졸이 밥은 커녕 오히려 허기지게 만들어 뜨거운 열철 위에 눕혀 놓고, 불에 달궈 벌겋게 불이 붙은 철 조각들을 입속에 마구 몰아넣어 준답니다. 배가 고프다고 하니까…….”

“아! 염라옥졸 너무 해요. 그런 줄 몰랐어요. 지옥이 아직 더 남았나요?”

“아직 남았어요. 이렇게 고통을 당한 죄인은 남은 여죄로 다시 살아나 기아지옥을 탈출하지만, 뜻밖의 또 다른 갈(渴)지옥으로 가고 맙니다. 한자풀이 그대로 말하면 견딜 수 없게 목이 마른 지옥이지요. 그곳을 가면 기아지옥처럼 염라옥졸이 나타나 ‘너는 무엇이 필요하고 무엇을 요구하려고 왔느냐?' 하고 묻지요. 그러면 죄인이 대답하기를, '나는 지금 너무 목이 말라 물을 먹고 싶습니다.' 라는 말이 떨어지기 무섭게 뜨거운 열철위에 눕혀 놓고 뜨거운 쇠갈고리를 가져와 입을 찍어 벌리고 불에 녹인 펄펄 끓는 구리 쇳물을 입속에 한없이 부어넣지요. 그러면 오장육부가 모두 타버리는 고통을 받지요. 고통에 못 이겨 살려달라고 애원하지만 쇳물을 마시는 고통을 되풀이하다가 죽지 않고 다시 살아나 염라옥졸이 한눈을 파는 사이 얼른 탈출하지요. 어리석은 죄인은 자신이 영리해서 탈출한 것으로 알지만 그곳에서 받을 업력이 끝났기 때문인 거지요."

"네, 그럼 이제 지옥이 끝나나요?"

"끝나다니요. 아직 남았다니까요. 그래서 전생을 살면서 악행을 저지르면 누구나 이런 고통을 받는 거랍니다. 갈 지옥을 다시 탈출하지만 자신도 모르게 일동(一銅)지옥에 와있는 거지요. 오자마자 성난 얼굴로 눈을 부릅 뜬 염라옥졸이 발을 잡아 거꾸로 올렸다가 쇳물과 기름이 탕(湯)물처럼 부글부글 끓는 큰 가마 속에 휙- 던져버린답니다."

"아-무섭고 징그러워요. 그럼 어떻게 되나요?"

"어떻게 되기는요. 퐁당 빠져서 뱅뱅 도는 끓는 쇳물에 휘말려 삶은 콩이 탕 속에서 위아래로 돌면서 푹 삶아진 메주처럼 몸뚱이가 흐물흐물 삶아져 버린답니다. 전생에 지은 죄업이 아직도 남아있기 때문에 그런 고통을 반복하다가 기회가 생기면 염라옥졸 눈을 피해 다시 도망을 칩니다."

"아- 다행이네요."

"다행이라니, 천만의 말씀. 자신도 모르게 업력에 끌려간 곳이 다동복(多銅鍑)지옥입니다. 그곳은 구리 쇳물을 끓인 구리 가마(銅鍑)에 처넣고 고문하는 지옥입니다. 기록을 보면 지옥의 크기가 오백유순(五百由旬)이나 되는 면적인데, 그곳은 염라옥졸이 아닌 험상궂은 옥귀(獄鬼)들이 여기저기에서 나타나 죄인을 잡아 구리 쇳물이 끓는 솥에 던져버리고는 쇠갈고리로 죄인을 꿰어 쇳물 속에 이리저리 휙휙 내저으면 입으로 들어간 쇳물이 항문까지 왔다갔다 통하는 고통을 받지요."

"세상에, 항문으로? 그걸 눈으로 보셨나요?"

"보았지요. 오래전에 중음 천에 선(善)한 영혼들을 불러 모아 포교차원에서 염라옥졸들이 견학을 시킨 적이 있거든요. 그 다음에 다동복 지옥을 탈출하여 다시가는 지옥은 석마(石磨)지옥으로, 옥졸들이 눈을 부라리며 악인을 뜨거운 맷돌에 누르고 사정없이 막 갈아버립니다. 수족과 몸을 넓은 돌 위에 눕혀놓고 뜨거운 대열석(大熱石)으로 두부콩 갈듯이 이리 돌리고 저리 돌리면 골육(骨肉)죽이 되어 농혈이 밖으로 나옵니다. 그렇게 되풀이되다가 절호의 기회에 다시 탈출하지만, 이번에는 숙세(宿世) 업력의 힘으로 빠진 곳이 농혈(膿血)지옥입니다. 장아함 경에 의

하면 농혈지옥의 넓이와 크기도 오백유순(五百由旬)입니다. 이 지옥에는 지옥중심에 자연적으로 끓어 솟아나는 열탕이 있지요. 그것은 온천물이 아니라 모두 더러운 농혈(膿血)입니다. 석마지옥에서 도망쳐온 죄인들은 온천물인 줄 알고 사우나를 하려고 뛰어 들었다가 농혈을 집어먹고 뜨거운 농혈이 입으로 들어가면 혀와 목구멍이 녹아버리는 고통을 받는답니다."

"한없는 지옥세계로군요."

"네, 한이 없지요. 농혈지옥을 벗어나면 자신도 모르게 소지옥과 같이 오백유순에 있는 량화(量火)지옥으로 가게 됩니다. 그곳을 가면 화염이 타오르는 대화취(大火聚)가 갑자기 나타나고. 무서워서 그곳을 빠져나오려고 하면 염라옥졸이 장작처럼 묶은 뜨거운 쇠뭉치 한 다발을 주면서 몇 개인지 수량을 하나씩 세면서 옮겨놓으라고 겁박을 줍니다. 꼼짝도 못하고 하나, 둘, 손가락으로 세다가 금방 수족에 불이 붙고 온몸으로 번져 타죽어 버리지요. 몇 다발을 주는 대로 이렇게 반복되는 고통을 받다가 절호의 찬스에 다시 또 도망칩니다. 하지만 자신도 모르게 도망쳐간 곳은 회하(灰河)지옥입니다. 이곳 역시 면적이 오백유순이고 깊이도 오백유순인데 여기는 잿빛과 같은 강물 속에 잡아넣고 형벌을 가하는 곳이랍니다. 그곳은 뜨거운 강물에 모든 죄인들을 한꺼번에 몰아넣고 악기(惡氣) 찬 연기 속에 활활 태워버립니다. 서로 부둥켜안고 죄인들은 비명을 지르고, 강물 밖으로 나오려고 발버둥을 치지만 날카로운 칼날이 강가에 가득 꽂혀 있고, 굶주린 늑대와 여우 떼들에게 나오는 즉시 잡혀 먹히고 맙니다. 그런가 하면 피육이 탈락되고 백골만 겨우 기어 나오면, 이번에는 철조(鐵鳥)가 날아와 입맛을 다시며 죄인의 두개골을 맛있게 파먹는 답니다. 끔찍하지요."

"정말 끔찍해요. 두개골을 맛있게 파먹다니. 아- 경륜이 일어나요. 토하겠어요. 화가영혼은 구역질도 안나나요? 어쩜 그렇게 태연하게 듣죠?"

"네, 나는 고등학생 때 그림공부를 하면서 지옥도(地獄圖)화첩을 여러 번 본적도 있고 호기심에 그려보기도 했거든요."

"원- 세상에, 지옥을 그리다니."

"오페라영혼 호들갑이 심해서 더는 말해줄 수가 없군요. 나머지는 생략하고 종류만 말해 드릴게요. 그러니까 지금까지의 지옥은 팔대지옥 중 상지옥인데 나머지는 철환(鐵丸), 근부(釿斧), 표랑(豬狼), 검수(劍樹), 한빙(寒氷)지옥으로 이곳까지 거쳐야만 다시 중음세계로 돌아와 비로소 윤회를 한답니다."

"아-지루해. 무서운 지옥이 왜 이리 많아."

오페라영혼의 말에, 서예가영혼이 말하기를,

"지루하면 끝냅시다."

"아니에요. 서예가영혼. 더 해줘요. 끝을 보게요."

"끝을 보겠다고요? 좋아요. 그럼 말하지요. 그리고 팔대지옥 중 나머지 지옥은 16개 소지옥이 있는 흑승대지옥(黑繩大地獄), 중합(衆合)지옥으로 부르는 퇴압대지옥(堆壓大地獄), 규환대지옥(叫喚大地獄), 대규환대지옥(大叫喚大地獄), 소적대지옥(燒炙大地獄), 대소적대지옥(大燒炙大地獄), 무간대지옥(無間大地獄)까지 크게 팔대지옥(八大地獄)으로 분류됩니다. 그 대지옥에는 각각 지금까지 말씀드린 소지옥이 존재하고, 한번 염라옥졸에게 끌려가면 모든 지옥중생들은 그 과정을 거쳐야 한답니다. 정말 무섭답니다. 지옥에서의 수명은 매우 길고, 지금까지 말씀드린 바와 같이 죄업을 많이 지었기 때문에 지옥화생으로 출생하여 극심한 고통을 받으면서도 오래 살지요. 이것은 전생에서 죄업을 많이 지은 형벌로써 낙(樂)이 아닌 더욱 긴 기간 동안에 고통이 심한 형벌을 받게 되는 것이 인과법칙이랍니다."

이 때, 현세(現世)의 일이 갑자기 궁금해진 화가영혼이 벗들에게 양해를 구한다.

"영혼친구들, 잠시 헤어져요. 다시 올게요."

"화가영혼, 어디를 가시려구요? 함께 있기로 했잖아요."

오페라영혼이 만류하자 서예가영혼이 거든다.

"놔두세요. 장례식도 하지 않아서 화가영혼은 전생 끈이 아직 남아있답니다. 죽으면 누구나 한 고비를 넘겨야 하는 슬픈 고비를 화가영혼은 넘겨야 하지요. 그 때는 우리들의 위로가 절대적으로 필요하답니다. 당신들 음악가 영혼들도 그 고비를 넘겼잖아요. 영혼세계로 막 오게 된 영혼들은 자신의 육신주변을 맴돌면서 회생을 하려고 애를 태우다가, 육신이 매장되거나 뜨거운 불길에 화장이 되는 것을 보면 인간세상에서도 느끼지 못한 태산 같은 슬픔을 안고 중음 천을 슬피 울며 한동안을 떠돌잖아요. 이것은 한 나라를 통치한 대통령도, 전쟁터에서 생사를 넘나들며 나라를 구한 대장군도, 결코 피해갈 수 없는 영혼으로서의 슬픔이랍니다. 화가영혼은 그 한 고비가 남아있어요."

"아! 불쌍해서 어쩌죠? 아름다운 빛깔을 지닌 화가영혼에게 견디기 힘든 그 슬픔이 남아있다니…… 가슴이 아려요."

오페라영혼이 동정심을 드러낸다.

*

불현듯 회사일이 떠오른 준호의 영혼은 핵심이 되는 전생의 일로 자신의 문제를 의논하는 대표이사와 사모님과 하청을 준 처남 광고기획사 박 사장이 모인 장소로 찰나에 와있다. 대표이사저택 거실이다.

"이봐, 처남. 병원장하고 상의해놨으니까 지금 당장 병원으로 가서 강 주임을 중환자실로 옮기는 걸 보고와. 강 주임 노모나 누나가 어떻게 할 수 없으니까 가서 보호자를 처남으로 해놔, 그 사람 살려놔야 처남이 살지. 병원장이 설 연휴동안 착오가 없도록 최선을 다하기로 했어. 병원비는 내가 해줄 테니까. 지금 받은 광고물 대금결재가 되면 나중에 그것으로 갚아. 그 사람이 있어야만 작업을 한다며……."

"네."

"이거 모두 비밀로 해야 해. 과장도 알아서는 안 돼. 과장 그 녀석 영업이사 사람이야."

밖으로 나간 박 사장이 승용차를 몰고 병원으로 간다. 그가 나가자 사모님이 걱정스러운 표정으로 묻는다.

"영안실로 내려가려다가 노모 때문에 병실로 옮겼으면 살아날 가망이 없잖아요?"

"병원장이 내 전화를 받고 정밀검사를 했나본데 사망 후 혈관부터 굳는 사후강직폐혈증상이 전혀 일어나지 않는 것이 연구대상이라지 뭔가. 그걸 기대하나봐. 중환자실로 옮기는 것도 최적의 치료와 환경을 만들어 소생시키려는 거지. 기다려 보자고."

*

준호의 영혼은 다시 병원으로 간다. 잠옷을 벗기고 환자복으로 갈아입힌 육신은 코마개 같은 산소호흡기가 얼굴을 온통 덮었고, 온갖 링거주머니 호스 줄이 너줄너줄 연결되어있다. 침대머리에 명찰도 붙혔고 전과는 다른 상태다. 당초에 영안실로 내려갈 환자라며 시골집마당 두엄자리에 내던진, 김장 때 상한 배춧잎 솎아낸 껍데기처럼 던져둔 모습이 아니다. 이제야 중환자로서 대우를 받는 모양이다. 노모가 침대안전대를 붙잡고 어떻게 할 줄을 모르고, 아기를 업은 누나는 거듭 흐르는 눈물을 훔친다.

병실로 들어가며 박 사장이 말한다.

"지금 곧 중환자실로 옮길 겁니다."

"누구세요?"

흐르는 눈물을 훔치면서 모로 돌린 얼굴로 누나가 묻는다.

"안녕하세요. 회사일로 강 주임 때문에 밥 먹고 사는 사람입니다. 설 연휴동안 계속 치료할거니까 지금부터는 걱정하지 마세요. 알아서 할게요."

이어 뚱뚱한 간호사가 연두색 위생복을 입은 두 사람의 남자 보조원들을 데리고 들어오고, 그들은 침대를 밀고 밖으로 내간다. 간호사는 박 사장에게 가져온 차트를 내밀며 말한다.

"여기, 보호자 이름 쓰시고 사인하세요. 전화번호도 적구요."

그러면서 노모와 누나에게 말하기를,

"중환자실로 들어가면 언제 나올지 몰라요. 중환자실에는 보호자 외에는 들어올 수 없어요. 지금 등록한 보호자만 면회할 수 있어요. 보호자는 위생복을 갈아입고 들어와야 하고 모든 것은 보호자에게 알려줄 거예요."

"가족한사람 더 들어갈 수 없나요?"

준호의 누나가 칭얼대는 아이를 달래느라 포대기를 들썩이며 촌스럽게 묻는다. 그의 누나는 늘 촌스럽다. 그것이 누나의 매력이다. 촌스럽다는 것은 그만큼 순박하다는 증거다. 가난해서 중학교 밖에 나오지 않았지만 고향 문화연필공장에 취직하여 번 돈으로 동생인 준호의 학비를 대면서 대학까지 가르친 나이차이가 나는 엄마 같은 누나다. 문화연필공장은 지금도 다니는데 작업반장이다.

박 사장이 안심을 시킨다.

"일이 생기면 연락드릴 거니까 걱정하지 마시고 집에 가계세요."

이른 아침부터 발을 동동거리던 노모는 상황이 이렇게 전개되자 비로소 마음을 놓는다. 간호사와 박 사장이 중환자실로 올라가고 누나와 노모가 어디로 가는지 중환자실입구까지 따라갔다가 들어가지도 못하고 문 앞에서 서성이다 나온다.

경사진 병원 길을 내려가는 둘의 모습을 보고 준호의 영혼은 괴로워한다. 다시 회생하고 싶은 생(生)의 집착이 강하게 일어난다. 그 집착의 힘이 영혼빛깔을 괴롭힌다.

이 집착과 괴로움은 영혼의 존재로서 느끼는 괴로움이다. 이런 가슴 아리움을 그는 살아생전 느껴본 적이 없다.

중환자실로 들어간 박 사장이 연두색위생복을 양복위에 걸치고 신발 위에 또 비닐 가운을 덮씌우고 들어간다. 구구각색 의식도 없는 많은 중환자들이 시체처럼 누워있다. 눈을 뜬 환자는 단한 사람도 없다. 의식도 없는 어떤 환자는 몸밖에 인공심장이 피를 공급하느라 펄럭거리고 가슴으로 박힌 호스를 타고 피가 들어간다. 주로 뇌출혈로 의식을 잃었거나 중증환자들이다. 또 어떤 환자는 두 발목과 팔 하나가 절단된 중환자다. 당뇨도 아닌 그 병은 희귀병이다. 병명도 특이해서 기억이 나지 않는다.

사지 끝과 내장의 창자 끝이 썩는 병이어서 항문부터 창자 중간까지 잘라내고 배설물을 배 밖으로 받아내는 장치를 하고 있다. 그런 틈바구니에 준호의 침대가 자리를 잡고 뚱뚱한 간호사가 박 사장에게 말한다.

"보셨으니까 이제 돌아가셨다가 일반병실로 옮길 때 연락하면 오세요. 중환자실은 설 연휴에도 계속 치료를 하지만 며칠이 될지 아직은 몰라요."

병원 밖으로 나와 벤치에 앉아 담배를 피워 문 박 사장은 지금 강 주임이 기획한 하청광고물 빌보드를 어떻게 해야 할지 엄두도 못 내고 있다. 손쉬운 일반광고물이 아니다.

얼마 전 다량의 옥외광고물 설치를 해야 할 때다. 회사로 전화를 걸었다.

"오늘 지방으로 옥외광고물 설치 나갑니다."

"그래요? 모두 회사로 가져와 검수 받고 가세요."

"검수요?"

"회사로 가져와 본관마당에 모두 펼쳐놔요."

"네?"

이건 군대도 아니고, 여태 그런 일이 없다가 갑자기 검수를 받으러 오라는 것이 불안하다. 설치지역이 지방이어서 며칠 동안 출장을 가야한다. 작업인부를 몇명 데려가는데 인건비도 많이 든다. 더구나 그는 처음부터 자신이 대표이사의 처남이라는 것도 전혀 의식하지 않는 존재다. 본관마당은 2층 대표이사 실에서 바로 내려다보이고, 1층 영업이사 실 창문 코앞이다. 트럭에 실린 여러 광고물들을 자신의 직원들이 본관마당에 펼쳐놓는 소리가 시끄럽다. 1, 2층 사무실 직원들이 갑작스런 소리에 일을 하다말고 모두 창밖을 내다본다. 강 주임이 끝이 뾰쪽한 사무용 송곳하나를 들고 나와 주변을 한 바퀴 돌며 살펴보더니 상품 T·M 몇 개를 샘플로 골라 확- 송곳으로 표면을 긁어버린다.

페인팅표면 전체가 한 장의 종이처럼 홀랑 벗어지고 넓게 드러난 본판이 햇볕에 반짝인다. 본판에 초벌 에나멜도 칠하지 않았고 열처리도 건너뛰었다. 그냥 페인팅만 한 결과다. 이렇게 눈속임을 들키고 만다.

"열처리 한 겁니까?"

"……."

"이게 어디…… 올여름 견디겠어요? 기본열처리 빼먹으면 햇볕에 페인팅이 전부 오그라드는데…… 그리고, 자동차 도색이 여름에 벗어지는 것 봤어요? 본판부터 1차 열처리하고, 에나멜 초벌칠 하고 또 열처리 하고, 최종적으로 페인팅하고, 또 열처리를 하기 때문에 폐차가 되어도 벗어지지 않고 견디잖아요. 전부 다시해서 검수한번 더 합시다. 지난번엔 잘 하셨잖아요."

열처리시설이 되어있지 않아 많은 분량의 본판열처리를 하려면 따로 외주를 줘야하기 때문에 이번에는 물량이 좀 많아 돈 좀 아끼려고 공정단계를 통째로 슬쩍 빼먹은 것이 이렇게 들키고 만다. 귀신도 아주 상귀신이다. 이런 상귀신은 첨 본다. 강 준호는 즉시 전화 한통화로 자재과에 일용협력원 서너 명을 지원받고 망치를 든 일용협력원들이 나타나 모조리 달라붙어 광고물 전부를 때려 부순다. 재사용할까봐 아예 그 자리에서 아주 폐 쓰레기를 만들어버린다.

이 광경을 내려다본 대표이사,

"병신 같은 자식! 강 주임 시키는 대로만 하라니까, 저게 무슨 꼴이야."

하고 혀를 찬다. 월급쟁이 대표이사의 설움이다.

아래층 영업이사, 그 장면을 외면하지 않는다. 그는 영리하다. 결재를 받으러온 과장을 세워놓고 혼잣말처럼 창문 밖을 보면서 말한다.

"강 주임 저사람 경계인물이야. 지금 내 눈앞에서 동쪽을 치려고 서쪽에 상처를 줬어. 영리한 놈……."

그랬다. 강 주임의 조작된 계산이다. 영업이사는 그 냄새를 맡는다. 이 상황은 대표이사의 두 충복들에게 전해졌고. 대표이사 사모님에게까지 전해진다. 소견 좁은 사모님은 펄펄뛰며 차량과 권 과장에게 당장 전화한다.

"강 주임이 동생 녀석을 살게 할 거라더니, 갑자기 무슨 일인지 모르겠네."

"강 주임 말을 들어 봐야죠."

"얼른 좀 알아봐요. 권 과장."

퇴근 후, 다시 종로다방에 셋이 모인다. 강 준호 눈치를 보면서 권 과장이 묻는다.

"강 주임, 오늘 회사에서 있었던 사건, 어떻게 된 거야? 박 사장은 물론이고 사모님 난리가 났다고."

"……."

"말 좀, 해보라고, 사모님 이해가 될 수 있게."

"네, 적진에 홀로 들어간 특전사공수요원이 칼을 뺐지요."

"칼을 뺐다고? 그럼, 작전을 개시한 거야?"

"개시지요, 동쪽을 치려고 서쪽에 상처를 준거죠. 또 일을 제대로 시키려니까 양면작전을 쓴 겁니다. 보아주다가 나중에 잘못된 책임은 모두 저에게 돌아옵니다. 전국에 깔린 관리대상 광고물이 어디 한두 갠가요?"

"햐- 강 주임, 정말 무섭고만."

"네, 그리고……."

"그리고? 어서 말해봐."

이번에는 입사동기 허 주임이 채근한다.

"내 몸에 피한방울 안 묻히고 어떻게 적을 죽입니까! 남을 물속에 빠트리려면 내 발목 하나는 물속에 들어가 있어야 합니다. 오늘 일은 박 사장 발목하나를 물속에 담궈 놓은 거죠. 그렇게 사모님에게 전해주세요. 이렇게 해놔야 단번에 다음 작전이 바로 끝납니다."

"단번에? 다음 작전? 알았네, 역시 자네다워. 그대로 사모님께 보고 하겠네. 그런데, 단번이라니. 그 단번작전이 뭔가!"

"지금부터 드리는 말씀은 아직은 대표이사나 사모님께도 비밀입니다. 단번까지만 말씀해 놓으세요. 아직은 우리 셋만 아는 겁니다."

"뭔데 그래. 빨리 말해봐. 알았으니까."

"흠……."

"이봐. 동기, 뜸들이지 말고 빨리 말해봐."

입사동기 허 주임이 동조한다.

잠시 침묵이 흐르고 모두들의 시선이 화살처럼 꽂인다. 찰떡처럼 권 과장 옆에 찰싹 붙어있는 마담을 의식하는 눈치를 보이자,

"마담, 커피 한잔씩 더 가져오고 자리 좀 비켜줘."

준호의 의중을 알아챈 눈치 빠른 권 과장이 이렇게 마담을 내보낸다. 마담은 그들이 가면 찰싹 달라붙어 촉새처럼 끼어들어 말 간섭을 하면서 꼭 비싼 쌍화탕만 시켜먹는다. 그래도 귀여워 하니까……,

"그럼, 단번의 실마리를 말하죠. 저쪽, 경쟁광고사 사장…… 영업이사 바지사장입니다."

"뭐라고? 무슨 말이야. 자세히 말해봐. 그거 강 주임 상상 아냐?"

"상상이라니요. 저쪽 광고업자 월급을 영업이사가 줍니다. 여기까지 입니다."

"뭐야! 그걸 어떻게 알아냈어?"

"네, 결재가 끝난 하청대금지급전표를 회계과로 넘기면 취합해서 구좌입금을 해주는데, 구좌가 두 개였고 입금되는 본 구좌를 영업이사가 가지고 있다가 그걸로 저쪽 광고업자 봉급을 줘왔던 거지요. 구좌변경신청을 하길래 한번 바꿔준 적이 있는데, 그 점이 의문이 들었고 업소를 가서 회계과에 전표를 넘긴 날짜와 다시 바뀐 구좌로 제 날자에 입금이 되는지 확인차 왔다며 두 통장을 모두 달랬더니 경리가 결근을 했다며 당황하지 뭡니까. 순간 제 머리에 번개가 쳤죠."

"그래서?"

"그 뒤, 지급되는 대금은 회계과에 전표만 넘겨주고 넉 달 동안이나 지급을 막았더니 영업이사가 또 다른 사람 구좌를 알려주면서 회계과장에게 슬며시 전화를 몇 차례 한 것이 저에게 꼬투리가 잡히고 말았지요. 지급을 막은 건 꼬투리를 잡으려고 했던 것인데, 그 업자의 대금지급문제를 왜 관련없는 영업이사가 나서서 회계과장에게 물어야 합니까! 더구나 구좌도 다른데다가 회계과장이 어떻게 하면 좋겠느냐며 제 의견을 물었고, 제가 오기 전 지정계약과정을 퍼즐로 맞춰봤지요. 의문점이 많았고 새로 제시한 구좌는 부가가치세 등 회계처리도 불가능한 영업이사 인척의 구좌였지요. 그룹에서 떨어져 나온 지 얼마 안 되는 행정체계의 맹점을 영업이사는 이용하려고 한 거지요. 기업회계는 처음부터 어떤 착오도 용납이 안 됩니다. 자, 여기까집니다. 앞으로의 일은 저도 모르게 대표이사나 사모님도 모르게, 둘이 정말 조용히 처리해야만 저도 살고 대표이사도 살고 우리 모두가 삽니다. 저도 나설 수 없습니다. 한가지…… 영업이사까지 건들면 대표이사가 오히려 치명적인 상처를 입을 수 있습니다. 똥개도 구석으로 몰리면 여지없이 뭅니다. 이게 아까 말한 단번입니다."

라고 하는 말에 기가 찼는지 둘은 목젖이 보이도록 입을 벌리고 놀란 표정을 짓는다.

"강 주임, 이사람 정말 무섭네. 1급 참모로구먼, 전에 그룹에서 그룹종합기획실로 발령낸 것을 대표이사가 끝까지 붙잡고 회장과 싸우면서까지 놓아주지 않은 이유를 이제야 알겠구만. 알았어. 이 정도라면 끝난 일 아닌가!"

"네. 영업이사 모르게 법적 바지사장 실토를 얻어내서 그걸 기화로 끝내면 아무도 다치지 않고 후환이 없고 매듭 짓는 일만 남게 됩니다. 그걸 큰 명분으로 나는 지정업소 계약을 자연스럽게 해제하는 거지요."

"좋아, 그 총대는 우리가 매겠어."

"당연하지요. 나는 그간 점수를 매겨온 비장의 무기로 다른 구실을 덧붙여 바지사장에게 해약통보를 하면 끝납니다. 물론 영업이사는 울며 겨자먹기로 해약품의서에 결재를 할 수 밖에 없을 겁니다."

10, 아귀도 (餓鬼道)

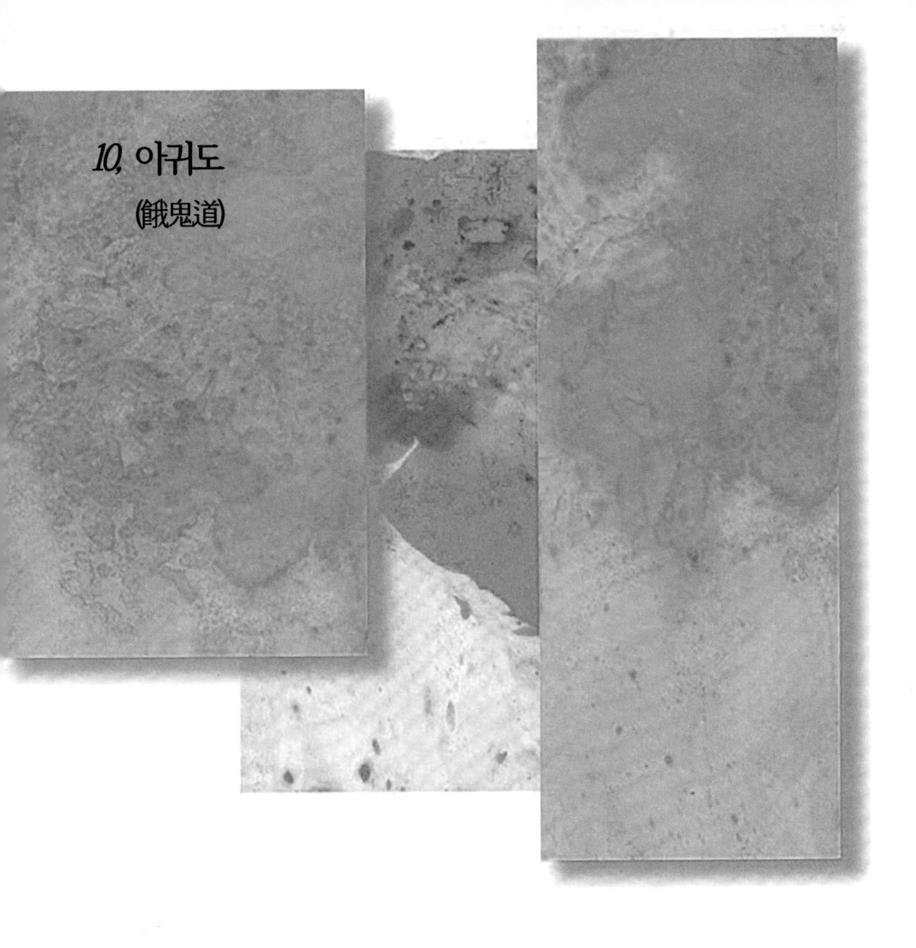

귀신의 표현에 있어서 육도(六道) 중 아귀도를 귀도(鬼道)라고 말하고, 또 귀취(鬼趣)라고 칭하는 데에서 학문적 근거를 찾아 볼 수 있다. 귀신은 불가사의 하게 빠르지만, 동시에 극심한 기갈증(飢渴症)에 늘 허덕인다.

10

강 준호, 그는 이제 인간세상에서 이제 더는 머물 곳을 잃었다. 점차 체념이 되어가는 것은 집단무덤 속 같은 중환자실에 기약 없이 처박혀버린 알량하고 쓸모없어진 자신의 육신덩어리를 본 뒤부터다. 인연 지었던 사람들도 체념이 되어간다.

이제 중음세계에 존재하며 어디론가 윤회의 길로 가야하는 정색(淨色) 속에 안(眼)·이(耳)·비(鼻)·설(舌)·신(身)·의(意), 육근(六根)종자만 지닌 영혼일 뿐이다. 지금 그는 수많은 영혼들의 생멸(生滅)을 본다. 지상세계로부터 공기방울처럼 떠오르는 검은 빛깔 영혼들은 하층에서 머물고, 전생업력이 가벼운 무지갯빛영혼들은 상층부까지 떠오르는가 하면, 윤회의 길로 떠나는, 별빛처럼 반짝이던 영혼들이 찰나찰나 사라지는 중음세계의 생멸 현상이다. 그런 가운데 6척 미만의 육체 속에 비장되어있는 인간의 정신적 주체는 신비하고 불가사의한 영혼의 존재라는 것도, 그 자신 영혼주체가 그렇다는 것도 깊게 알아가고 욕심을 버린 체념의 끝이 결과에 가서는 이처럼 편하다는 것도 깨우치기 시작한다.

지금 준호의 영혼을 지배하는 것은 그 누구도 아니다. 그 자신의 아라야식, 즉 심(心)이다. 그 심은 생전 육신을 지배하였고 지금 영혼까지도 지배하고 있다. 육신은 본시 심(心)의 노예였을 뿐이다. 마음이 저리가라면 저리 갔고 이리오라면 이리 왔다. 무량한 심(心)의 원력은 어떤 영혼도 이렇게 움직이게 하고 있다.

원시불교(原始佛教) 후반, 부파불교가 성행할 때, 이들 종파가 중음세계의 영혼을 보다 구체적으로 설명하고, 인간의 사후 주체도 구체적으로 설명하는데서 불교가 논리화 된다. 따라서 교리의 논리서인 여러 논부도 많이 생기게 된다. 그 가운데 귀신의 정체가 무엇인지도 이제는 알고 싶어지고, 준호자신의 영혼 역시, 한낮 벗어날 수 없는 귀신이라는 것도 이제는 부정에서 긍정으로 바뀌고 있다. 이렇게 그가 가진 긍정만큼이나 오페라영혼친구들도 긍정하고 있는 것일까. 하지만 어린애 같은 천

진한 태도로 일관하는 그 영혼무리들은 아닐 것이다. 천진난만한 전생업력일 뿐일 것이다. 이제는 그들이 그립다. 그리움이라는 것, 홀연한 영혼의 존재로 느끼는 그런 외로움이다. 중환자실에 처박히는 걸 보고 많은 시간이 지났지만, 중음세계의 시간은 더 많은 전변의 세월이 흐르고 인간세상처럼 다른 영혼사회가 구성되고 빠르게 역사가 만들어지는 것은 또 뭘까…….

휘이- 당체를 나투어 그리운 영혼들을 찾아 대천세계 무지개를 찾는다. 특정한 위치를 설정할 수 없고, 또 설정되어있지 않은 구획이 없는 무한공간이어서 영혼친구들을 찾을 정해진 장소는 따로 없다.

허공 높이 떠 있는 무지개빛깔 속을 준호의 혼백은 이렇게 떠돌 뿐이다. 때로는 전생 업(業)이 유사한 영혼불빛무리가 멀리 새떼처럼 보이다가 사라지고, 한없는 무채색 멀리 영롱한 영혼불빛들이 무지개 속에서 유영하는 색광을 보고, 행여 그들 영혼이 아닌가 싶어 쫓아가면, 그 영혼무리들은 산산이 흩어져버린다. 마치, 어떤 위대한 힘에 의해 어디론가 유인되고 있는 것일까. 때로는 까마득한 허공 멀리 만개한 가을 코스모스 꽃무리 같은 영혼불빛들을 보기도 하고, 흩어졌다가 다시 모이는, 빨, 주, 노, 초, 파, 남, 보, 무지갯빛 영혼들의 춤사위도 본다.

그러다가 방향을 돌리면 형광 푸르샨블루 영혼무리들의 유영이, 끝없고 광막한 허공에 오로라를 일으키는 아름다움을 본다.

이렇게 영혼세계는 찬연한 영혼빛깔들의 무지개 혼합 광과 신비한 마블링빛깔로 가득하다. 빛깔이 말을 하고, 빛깔이 숨 쉬며 빛깔이 의사를 전달하는 세계, 영혼세계다.

빨·주·노·초·파·남·보, 무지갯빛을 뉴턴이 아니었더라면 이렇게 표현하지도 못했을 것이다. 영국물리학자 아이작 뉴턴(1642~1727)은, 1704년 백색광을 분해하여 눈으로 볼 수 있는 색의 범위인 무지개스펙트럼을 발견했다.

그것이 우리에게 익숙한 '빨·주·노·초·파·남·보,' 다. 뉴턴은 프리즘실험을 통해 백색광 속에 빨강, 노랑, 등, 색광이 혼합되어 있음을 시사한다.

그는 빛과 어둠의 경계에서 모든 색깔이 만들어진다는 새로운 이론을 제창했다. 독일이 낳은 대문호 괴테는 자신의 이론과 실험을 집대성해 1810년 '색채론' 을 출판했다. 괴테의 무지개 빛깔 색상환은 그 결정체다. 그들의 이론을 인용하면 색은 생리적, 물리적, 화학적 특성 외에 색이 감성(感性)을 가지며, 도덕성을 겸비한다. 언어처럼 색이 말을 하고, 대중이 알아차릴 수 있는 상징성을 내포한다.

다른 과학자들은 괴테의 색 이론을 철저하게 배격했다.

하지만, 19세기 영국과학자 토마스 영은 괴테의 색깔이론이 뉴턴의 색깔이론보다 인간지성의 도착(倒錯)이론을 보여주는 좋은 예라고 역설한다. 중음세계 영혼빛깔들의 혼합 광은 뉴턴과 괴테의 색깔이론에 충실하다. 맑은 정색 속에 호흡하며 살아있는 안(眼)·이(耳)·비(鼻)·설(舌)·신(身)·의(意), 육근(五根)의 인간종자가 살아있으므로 빛깔로 말을 하고 의사를 전달한다.

그는 불현 듯, 얼굴도 모르는 외할머니가 보고 싶다. 그가 생전에 아쉬워하고 그리워했던 것이 있다. 외할머니의 사랑이다. 그는 생전에 어머니의 어머니, 외할머니의 사랑을 늘 목말라 했다. 남들이 외할머니의 사랑을 받는 모습을 보면 어린 마음으로 그렇게 부러울 수가 없었다. 이렇게 중음 천 허공세계 무지개를 찾아 떠돌다 보면 외할머니를 만날 수는 없을까…….

나(我)라는 존재감만 느끼는 당체, 혼백, 지금까지는 서예가영혼과 음악가영혼들을 만나 영혼세계를 이야기하며 즐거움도 함께 공유했었다. 그들이 보이지 않는 허공세계는 찬연한 무지개 빛깔 속에서도 한없이 외롭다. 광활히 먼 곳에 영혼불빛 하나가 줄무늬를 그리며 날아오고, 뒤 따르는 영롱하고 아름다운 영혼불빛들, 찰나처럼 다가와 준호의 영혼당체를 에워싸며 반긴다.

서예작가영혼과 음악가영혼들이다. 오페라영혼이 그의 등장을 가장 기뻐한다.

"화가영혼, 오셨군요. 오셨으면 저희 빛깔을 먼저 찾지않구요. 여태 무지개 속을 찾아다녔답니다."

"저도 찾아다녔지요. 너무나 외로웠어요."

외로웠다는 말에 서예가영혼이 충고한다.

"화가영혼! 중음 천에서 외로운 마음을 가져서는 안 됩니다. 무상무념(無象無念)으로 계셔야합니다. 생각이 쌓이면 집착을 만들어냅니다."

"네? 무슨 말이지요?"

"그것은 화가영혼께서 자신이 영혼이라는 것을 인정하지 않고 전생의 끈을 지금도 붙잡고 있다는 증거지요. 아직도 자신이 잠만 퍼질러 자고 있는 것으로 여기고 있잖아요. 그 결과 전생집착으로, 나중에는 이곳도 저곳도 가지 못하고 아귀도(餓鬼道)로 빠지는 귀신이 될까봐 걱정이 되어 하는 말입니다. 물론, 장례식이 끝나지 않은 이유도 있겠지만 전생집착을 버리세요. 그 끈을 이제는 놓아버리세요. 우리는 영혼빛깔을 지니고 있다가 영혼 길을 가야합니다."

하고 깊은 뜻으로 말한다.

그러자 겁이 난 오페라영혼이 자신의 빛깔을 바르르 떨며 되묻는다.

"네? 아귀도? 귀신이라고 하셨나요?"

서예가영혼이 계속 말한다.

"네, 삼악도(三惡道)에서는 귀신(鬼神)과 아귀도(餓鬼道)세상이 있답니다."

"귀신요? 그럼 우리는 귀신이 아닌가요?"

"아이- 참, 오페라영혼! 잠자코 좀 들어요. 우리는 귀신의 정체가 무엇인지 알려고 하고, 가장 궁금하게 여기고 있다고 해도 과언은 아니지요."

"네,"

오페라영혼이 바짝 다가오며 대답한다. 호기심이 아주 많은 영혼이다.

"경전에서 귀신을 말하기를 귀신은 육도(六道)가운데 하나인 아귀도에 속한다고 설합니다. 어떤 장소에 어떤 형태로 나타나든지, 아귀도라는 하나의 문(門)을 통해 백 천 종류의 귀신으로 분류된 것에 지나지 않는 답니다. 그래서 아귀도라는 말은 전체의 귀신을 총칭하는 단어로 봐야 하지요. 이들 귀신들은 지옥처럼 험악한 세계에서 살기도 하지만, 인간계에도 나타나 과보를 받기도 하는데, 형태를 보면 화생(化生), 태생(胎生)으로써 다양하게 나타납니다. 그 과보에 원인을 살펴보면 귀신은 전생에 마음이 악하였고, 탐욕이 많았으며, 남을 사기치고 온갖 수단과 방법을 가리지 않고 악을 범한 업력의 과보를 받은 것이지요. 그 결과 인과응보로 아귀도에 타락한 것이지요."

"네, 그러면 지금 우리는 아귀도로 타락한 건 아니죠? 그렇지요?"

"원 참! 오페라영혼께서는 다 듣고 물었으면 좋겠어요. 그리고 아귀들이 거주하는 세계는 크게 두 가지로 볼 수 있는데, 그 하나는 인간 세상에 거주한다고 보고, 또 하나는 따로 만들어진 아귀세계에서 거주하는 것으로 보고 있어요. 먼저, 인간 세상에서 거주한다는 말은 인간계의 사주(四洲) 중간에 거주하는 것을 뜻하는 것이지요. 그래서 밤중에 길을 갈 때 헛보이는 것처럼 사람 앞에 갑자기 나타날 수 도 있고. 교통사고로 죽은 현장이나, 흐르는 물에 빠져죽었다면 죽은 물가의 현장에서 나타나기도 하지요. 아귀는 그렇게 인간 세상에 수시로 나타나면서 영력이 강한 사람이나 관련된 사람의 눈에 띄기도 하지요."

"어머, 무서워요. 그래서 물에 빠져죽은 물귀신이 있나보죠?"

"그래요. 오페라영혼, 더 말씀해 드릴게요. 정상적인 아귀세계를 가보지는 않았지만, 약 오백유순 아래로 내려가면 있다는 말도 있고, 삼만육천유순 아래에 있다는 말도 있지요. 귀(鬼)는 중국에서 죽은 사람의 영(靈)이라고 하고, 인도에서는 아들이 조부의 제사를 지낼 수 없을 때, 그 영혼은 귀계(鬼界)로 떨어져 극심한 고통을 받는다고 믿지요. 그래서 제사를 지내줄 수 없는 유혼도 아귀에 포함하지요. 귀신의 표현에 대해서는, 육도(六道) 중 아귀도를 귀도(鬼道)라고 말하고, 또 귀취(鬼趣)라고 칭하는

데에서 학문적 근거를 찾아 볼 수 있지요. 그런데 귀신은 불가사의하게 빠르고, 동시에 극심한 기갈증(飢渴症)에 늘 허덕인답니다. 이 귀신들은 백 천세가 지나도록 물 구경도 못하지요. 아귀는 여러 형태의 신체적 구조가 있는데, 예를 들면, 배는 산처럼 큰데 목구멍은 바늘구멍 같아서 음식이 있어도 먹을 수가 없고, 음식을 먹으려고 하면 오히려 목구멍에서 불이 나버린답니다. 하지만 원하는 게 많아서 아무리 먼 곳도 찰나에 달려가고, 어느 한곳에 머물지도 못합니다."

"어머나, 불쌍하기도 하군요."

"흔히 나누는 귀종류(鬼種類)를 보면 나찰귀(羅刹鬼), 구반다귀(鳩槃茶鬼), 비사도귀(毘舍闍鬼), 등을 들기도 하지만, 실제로 아귀도에 속하는 아귀종류는 확신아귀(鑊身餓鬼)부터 살신아귀(殺神餓鬼)까지, 총 36종을 들고 있지요. 36종의 명사에서 아귀들의 생활은 각양각색이랍니다. 그 많은 아귀들을 모두 설명할 수 없으니까 몇 개만 설명해드리렵니다."

"아니 예요. 모두 말씀해 주세요."

"오페라영혼은 겁도 많으면서 호기심만 가득 찼군요. 아마 36종 귀신을 다 말해주었다가는 오페라영혼은 아마 기절해버리고 말거에요. 특이한 몇 개만 특정해서 말할게요. 식분아귀(食糞茶鬼)라는 귀신이 있는데, 생전에 욕심이 많고 남에게 밥을 줄 때 썩은 밥을 주고, 좋은 밥은 혼자서 숨어서 먹고, 그 업보를 받아 귀신이 되어서는 평생 배가 고프다 못해 다른 귀신들이 싸 놓은 똥만 찾아다니며 먹고 살아야 한답니다. 그것도 구하지 못해 항상 굶주리며 산다고 하죠, 식분아귀(食糞茶鬼) 친구인 식기아귀(食氣餓鬼)도 똑 같은 과보로 산답니다."

"아이 더러워. 토하려고 해요. 그럼 식분아귀(食糞茶鬼)나 식기아귀(食氣餓鬼)는 나중에 어떻게 되나요?"

"네, 그렇게 살다가 그 업이 소멸되면 아귀도의 몸을 벗고 다른 생사(生死)의 길로 들어가 태어납니다."

"그럼 인간으로 태어나나요?"

"아니요, 대부분 축생(畜生) 보를 받아 배고픈 짐승으로 태어나지요. 하지만 인간의 몸을 받는 경우도 있지만, 만약 인간으로 태어나면 평생 가난에 쪼들리고, 늘 허기지고 배고프면서 살아야 합니다. 결론적으로 아귀들은 윤회의 도리에서 보면 인간계보다 하급에 속하는 중생류(衆生類)라는 것입니다. 우리는 귀신을 믿는다기보다 경전 상으로 보아도 오히려 불쌍하게 여기고 제도하는 입장에서 깨우치도록 도울 수 있으면 도와주어야 선업이 증장되어 이곳에서도 악업인자를 줄여갈 수 있는 것이랍니다."

"명심하겠어요."

다소곳이 듣던 오페라영혼이 빛을 발하며 다짐한다.

11. 찰나(刹那)와 겁(劫)

찰나는 신라 원측법사(圓測法師)가 당나라 서명사에서 지은 인왕경소(仁王經疏)에서 한 생각(一念)에는 90 소찰나(小刹那)가 있고, 이 소찰나 중에서 일소찰나(一小刹那)에는 구백 번의 생멸이 있다고 하였다. 이와같이 한 생각은 발생하자마자 곧 소멸되고, 이 순간 구백이 모여 작은 찰나가 되고, 작은 찰나가 구십이 모여 겨우 한 생각이 떠오른다. .

11

"아니, 서예가영혼께서는 만법(萬法)을 그렇게 잘 아시는지, 이제는 정말 존경스럽기까지 합니다. 이 많은 지식을 도대체 어디서 배웠나요?"

하고 묻자 오페라영혼이 거든다.

"화가영혼께서 박학다식한 좋은 영혼친구가 있다더니 서예가영혼이었어요. 좋은 말씀 고마워요. 정말 어디서 배우셨어요?"

"허 참, 허공세계여서 더 띄울 곳도 없는데 그만 띄우세요. 전생에 제가 서예작품을 쓰면서 불교의 반야심경병풍을 시작으로 금강경오가해는 물론 각종 경서를 중심으로 작품을 썼답니다. 자연히 그 내용에 탄복하여 불교에 심취한바 있지요. 나중에는 아주 입산(入山)할 뜻도 생겼지만 처성자옥(妻城子獄)이라 처자가 있어서 포기했지요. 그것이 바탕이 되었는지, 사후세계에 와서는 다른 영혼들에 비해 빠르게 영혼세계를 익혔지요. 그런데 지금까지 드린 말씀의 내용을 바탕으로 당신들은 천체(天體)의 모든 물질이 어떻게 변천하는지와 시간관(時間觀)을 아셔야 합니다."

"이제, 차원을 높였군요."

"네, 기본학식을 갖춘 영혼들이어서 학구열도 대단하기 때문에 제가 아는 것은 모두 알려드리려고 합니다. 그럼 시작하리다. 그러니까, 중음 천에서 말하는 시간의 이론은 인간생활의 모든 것은 시간과 더불어 이루어지며, 시간의 개념이 뚜렷함으로써 진리관도 뚜렷해진다고 말합니다. 경전에 나타난 시간개념에서는 천체의 변천과 우주의 실체를 이해하는데 도움이 되고자 설하지요. 불교의 진리관은 아주 세밀해서 수명이 짧은 생명체와 진리를 설명할 때 찰나(刹那)로 환산하고, 천체와 천인(天人)의 수명 등, 긴 시간은 겁(劫)으로 환산합니다.

"네."

"이를테면, 가장 긴 시간이 겁(劫)이라면, 가장 짧은 시간은 찰나(刹那)라고 단위 합니다. 찰나라고 하는 시간은 1초나 2초가 아닌 하루가 24시간일 때, 하루인 1日이, 64억 9만 일천 80찰나를 연장한 것이라 합니다. 그러므로 생사도 위(位)에서 말하는 천인들과는 달리 '1일(日) 일야(夜)에 만사(萬死)만생(萬生)' 하는 지옥도 있다고 하니, 가히 찰나에 죽고 찰나에 출생하는 것으로써 찰나라는 시간의 계수(計數)가 아니고서는 그 생(生)과 사(死)를 설명할 수 없고. 또한 찰나에 없어졌다 찰나에 나타나는 무상세계에서는, 그 이치를 설명하는데 찰나라는 시간의 개념이 없으면 가히 설명할 수가 없다는 것입니다. 때문에 시간을 설명할 때, 진리 면에 있어 최장의 시간인 겁(劫)의 시간도 필요하지만, 반대로 찰나라는 계수도 필요합니다. 왜냐면, 진리는 무궁무진하여 짧은 것과 긴 것 등, 극도로 반대되는 현상이 중생세계에 너무나도 많기 때문이지요."

"네."

"경전에 의하면 겁(劫)의 단위는 개자겁(芥子劫)으로, 눈으로 잘 볼 수 없는 작은 씨앗인 개자 씨는 일 유순(一由旬)되는 철(鐵)로 된 성(城)의 사십 리 둘레에 가득 채워져 있고, 장수(長壽)하는 천인이 한번 씩 내려와 개자 씨 하나를 가져가, 그 개자 씨 모두가 없어지는 기간을 일 겁(一劫)으로 해당하는 시간으로 말합니다. 천인은 3년에 한번을 가져가며, 모두 옮겨지는데 걸리는 기간은 100년으로 백년을 한 단위로 1겁(劫)으로 말하므로 즉, 1겁은 100년을 말합니다."

"오-! 겁의 시간은 아주 무량한 시간이군요."

"그렇지요. 작은 물체와, 큰 물체 내지 천체(天體)까지의 물질로 된 삼라만상은 처음 최초 성립되어 일정한 기간 동안 그 수명만큼 유지되고, 다시 변화작용을 일으켜 파괴되며, 결국 없어지는 공(空) 등, 성(成), 주(住), 괴(壞), 공(空)의 네 가지 과정을 계속 되풀이하는 성질을 가지고 있습니다. 때문에 우리의 정신세계 또한 한번 일어난 한 생각이 잠시 지속되었다가 변하고, 그 생각이 없어지는 생(生), 주(住), 이(異), 멸(滅)의 과정이 되풀이된 것이 바로 인간의 정신생활입니다. 그래서 이것을 무상이라 이르고 모든 물체는 무아(無我)하다. 고 하는 것이랍니다. 그것은 어떤 물질이든지 지(地), 수(水), 화(火), 풍(風), 사대(四大)요소가 집합하였다가 흩어지는 가능성을 지니고 있기 때문에서 비롯되는 말이지요."

"네."

오페라영혼이 꽤 진지하게 듣는다.

"이렇게 시간을 찰나와 겁이란 용어를 사용하지만 겁의 내용과 찰나의 내용을 깊이 들어가면 또 복잡합니다. 기록에 의한 내용을 살펴보면, 찰나는 신라 원측법사(圓測法師)가 당나라 서명사에서 지은 인왕경소(仁王經疏)에서 한 생각(一念)에는 90 소찰나(小刹那)가 있고, 이 소찰나 중에서 일소찰나(一 小刹那)에는 구백 번의 생멸이 있다고 하였습니다. 이와같이 한 생각은 발생하자마자 곧 소멸되고, 이 순간 구백이 모여 작은 찰나가 되고, 작은 찰나가 구십이 모여 겨우 한 생각이 떠오릅니다. 그러므로 한 생각(一念) 속에 팔만사천 생멸이 있다는 결론이 나오는 거지요. 해서, 우리의 생각이란 실다운 생각이 아니라 임시로 가립된 현상으로써 있는 듯하면서 그 내용은 공(空)합니다."

"네."

"이처럼 찰나의 시간이 얼마나 짧은지 알 수 있고, 정신성의 무상성도 여실히 보여줍니다. 이와는 초극의 반대로는 겁(劫)을 말할 수 있습니다. 이 단어는 찰나에 비하여 무한한 세계관이 발달하면 겁은 범어인 Kalpa의 음역으로 겁파(劫波)로 발음하는데, 이것은 장구한 시간을 말하는 것으로 장시(長時), 또는 대시(大時)로 무한한 세계관이 발달하면서, 이와 같은 겁의 명사는 대소의 사물이 찰나 찰나에 변천하면서 그 실체가 마멸되고, 괴멸되는 기간이 엄연히 장구함을 보이고 천체나 천인들의 수명과 여러 물체의 상속기간을 설명하기 위하여 정해진 단어라 할 수 있답니다."

"오-! 찰나의 설명을 듣고 보니 찰나라는 시간단위가, 64억 9만 일천 80찰나를 연장한 것이 하루라면 찰나는 숫자로 볼 때, 소수점 아래로 한도 끝도 없이 내려가는 헤아릴 수 없는 초극순간을 말하는데 인간세상에서 내용도 모르고 찰나라는 말을 썼군요."

하고 준호의 영혼당체가 말하자,

"호! 화가영혼은 영민해서 찰나를 아주 정확하게 분석하는군요.

역시 영민해요. 만 점 드립니다."

"어머나. 만 점이나? 화가영혼, 공부도 잘하시네."

오페라영혼이 또 특유의 호들갑을 떤다.

"그리고 삼라만상은 유일한 물질이 아니라 여러 인연들이 합하여 성립되었기 때문에 변하지 않는 물체가 없습니다. 그러므로 무아(無我)라 하면 정신세계 또한 마찬가지지요. 이러한 무아와 무상 속에 살면서 그 무상의 원리를 모르고 표면의 양상만을 관찰하고 집착심을 일으키거나, 또 자신이 천년만년 살 것처럼 우리는 아집을 일으키며 살아왔지요. 하지만 그 욕심과는 반대로 무상원리에 속아 지니고 있던 재산과 물질이 없어지거나 생사의 커다란 변화가 일어나면 염세와 비애가 정도를 넘어서고 몸까지 괴롭게 망쳐버리는 일이 세상에 비일비재 하지요."

"네."

"인간은 이러한 무상원리를 깊이 파악하여 변화무쌍한 삶의 현실 속에 속지 말아야 할 뿐 아니라, 항상 중도적인 관찰이 필요합니다. 그러니까, 무상한 시간 속에서도 항상 변함없는 불생불멸의 진리를 관찰하고 의식하여 영원한 시간관을 정립하는 것이 필요하다는 것입니다. 어때요? 모두 무슨 말인지 알아듣겠어요? 오페라영혼?"

"네? 왜, 또 저를 지목하시는 거죠? 아귀도 말씀을 하시면서 저를 지목하시기에 무척 놀랐는데……."

"학구열이 많으니까 그렇지요. 다시 말씀드릴게요. 그래서 인간은 살면서 갖은 욕심과 번뇌 속에서 업을 많이 짓고 무상세계에 태어나는 것을 망각하고, 시간의 무상을 모르고 방탕하면 과거에 지어온 나쁜 업력을 언제 소멸할 것이며, 또 인간으로 해야 할 일, 사회봉사를 통한 선업(善業)을 일으켜 자아를 완성하고 사회봉사의 선행은 언제 실천할 것이냐, 하는 거지요."

"네. 지금 말씀하신 내용에는 이상하게 숙연해지는 군요. 제가 어떻게 살았는지 전생이 뒤돌아보아지고 후회되는 일들도 스쳐지는 군요."

어린애만 같던 오페라영혼이 어른스럽게 반응한다.

이 때, 화가영혼이 찰나에 사라졌다. 64억 9만 일천 80에 해당하는 극 찰나다.

"어머나, 화가영혼이 갑자기 없어졌어요."

"무슨 일이 있나 보죠? 그런데 오페라영혼, 제 말씀을 들으면서 왜 자꾸 화가영혼에게 당체를 붙이는 거죠? 화가영혼은 불편하던 모양이던데……."

"네? 네, 처음부터 화가영혼을 좋아했어요."

"뭐라구요? 그럼 처음부터 화가영혼에게 이성을 느꼈나요?"

"네, 화가영혼의 매혹적인 빛깔을 보고 첫눈에 반했어요. 제가 화가영혼을 좋아하는 것을 음악가영혼친구들도 이제는 모두 눈치 챘어요. 그것을 바이올린 국제콩쿠르에서 대상을 받은 깜찍한 바이올린영혼이 자신의 영혼빛깔과 더 가깝다면서 질투하고 있어요. 제 빛깔이 더 아름답게 닮았는데 말이죠."

"그것을 화가영혼이 아나요?"

"알고 있는 눈치예요. 제가 당체를 밀면 자신도 은근히 밀더라구요."

"화가영혼이 없을 때 충고해드리니까 명심하세요. 영혼세계에서 그건 절대로 안 되는 일이예요. 나중에 화가영혼이 돌아오면 말을 들어보고 같이 말해 줄게요. 그가 그런다면 같이 알아야 하는 문제니까요."

"문제라니요. 아-, 제발. 서예가영혼, 긍정적으로 여겨줘요. 화가영혼이 돌아오면 제 마음을 꼭 전해줘요. 진실로 고백해요."

"이런, 이거 참 큰일 났네. 이래서는 안 되는데."

12. 천도굿마당

핏덩이를 안은 가련했던 영혼이 팔대장삼 염라유사꽁무니를 따라 비로소 영혼 길을 떠난다. 봉지가슴 응어리진 원억을 풀고 핏덩이 하나 품고 다시 못올 멀고 먼 저승길을 간다. 염라유사 따라가는 저승 그곳이 아귀도는 아닐 것이다. 왕생가 가사처럼 설사 황금으로 땅이 되지 않았을지라도, 연꽃으로 대는 지은 땅일 것이다.

12

90 소찰나(小刹那)가 아닌, 64억 9만 일천 80, 극 찰나에 준호의 혼백은 현생(現生)의 병원중환자실 공간에 와있다. 위생복을 입은 박 사장이 침대 옆에 서 있고. 아래층 대기실에 노모와 아이를 등에 업은 누나가 초조한 표정으로 몸을 흔들며 보채는 아기를 재우고 있는 모습을 본다.

삶의 집착이 일어난다. 박 사장이 애타는 노모와 누나를 데리고 온 모양이다. 뚱뚱한 담당간호사가 투명 링거 팩을 주물러 보면서 말한다.

"보통, 네 시간이면 링거를 갈아줘야 하는데, 하룻 동안 한번도 갈아주지를 못했어요. 주입이 잘 되지를 않아요. 호흡이 없는 데도 다행히 사후강직현상[1])이 일어나지 않고 병원장님이 그걸 기대하시는데 더이상 진척이 없으니까 답답하신 모양이에요. 이대로라면 기대할 수 없어요. 상태 보셨으니까 집으로 가 계세요. 일반병실로 내려가게 되면 연락드릴게요."

수주해주는 광고물제작이나 공사를 하면서 속 깨나 썩이던 박 사장을 이렇게 보자, 그에게 담긴 내면의 인간미를 영혼세계에서 느낀다. 그가 가족처럼 노모와 누나를 승용차로 데려다 주고 자신의 공장으로 간다. 준호의 당체는 허공으로 그를 따라간다. 공장에는 차량과 권 과장이 회사의 1급 자동차정비공장 기술진들을 몽땅 데려와 설비시설을 하고 있다. 3톤 트럭한대가 들어갈 수 있는 크기의 철재와 도색된 광고물 열처리 시설을 위한 투자설비다. 감독처럼 두루 주변을 살핀다.

회사의 상품 T·M을 열처리를 하지 않고 납품설치하려다가 들통이 나 광고물 전체를 때려 부순 사건 후, 며칠이 지나 차량과 권 과장에게 말했었다.

"박 사장 공장에 열처리시설을 갖춰놓도록 하셔야 합니다. 영업이사 광고사 쪽 모르게 말입니다."

"그건 왜? 꼭 그래야 하나? 돈이 꽤 드는데."

1. 사후강직현상 : 근육이 딱딱하게 굳는 현상

"거, 회사 차량과 공장에 폐철판도 많잖아요. 폐차트럭이 산더미 더만, 그것도 경매처분 하지 말고 그걸 분해해서 외형 세우고, 내부 열처리시설이야 기술진들이 있잖아요. 대형 빌보드광고를 기획하고 있는데, 박통(박 정희)시대는 끝났으니까, 빌보드 허가 풀리는 건 시간문젭니다. 고속도로 변, 산(山)등성이나 시내 중심가 빌딩에 빌보드 허가만 풀리면 돈방석입니다. 빨리 마쳐놓으세요."

"그걸 내다보고 있었나? 사모님에게 보고 드리고 바로 하겠네."

내가 없으므로 내 대신 미스터 백을 통해 수주 받은 광고기획건을 제대로 할지 걱정이지만 열처리설비현장을 보자 마음이 놓인다.

*

64억 9만 일천 80, 극 찰나에 알 수 없는 어느 허공계로 온다. 잡귀들이 득실거린다. 주로 제삿밥도 얻어먹지 못하고 중음천을 헤매는 주인 없는 잡귀들 마당이다. 잡귀마당에는 칼에 찔려죽은 영혼, 하늘이 준 수명을 거부하고 자살한 영혼, 차마 겪기도 어려운 한이 뭉친 배고픈 영혼, 심지어 태어나려던 핏덩이를 자궁 속에 안고 자살한 영혼, 제사를 지내 줄 주인 없는 영혼들, 윤회를 할 수도 없고 축생 보의 몸도 받을 수도 없는, 고갈

증에 허덕이는 잡귀들 속에 어느 영혼을 찾는지 구천 영혼하나를 찾는 환청 같은 게송이 중음 천 가득 울린다.

"복유, 천부자재하시니 덕막대언이요. 신명인귀하시니 도막중언이라, 인요칠통칠액하니 호천구생이라, 귀신도 산안인지상경이니 지성이면 감천이요. 지심이면 감신감응하소서……."

하는 영혼의 감응을 기원하는 축문소리에 잡귀들이 이리 뛰고 저리 뛴다. 찾는 영혼의 이름 석 자가 없으니 누구를 부르는지를 몰라 설레던 잡귀들이 소리를 따라 어느 바닷가 산간마을 굿판으로 우르르 몰려 내려간다. 굿마당에 별신(別神)대와 삼지창이 신장대로 세워있고, 무당법사들이 고깔을 쓰고 고장을 울리며 굿판을 벌인다.

어떤 영혼의 천도굿판인지 수많은 오방신장 깃발이 펄럭이는 모습이 장엄하다. 붉은색 별신모자무녀가 신장 대 앞에 쪼그리고 앉아 영가(靈駕)가 내려앉을 대나무신대를 붙잡고 신(神)을 부른다. 잡귀들이 음복할 온갖 음식이 차려있고, 온 가족과 무당패거리들과 마을구경꾼까지 인산인해를 이룬 큰 천도굿판이다.

무녀가 또다시 영혼을 찾는다.

"복유, 천부자재하시니 덕막대언이요, 신명인귀하시니 도막중언이라, 인요칠통 칠액하니 호천구생이라 귀신도 산안인지상경이니, 경천망 광산유인 김 말순 영가(驚天亡光山有人金末順靈駕), 지성이면 감천이요. 지심이면 감신감응하소서……."

하고 -경천망광산유인김말순영가-, 이름 석 자를 부르는 무녀의 게송을 듣고, 바닷물 조금을 타고 어촌부둣가선창으로 앙강망 어선 객지 배 한 척이 들어왔다가, 조금이 지나고 썰물을 타고 나가려 할 때, 객지뱃놈들에게 선실로 끌려 들어가 윤간을 당하고, 애비가 누군지도 모르는 태아로 점점 부풀어 오르는 배를 천으로 둘러 감고 숨기다가, 열 달이 코앞에 닥쳐오자 출산이 두려운 그녀는,

"악아, 애비도 모르는 너는 태어나서는 안 돼. 나는 네 엄마지만 너를 낳을 수 없구나. 엄마랑 이 세상을 떠나 저 세상으로 가서 아무도 모르게 이 엄마랑 살자구나."

그러면서 뱃속에 그대로 안고 휘영청 달 밝은 밤 자정이 넘어가자 부둣가 멀리 갯벌에 방치된 폐선뱃머리에 부풀어 오르는 배를 둘렀던 천을 풀어 목을 맨 애석하고 불쌍한 영혼이,

"독한 년, 까 내놓고 혼자 올 일이지 아기까지 데려 왔어? 나쁜 년 같으니."

하며, 사연도 모르는 다른 귓것들에게 미움을 받고, 이리 채이

고 저리 얻어 맞으며 눈물바람으로 구천세월 헤매던 불쌍한 영혼하나가 눈치 주던 귓것들 무서워 주눅이 들어, 자신을 위해 부모가 벌인 굿판 앞으로 나서지도 못하고 뒤에서 소리만 듣고 있다가 자신의 이름 석 자 부르는 소리를 듣고서야,

"아이쿠, 나를 부르네."

그러면서 귀것들 틈바구니를 비집고 나와 물옴박지에 엎어 놓은 물바가지를 수저로 동동동 때리며,

"경천망광산유인김말순영가(驚天亡光山有人金末順靈駕), 지성이면 감천이요. 지심이면 감신감응……."

거듭 이름 석 자를 부르는 소리에 무녀가 한 손에 쥔 대나무 신대가지로 얼른 아기를 안고 날아가 붙는다.

신대가 바르르 떨리는 것을 본 무녀는,

"왔네, 왔네. 경천망광산유인 김 말순 영가가 왔네."

그러면서 바르르 떠는 신대를 들고 무녀는 휠휠 뛴다.

"말순아, 말순아, 배는 안 고팠냐?"

무당이 물으면 알아듣고 신대가 바르르 떤다.

"아이고, 잿주 양반 말순이가 배가 고팠다네요. 얼른 영단에 마짓 밥 좀 고봉으로 올려요."

"먹어라, 먹어라. 배불리 먹고 극락으로 가자꾸나."

핏덩이가 걸리는 영혼이 말한다.

"젖이 말랐어요. 어린새끼 먹일 우유는 없는가요."

“아이쿠 머니나. 새끼를 배서 자살을 했구나. 잿주양반 말순이가 어떤 놈 애를 배서 목을 맨 모양이네요. 우유한 병 얼른 사다 올리세요. 말순아, 말순아. 그 아기는 어떤 놈 아기냐. 모두 말해주고 맺힌 한을 풀 거라.”

하고 영혼을 달랜다.

“말순아, 말순아, 설워마라. 맺힌 고를 풀어주마.”

그러면서 엉킨 실타래 같은 광목천 끝을 잡고 넋풀이 춤으로 열두 고 영가의 맺힌 한을 풀어준다. 무당법사들의 넋풀이 게송장단이 구슬프다. 구경꾼 잡귀들도 눈물을 흘린다. 길 다란 광목천으로 얽힌 열두 고가 모두 풀리고 넋풀이 춤이 끝난 무녀는,

“쉬익…….”

잔뜩 신기 오르는 소리로 몸을 뒤트는 경기 끝에 영가에게 묻는다. 얼마나 혼신을 다 했으면 굿복에 땀이 흠뻑 배어있다.

“말순아, 이제 네 원억을 말해보아라. 어떤 놈 아기더냐?”

무녀가 묻는 말에 꺼이꺼이 울며 생목숨 끊은 사연을 모조리 말한다. 영가의 사연을 들은 무녀의 공수소리에 뒤늦게 알게 된 늙은 부모가 펄펄 뛰면서 영가를 달랜다.

“아이고, 요것아. 객지뱃놈들에게 당했으면 어미에게 말이나

했어야지. 아이고 아이고…… 모질게 생목숨을 끊었단 말이냐. 그래서 조금 때 객지배 들어오면 부둣가를 나가지 말라고 일렀거늘, 아이고 아이고."

땅을 치며 통곡한다.

출항을 미루고 굿판에 낀 잿주 집 안강망, 유자망, 오징엇배 선장까지 이구동성으로 조금을 타고 들어왔던 앙강망어선 객지뱃놈들을 잡아다 쳐 넣겠다고 이를 갈며 다짐한다.

"말순아, 말순아. 해원신들에게 네 원억을 풀도록 빌어주마."

무녀는 이렇게 다시 이르며 법사들의 부정경(不淨經) 게송 태징 장단에 너울너울 오방색 늘어뜨린 굿복으로 간드러지게 춤을 추고, 호적소리와 칠보장단 불설해원경(佛說解寃經) 동음창화(同音唱和)는 애지중지 길렀던 한 맺힌 영혼의 원억을 비로소 해원시킨다.

"금일금시(今日今時) 차사천하 남섬부주 동양 대한민국 00군 00면 00포구 건명(乾命) 김, 아무개 곤명(坤命) 박 아무개 여식, 경천망 광산유인 김 말순 영가 해원 발원,"

불설해원경진언 (佛說解寃經眞言)

옴 삼다라 가다 사바하-
옴 삼다라 가다 사바하-
옴 삼다라 가다 사바하-

나무동방천황해원신 (南無東方天皇解寃神)
나무남방천황해원신 (南無南方天皇解寃神)
나무서방천황해원신 (南無西方天皇解寃神)
나무북방천황해원신 (南無北方天皇解寃神)
나무중앙천황해원신 (南無中央天皇解寃神)
나무오방용왕해원신 (南無五方龍皇解寃神)〈운운〉

서 너 시간 벌였던 굿판이 이윽고 회향으로 들어간다.

금일금시(今日今時) 차사천하 남섬부주 동양 대한민국 00군 00면 00포구 건명(乾命) 김, 아무개 곤명(坤命) 박 아무개 여식, 경천망 광산유인 김 말순 영가 해원 회향,

청법호식해원신 (聽法呼食解寃神)
취좌청정대보좌 (就此淸淨大寶座)
포아선열지법공 (飽我禪悅之法供)

일체원결즉해원 (一切寃結即解寃)

승불신력장법가지 (承佛神力仗法加持)

옴-신 존제 급급여 율령사바하

(唵 神 尊帝 急急如 律令 沙婆何)

옴-신 존제 급급여율령사바하

(唵 神 尊帝 急急如 律令 沙婆何)

옴-신 존제 급급여율령사바하

(唵 神 尊帝 急急如 律令 沙婆何) 〈終〉

그녀 영혼을 이리 차고 저리 쥐어박으며 무시하고 경멸하고 홀대하던 다른 영혼들이 부러워하며, 그 중 한 귓것이 말한다.

"세상에…… 알고 보니 우리보다 더 불쌍한 부잣집 영혼을 우리가 너무 함부로 했네. 팔작기와에 맞배지붕 본전까지 음식 차린 걸 보면 고깃배 꾀나 가진 부잣집 막내딸 이었나 본데, 덕분에 우리 귓것들이 오늘 저 많은 굿거리음식 향으로 배를 불렸으니 앞으로는 정말 잘 해줘야 겠구먼."

하고 말하자,

"엑끼, 고약한 영혼 같으니, 진즉 잘 했어야지. 자네가 제일 괴롭힌 거 몰라? 이제 잘해 줄 기회도 없어. 음식 차린 걸 보면 안채 본전에, 문간대왕, 조왕. 천룡, 측간까지 쇠고기적반에, 큰돈

들여 벌인 굿판 음식 향이 중음 천 귓것들 전부 음복하고도 남을 정도에, 무당법사 해원경에 원억을 풀고 해탈이 되었으니 이제 왕생가(往生歌)에 원적가(圓寂歌)를 부르면 염라유사(閻羅儒士)가 당장 극락 천으로 데려갈 텐데, 이 얼마나 좋은 일인가. 진즉 잘해 줄 일이지."

하고 지청구를 준다. 해원 경으로 영가의 원억을 풀어주고, 온 종일 잡다한 의식을 마친 무녀는 이제는 잡귀들을 몰아내려고, 양손에 칼을 들고 너울너울 칼춤을 간드러지게 추며 오방신장(五方神將)들을 불러 모은다.

귓것 하나가 말한다.

"이봐, 오방신장(五方神將) 삼지창에 꿔어죽기 전에 먹을 것 좀 싸가지고 얼른 나가세. 멀리 나가서 보세."

여기저기에서 삼지창을 든 오방신장들이 무섭게 나타난다.

갑을동방청제신장 (甲乙東方青帝神將)
경신서방백제신장 (庚辛西方白帝神將)
병정남방적제신장 (丙丁南方赤帝神將)
임계북방흑제신장 (壬癸北方黑帝神將)
무기중앙황제신장 (戊己中央黃帝神將)

〈운운〉

이어 우린들 빠질소냐,

갑자신장 (甲子神將)
갑술신장 (甲戌神將)
갑신신장 (甲申神將)
갑오신장 (甲午神將)
갑진신장 (甲辰神將)
갑인신장 (甲寅神將)
〈운운〉

부르지도 않았는데 육갑신장(六甲神將)들까지 재능기부를 하려고 모두 나타나, 잡귀들이 들어오지 못하도록 삼지창을 높이 세워들고 십방세계(十方世界)를 지키고, 백광 찬연한 팔대장삼 염라유사(閻羅儒士)는 언제 왔는지 쪼그리고 앉아, 장삼소매에서 자그만 호주머니벼루를 꺼내어 먹을 갈고서, 연잎처럼 활짝 펼친 염부서책(閻部書冊)에 세필 붓끝에 침을 발라가며 '경천망광산유인김말순영가(驚天亡光山有人金末順靈駕)' 라고 가련한 영혼이름을 써 올리고, 눈을 감고 가부좌를 틀고 앉아 조는 듯 몸을 흔들며, 왕생가와 원적가로 굿판이 회향(回向)되기를 기다리고 있다.

이윽고 무녀는 훠이-훠이- 여기저기 재 묻은 떡과 물밥을 뿌리고 하얀 소지종이를 불에 살라 허공에 올린다. 그리고 무복을 펄럭이며 팔대신장이 그려진 줄부채를 펴들고 무당법사 태징소리 장단에 맞춰 간드러지게 너울 춤을 춘다. 고깔을 쓴 무당법사들은 신명나게 태징을 치고 호적을 불며, 칠보장구 태북장단 동음창화(同音唱和)가락으로 환청 같은 왕생가(往生歌)에 원적가(圓寂歌)를 게송하며 영혼 길을 닦는다.

걸청 걸청 지심 걸청　일회대중 지심 걸청
가 봅시다 가 봅시다　좋은국토 가 봅시다
천상인간 두어 두고　극락으로 가 봅시다
극락이라 하는 곳은　온갖고통 전혀 없어
황금으로 땅이 되고　연꽃으로 대를 지어
아미타불 주인 되고　관음세지 보처 되야
사십 팔원 세우시고　구품연대 버리 시사

〈운운〉

굿판에 머무는 동안, 데려온 핏덩이를 안고 중음천 가련하게 떠돌며 울던 영혼이, 늙은 부모 앞을 떠나지 못하고 꺼이 꺼이 울며 말한다.

“엄니, 아버지 죄송해요. 이렇게 한 맺힌 원억을 풀어주셔서 고마와요. 염라유사가 오셨어요. 이제 염라유사 따라 극락으로 갈게요. 어린 손자나 한번 안아주세요."

그러면서 핏덩이를 내민다.

별신모자무녀가 팔대신장줄부채를 이리저리 흔들고, 방울을 울리며 극도로 신들린 도곳대 춤으로 훨훨 뛸 때, 무당법사들이 다시 태징을 치고 호적을 불며, 태북 장단 동음창화로 부르는 원적가 소리를 듣고서야 가련한 영혼은 비로소 일어선다. 모여든 잡귀들이 부러워하며 어떤 잡귀는 자신의 신세를 한탄한다.

나는가네나는가네　오던길로 나는가네
오든길이 어디메뇨　열반피안 거거런가
나간다고 설워말고　살았다고 좋아마소
만고제왕 후비들도　영영이길 가고마네
이산저산 피는꽃은　봄이오면 싹이트나
이골저골 장류수는　한번가면 다시올까
저봉넘어 떳든구름　종적조차 볼수없네

〈운운〉

그래도 세상 미련이 남아 부모 곁 떠나기 싫어 발길이 떨어지지 않는다. 극락으로 가게 되는 영혼을 보려고 질서 없이 몰려드는 구경꾼잡귀들을 오방신장과 육갑신장들이 삼지창대로 밀어내며 가는 길을 터주고, 핏덩이를 안은 가련했던 영혼은 팔대 장삼 염라유사꽁무니를 따라 비로소 영혼 길을 떠난다. 봉짓가슴 응어리진 원억을 풀고 핏덩이 하나 품고 다시 못 올 멀고 먼 저승길을 간다. 염라유사 따라가는 저승 그곳이 아귀도는 아닐 것이다. 왕생가 가사처럼 설사 황금으로 땅이 되지 않았을지라도 연꽃으로 대는 지은 땅일 것이다.

오방신장, 육갑신장, 장엄했던 깃발이 거두어지고 잡귀들과 애석했던 영혼이 떠난 쓸쓸한 석양포구, 풍어를 기원하는 어선깃발들이 서녘바람에 펄럭이는 소리만 세차게 들려온다.

13. 영혼의사랑

영혼들은 안(眼)·이(耳)·비(鼻)·설(舌)·신(身)·의(意), 육근(六根)의 인간종자가 들어있는 먼지보다 작은 미세한 정색(淨色)으로 되어있다. 눈으로 보고, 듣고, 맛을 알고, 뜻을 표명하는 인간의 씨앗으로. 이성간의 영혼이 영혼에게 애심(愛心)을 느끼는 것은 육근종자가 건강하게 살아있기 때문이다.

13

천도굿판을 벗어나는 것도, 64억 9만 일천 80 극 찰나다. 영혼 친구들은 어디로 갔을까. 자신의 영혼당체가 중음 천 생활에 익어갈수록, 영혼으로서 존재감이 갈수록 더욱 확연해지고, 서예가영혼의 말처럼 어떠한 물체에도 구애 없이 극 찰나에 통과했고, 또 앞으로도 그럴 것이며 아무리 먼 곳도 볼 수 있다. 그러나 미래에 태어날 곳도, 살아온 업력 따라 스스로 볼 수 있다고 하지만 그것만큼은 아직 알 수 없다.

'아-! 나는 어디로 가서 어디에서 다시 태어나게 될까……,'

인연이 화합하면 곧 탁태(託胎)하여 다음 생에 태어나

게 된다지만 어느 누구에게 인연이 지어질 것이며, 내 인연의 태반을 가진 생처 어머니의 향기는 어디에서 날까, 망망 지상세계 어디에서 새로 인연지어질 어머니의 향기를 맡게 될까, 또 다시 느끼는 영혼의 존재로 느끼는 외로움, 그리고 얼굴도 모르는 외할머니사랑이 생전처럼 그립다.

생전 어느 날 어릴 적에,

"엄마, 외갓집이 어디야? 나는 왜, 외갓집이 없어?"

"……."

어머니는 말하지 않았다. 때로 외가의 친척들이 사는 시골을 데려가면 그것만으로도 좋았다. 시골 외가친척들도 가까운 인척은 아마 없었다. 어느 집에선가 먼 인척이 어린나이로 쌀 일곱 섬에 팔려간 어머니를 대신해 외할머니제사를 지내줬고, 그때마다 어린 준호를 데려갔다. 외할머니는 어머니를 낳자마자 돌아가셨다는 것을 나중에 알았다. 어머니자신도 얼굴을 모르는 외할머니를 준호는 그렇게 그리워하며 자랐다. 그 그리움은 그가 성장할 때까지 남아있었고, 외할머니제사가 남의 집 같은 먼 친척에게 있는 것을, 군대를 다녀와 취직이 되자마자 어머니를 위해 그는 외할머니제사를 찾아와 충분한 비용으로 손수 제사를 치르게 해드렸다.

그렇게 한이 풀린 어머니는 무척 기뻐하셨다. 외할머니의 그리움은 그에게 애착이 되고, 그가 불시에 인간세상을 떠나, 이렇게 영혼의 존재로 중음세계를 떠돌 때까지 애착으로 이렇게 남아있는 것이다.

영혼빛깔하나가 찰나찰나 위치를 바꾸며 쫓기듯이 스쳐간다. 곧이어 서예가영혼과 오페라영혼무리들이 영롱한 빛깔로 반기며 나타난다.

서예가영혼이 먼저 말한다.

"아- 여기 계셨군요."

"보고 싶었어요. 화가영혼."

오페라영혼이 제일 반긴다. 다른 때와 달리 자신의 빛깔을 더욱 아름답고 섹시하게 발한다.

"고민이 생겼어요. 화가영혼."

서예가영혼이 걱정스럽게 말한다.

"고민? 저와 관련된 문젠가요?"

"네, 글쎄, 오페라영혼께서 화가영혼을 사랑한다고 저에게 고백했지 뭐예요. 이래서는 안 되는데…… 이 점을 가지고 바이올린영혼까지 나서서 화가영혼을 사랑한다며 질투까지 하네요."

"뭐라구요? 육신이 없는데 어떻게 영혼이 영혼을 사랑한답니까?"

엉뚱한 말에 서예가영혼에게 되묻는다. 이 때 바이올린영혼이 앞으로 나서며 하는 말이,

"네, 그래요. 오페라영혼언니처럼 저도 화가영혼을 사랑해요. 그게 어때서요? 나는 안 되나요? 내 맘이지!"

바이올린영혼이 오페라영혼을 옆으로 밀치며 사납게 말한다. 보다 못한 서예가영혼이 어른스럽고 지식을 가진 영혼답게 일침을 가한다.

"도대체 왜들 이래요. 오페라영혼과 바이올린영혼! 두 분 모두 제 말씀을 들어보세요. 왜 안되는지 그것을 아셔야 합니다."

서예가영혼의 힘주어 하는 말에 일순 조용해진다.

"화가영혼에게는 말씀드렸지만, 우리 영혼들은 안(眼)·이(耳)·비(鼻)·설(舌)·신(身)·의(意), 육근(六根)의 인간종자가 들어있는 먼지보다 작은 미세한 정색(淨色)으로만 되어있습니다. 그게 우리들의 지금 모습이지요. 눈으로 보고, 듣고, 맛을 알고, 뜻을 표명하는 인간의 씨앗이지요. 영혼이 영혼에게 애심(愛心)을 느끼는 것은 육근종자가 건강하게 살아있기 때문에 그렇답니다. 물론, 사랑하는 애정이 깊으면 집착도 당연히 일어나는 거지요. 그것을 나는 이해합니다."

"그럼, 이해하시는 걸로 끝내야지, 제 3자가 왜 이렇게까지 나

서서 말씀하시는 건 무슨 이유예요? 도대체?"

바이올린영혼이 새침하고 버릇없이 따지며 투정한다. 오페라영혼의 태도는 음악가영혼들을 이끌 정도로 고결한 인품을 지닌 영혼이어서 의연하게 듣는다.

"바이올린영혼! 제발 잠자코 들어요."

"네, 듣고 있다구요."

"우리 영혼들이 윤회를 하려고 다시 태어날 생처의 향기가 나면 그곳으로 쫓아가 인연의 부모가 성행위를 할 때, 그 부모에게 인연지어지게 되는 영혼은 자신이 성행위를 하는 착각에 빠지고, 결집의 찰나 오르가즘도 느낀다고 합니다. 그것은 육근의 작용이지요. 때문에 두 영혼들께서 화가영혼에게 이성을 느끼는 것도 무리는 아니지요."

"그러면 된 거지, 그럼 뭐가 문제라는 거예요? 오페라영혼언니가 포기하세요. 전 조금도 물러설 수 없어요."

바이올린영혼은 계속 따지고 든다. 대단한 질투다.

"그만 좀 하세요. 바이올린영혼! 얘기 아직 안 끝났어요."

"……."

바이올린영혼이 비로소 입을 다문다.

"오페라영혼께 묻겠어요. 지난번 얘기하면서, 오페라영혼이 화가영혼에게 자꾸 당체를 붙일 때, 그 정도면 오페라영혼은 오르가즘을 느꼈을 겁니다. 그러지 않았나요? 오페라영혼, 솔직하게 말씀해 봐요. 영혼이 오르가즘을 느끼며 사정하는 순간 영혼빛깔이 가장 아름답게 빛을 발하는데 오페라영혼의 빛깔이 그랬거든요."

"어머나! 네, 맞아요. 처음엔 인간세상에서 키스하는 것처럼 짜릿한 맛을 느끼다가 나중에는 부부관계처럼 저도 모르게 오르가즘을 느꼈어요. 사정도 했구요. 그래서 서예가영혼께 제 마음을 고백한 거구요. 아! 숨길 수가 없군요."

"오페라영혼언니, 뭐라구요? 키스? 오르가즘에 사정까지? 신경질 나, 유치해서 더 이상 못 듣겠어."

바이올린영혼이 팔팔 뛴다. 말문이 터진 서예가영혼은 아랑곳하지 않고 계속 말한다.

"자, 되었어요. 그러면 지금부터 하는 말을 명심하셔야 합니다. 인간세상에서 부부가 성관계를 합니다. 그러면 많은 영혼들이 그곳으로 쫓아가지요. 인간의 몸을 받을 영혼들이지요. 그런데, 화가영혼과 오페라영혼이 서로 떨어지지 못하고 똑같은 생처 향기를 맡고 그곳을 가게 된다고 봅시다."

라고 말이 끝나기 무섭게 바이올린영혼이 또다시 질투를 드러낸다.

"왜, 하필, 화가영혼과 오페라영혼언니와 가나요? 저랑 가는 걸로 묶어서 말해주면 어디 덧 나나요? 신경질 나."

"끝까지 좀 들어요. 제발 그러지 말고. 알았지요? 바이올린 영혼."

영혼세계의 수행자답게 서예가영혼이 달랜다. 그리고 다시 설파한다.

"부부는 오르가즘의 경지에 다다르고, 품어진 정액바다로, 안(眼)·이(耳)·비(鼻)·설(舌)·신(身)·의(意), 육근(六根)종자를 지닌 영혼의 정색(淨色)들이 뛰어듭니다. 그리고 각자 인연 깊은 방향으로 헤엄칩니다. 남자로 태어날 정색(淨色)은 모태의 난자로, 여식의 몸을 받을 정색은 남자의 정자로 64억 9만 일천 80, 극 찰나에 결집하면 바로 탁태하게 됩니다. 이 때, 영혼은 결집의 찰나에 성적 오르가즘을 느끼지요."

이 부분에서 바이올린영혼이 심각하게 이야기를 듣는다.

"자, 문제는 여기에서 일어납니다."

"어떻게요? 이제 탁태해서 태어나면 되는데."

바이올린영혼이 새침하게 묻는다.

"아니지요. 화가영혼과 오페라영혼이 서로 애심(愛心)의 집착으로 떨어지지 못하고 두 분의 정색이 뒤엉킨 상태로 같은 향기를 가진 부부의 정자나 난자 어느 한쪽에 그대로 결집할 우려가 크답니다. 그러면 어떻게 될까요?"

"시험문제 내는 거예요? 전 바이올린만 켰지 공부는 못해서 몰라요. 그런데 왜, 또, 화가영혼과 오페라영혼언니랑 묶어서 말하나요? 저는 왜 자꾸 빼죠? 미워, 정말."

이제는 바이올린영혼의 질투가 귀엽기까지 하다.

"어떻게 되는지 말씀해 드릴게요. 잘 들어요. 바이올린영혼. 그런 현상에서 결집을 이루면 두 영혼의 오르가즘은 찰나에 배가 되고, 끝까지 뒤엉켜 붙어 있다가 쌍 태아로 탁태되어 쌍둥이로 태어나버립니다."

"어머나! 쌍 태아? 쌍둥이?"

"네, 쌍둥이는 그렇게 태어납니다."

"몰라! 쌍둥이는 싫어요."

여기에서부터 바이올린영혼은 비로소 바른 생각을 갖게 된다.

"문제는 또 있어요. 남녀영혼의 정색성분의 본질은 서로 다르지만, 전생 유사한 업력으로 붙어있을 수는 있어요. 하지만 비슷한 두 빛깔이 육근을 안고 완전히 섞여진 상태로 부부의 난·정자와 결집해서 탁태할 경우, 몸이 서로 붙은 기형인간으로 태어나 평생 그 고통을 받게 된답니다. 그래도 좋아요? 바이올린영혼, 어서 말 해봐요."

"뭐라구요? 기형인간? 몸이 붙어서 태어나요? 싫어요. 저, 이제 화가영혼을 좋아하지 않을래요. 오페라영혼언니가 알아서 하세요."

"그래요. 바이올린영혼, 잘 생각하셨어요. 중음세계에서 생기는 질투나 욕심은 이루어지지 않는 답니다."

바이올린영혼이 스스로 야기한 혼란은 이렇게 일전한다.

14. 이별

첫날 밤처럼 두 영혼은 서로의 당체를 옆으로 밀며 아래로 밀며 애무한다. 무지갯빛 속에서 일어나는 환상적인 영혼섹스, 용암처럼 뜨겁게 끓는 정렬로 애무하는 경이로운 화가영혼의 뜨겁고 달콤한 사랑이 오페라영혼은 꿈같다. 영혼의 섹스는 육신의 섹스와 쾌감도 다르다

14

"실은, 오늘 당신들과 마지막 인사를 하려고 합니다."

쌍태아가 태어나는 업력이야기를 끝낸 서예가영혼이 갑자기 숙연하게 말한다.

"마지막 인사라니요? 갑자기 무슨 말씀인가요?"

화가영혼을 비롯하여 오페라영혼과 바이올린영혼까지 나서서 묻는다.

"네. 중음 천 영혼세계에서도 선업(善業)을 증장하여 전생에서 끌고 온 집착과 악업(惡業)이 소멸되면, 윤회가 이루어진다는 말씀을 화가영혼에게 여러 번 말씀드린 적이 있지요. 나는 백년의 일겁(一劫)생을 이곳에서 지내야만 윤회의 길로 들어갈 수 있는 무서운 집착 때문에, 허공을 떠돌고 있었지요. 30년 세월을 보내고 70년 남은 세월 속에 화가영혼과 음악가영혼들을 만나. 나는 당신들에게 영혼세계의 법도와 윤리를 설파하여, 이렇게 저렇게 여러 방향으로 깨우치게 하는데 도움을 준 결과와, 그리고 물론 실수였지만 저를 비참한 죽음으로 내몰았던 사람을 영혼세계로 와서까지 용서하지 못한 것을 늦게나마 용서함으로써, 스스로 가진 원한의 집착이 풀렸지요. 그 결과 선업의 인자(因子)가 증장되어 치명적인 악업인자가 비로소 벗어져 윤회를 할 수 있는 다시 태어날 내 생처(生處)의 향기를 비로소 맡게 되었답니다."

"아-! 정말 잘된 일이군요."

"네, 여러분들도 전생에 원한을 가진 사람이 있다면 지금이라도 그를 용서하세요. 용서처럼 아름다운 마음은 없습니다. 용서는 자신을 편하게 합니다. 용서는 집착을 만들어주지 않는 답니다. 인간세상을 살아가면서 많은 사람들은 자그만 일에도 용서할 줄을 모릅니다. 용서는 결과적으로 자신의 영혼을 맑게 합니다. "

"서예가영혼. 명심하겠습니다."

"네, 전혀 기대하지 않은 일이지요. 해서, 본래 남은 70년이 이렇게 단축되었지요."

"그럼 바로 윤회하시나요?"

"네, 그렇게 되었군요. 윤회를 못하는 영혼이 구제되는 인간세상의 해(年)가, 윤달이 드는 다음 해, 진(辰), 술(戌), 축(丑), 미(未) 년이라고 화가영혼에게도 말씀드렸지만, 인간세상이 지금 제가 구제 받을 수 있는 경술(庚戌)년 입니다. 인간세상 12개월 중, 음력 1월부터 6월까지는 경술(庚戌)년의 경(庚)이 지배하고, 음력 7월부터 12월까지, 술(戌)이 지배하여, 1년이 경술(庚戌)년이 됩니다. 그러면, 인간세상 6월이 지나고 9월인 술(戌)월(月) 첫 주, 일진이 술(戌)날인 오늘 밤 7시에서 9시 사이인 술시(戌時)로 넘어가면, 64억 9만 일천 80 극 찰나에 중음 계를 떠나 윤회합니다. 지금 인간세상은 음력 9월인 술월(戌月) 첫 주로, 오늘이 술(戌) 일진에 곧 유시(酉時/5~7시)에서 술시(戌時/7~9시)로 넘어갑니다. 술시는 제가 가는 시간이지요. 아-! 제가 태어 날 생 처의 향기가 비로소 나는 군요. 그 향기를 찾아 갈 시간이 되어갑니다. 그동안 즐거웠습니다."

"이렇게 갑자기 가시다니. 그런데 가시는 시간까지 어쩌면 그렇게 정확히 아시지요?"

"네, 논전에 이르기를, 내가 어떻게 태어날 지와, 어디로 갈 것인지는 살아온 과거를 보면 안다고 했지요. 전생의 집착과 악업(惡業)은 중음세계를 살아오면서 그동안 당신 영혼들을 만나 교화시킨 선행과, 원한을 가졌던 사람의 용서로 인하여 모두 소멸되어 혜안이 밝아져 중음 천에서도 이렇게 알 수 있답니다."

"그럼, 어디로 윤회하시나요?"

"네, 젊은 부부의 차손으로 태어나 만법으로 중생을 교화하는 종교인이 될 겁니다. 그것은 중음 천에서 온갖 것들을 보면서, 오행(五行)의 법리와 추명학(推命學)을 알게 되고 당신 영혼들 같은 중유들에게 내가 아는 지식을 설파하여 조금이나마 제도한 연유에서 비롯……,"

하고 말이 끊어지면서 64억 9만 일천 80 극 찰나에 서예가영혼이 사라졌다. 서예가영혼은 자신의 말처럼 아마 윤회의 길, 젊은 부부의 성행위 현장에서 파도치는 정액바다를 헤엄쳐 갈 것이다. 그리고 새로운 어머니의 자궁에 탁태하여 인간세상에서 태어나 중생을 제도하는 큰 스님이 될 것이다.

이별은 슬픈 것이다. 슬프지 않는 이별은 없다. 인간세상이나 영혼세상 중음 천에서도 이별은 슬프다.

"슬퍼요…… 화가영혼. 서예가영혼이 우리 곁을 떠나버렸어요."

오페라영혼이 침울한 음색으로 초롱거리는 자신의 당체를 화가영혼에게 기대며 말한다.

"오페라영혼언니! 화가영혼에게 자꾸 붙지 말아요. 서예가영혼 말씀 벌써 잊으셨어요?"

바이올린영혼이 이제는 오페라영혼에게 핀잔을 준다. 그 때 주변에 있던 음악가영혼들이 64억 9만 일천 80 찰나로, 찰나, 찰나, 여러 간격으로 변전하며 일시에 사라진다.

"어머나, 오페라영혼언니. 이게 무슨 일이죠? 우리 음악가 단원들이 모두 사라졌어요. 어디로 갔지? 아귀도로 끌려간 건 아니겠죠? 무서워요."

겁도 많은 바이올린영혼이 놀라며 경색을 한다.

"아- 화가영혼. 이제 우리 셋만 남았어요. 이 넓은 대천세계 홀연한 허공계를 같이 의지하던 영혼들이 자신들의 생처 향기를 따라 모두 떠나버렸어요. 정말 슬퍼요."

그러면서 오페라영혼이 화가영혼의 당체에 다시 또 기대는 것을 본 바이올린영혼이 또 다시 핀잔을 준다.

"오페라영혼언니. 그렇게도 화가영혼이 좋아요? 이제부터 화가영혼을 아예 형부라고 불러드리……."

하고 말이 끊기면서 64억 9만 일천 80 극 찰나에 바이올린영혼마저 사라졌다.

"어머나, 경이로운 화가영혼. 바이올린영혼까지 가버렸어요. 막내 동생처럼 정말 귀여웠는데. 이제 우리 둘만 남았었요. 어쩌죠? 난 아직 내 생처의 향기도 없고 윤횟길이 안 보이는데. 내 단원들이 모두 떠났어요. 아, 정말 슬퍼요. 경이로운 화가영혼은 내 곁을 떠나지 않을 거죠? 그러실 거죠?"

건달바(健達婆/Gandarva)해설은 영혼들은 향기로 배를 채우고 다시 태어날 생처의 향기가 나면 그 향기를 찾아가 다시 태어난다

『심령과 윤회의 세계』 불교사상사-옮긴이 주

다른 영혼들이 생처의 향기를 찾아 모두 떠나자 이제는 눈치 볼 것이 없다. 오페라영혼은 당장 경이로운 화가영혼으로 부른다.

"떠나지 않을 게요. 당신 옆에만 있을 거예요."

"어머나! 경이로운 화가영혼. 방금 당신이라고 하셨어요?"

"네, 당신이라고 불렀어요. 자! 나와 어디 좀 가실래요?"

"아! 경이로운 화가영혼께서 당신이라고 불러주시다니, 그 말씀 한마디에 방금 오르가즘을 느꼈어요. 어디든지 따라갈게요. 그런데 어디를 가시려 구요?"

"외할머니 찾으러……."

"저도 외할머니에게 데려가는 거지요?"

"물론이지요."

"고마워요. 경이로운 화가영혼."

"자, 어서 따라와요."

준호의 영혼당체는 비로소 전생으로부터 목말라온 외할머니를 찾아 나선다. 망망 대천 영혼세계에서 이제 의지할 존재는 전생에서부터 목마르게 원하던 외할머니다.

그것은 알량한 육신의 포기며, 어린 자식과 노모에 대한 체념

이며, 세상만사 일체의 체념이다. 그것이 진정한 중음 천 영혼으로서 가져야 할 자세며 바른 덕목일 것이다. 그렇게 영혼답게 전생의 체념과 영혼세계의 모든 것들을 바르게 수용하면서 완벽한 영혼의 존재가 된다.

두 영혼이 앞서며 뒤서며 찰나 찰나 헤어졌다가 다시 만나고 영롱한 정색으로 붙어 나르다가 따로 나르다가, 서로의 영혼빛깔이 뒤엉켜 신비롭게 빛을 발하며 무한 공간 허공세계를 유영한다. 구획 없는 혼령세계, 무지개바다 너머 환상적인 마블링영혼색깔이 신비롭게 흐르는 어느 경계를 벗어난다. 구획이 설정되어있지 않지만 이곳 허공계는 지옥세계로 끌려가는 길과 환희의 길로 들어서는 갈림길 길목이다. 길 하나는 평평하고 넓고 프리즘으로 바라보는 것 같은 백광길이며, 아래로는 어둡고 칙칙한 검은 길이다.

그 때, 활대같이 굽은 검은 길에 무섭게 생긴 염라옥졸이 쇠 철봉갈고리로 목을 휘어감은 죄인하나를 질질 끌고 가는 모습이 내려다보인다. 염라옥졸이 쇠 철봉으로 죄인의 등을 사정없이 후려치며 뒤따라간다.

“네, 이놈, 어서가자, 네 놈의 죄가 중음천 대천세계를 찌르노라. 어디, 네 놈의 죄상을 보자. 살생한 죄에 발림 말 하고, 이간질에다가 욕심낸 죄. 걸핏하면 성내고, 이놈, 멍청한 것도 죄니라, 간통 질에 도적질, 백겁적집(百劫積集) 쌓였구나. 이놈 당장 팔대지옥으로 가서 닿기만 하면 쇠 손톱에 살점이 달아나는 상지옥, 뜨거운 모래 열풍에 깔려 죽는 흑사지옥, 쇠 못으로 온몸을 쪼아대는 철정지옥이 네 놈을 기다린다. 어서가자. 이놈.”

“어머, 저, 아래 좀 봐. 경이로운 화가영혼 무서워요.”

“걱정하지 말아요. 얼마나 악한 짓을 많이 저질렀으면 영혼빛깔이 저리도 흉측할까.”

“염라옥졸이 말하는 팔대지옥이 서예가영혼이 들려준 지옥 이야기와 똑 같아요.”

“그렇군요. 서예가영혼은 아는 게 참 많았어요. 그 분에게 배운 게 정말 많았지요. 지금쯤 아마 좋은 어머니자궁에 탁태하였겠지요.”

“백광길이 위로 보이는데 우린 어디로 가지요?”

“알 수 없는 힘이 위에 보이는 백광길로 우리를 끌어당기는데 지옥 길은 아닌 것 같아요.”

옥 빛깔 혼합된 아름다운 하얀 길 허공을 유영한다. 꿈에나 볼까 말까하는 신비롭게 하얀 옥빛이 두 영혼을 감싼다. 행복감에 젖은 그녀 오페라영혼이 뜬금없는 말을 한다.

“경이로운 화가영혼, 결혼예물로 당신에게 바치고 싶은 노래가 있어요.”

“결혼예물?”

“네, 우리 지금 결혼식을 올려요. 당신은 나를 데려가는데 나는 마땅히 드릴 예물이 없어요. 공연을 할 때마다 언제나 메인 음악으로 불렀던 노래를 바칠게요. 그거라도 받아주세요. 제가 이탈리아 밀라노극장무대에서 이 노래를 부르면 입에 손깍지를 끼고 휘파람을 불며 외국남자관객들 러브콜에 환호가 대단했어요. 지금 그 노래를 경이로운 화가영혼께 예물로 바치는 것으로 결혼식을 올리는 거예요. 당신을 사랑하는 저의 마음을 받아줘요.”

그러면서 생전 무대에서 부르던, 밀라노극장관객들의 환호를 독차지했다는, 그녀 영혼의 대표음악, 모차르트 〈피가로의 결혼〉[1]) 작품 492 중〈사랑의 괴로움을 아세요〉를 오페라영혼은 옥빛깔 하얀 길 허공을 유영하며 노래 부른다.

환상의 무지개 속을 유영하며 그녀 영혼의 오페라가락이 망망 대천 영혼세계로 아스라이 흐른다.

---

1)모차트트가로의 결혼』: 모차르트의 유명한 오페라 곡,『피가로의 혼』은 1786년도에 작곡이 되어졌고 같은 해 빈에서 초연 되었다.

Voi che sapete

그대 아세요

Che cosa amor,

사랑이 무엇인지

Donne, vedete

내 맘에 사랑

S'io l'ho nel cor.

간직한 것

Quello ch'io provo

내 맘에 고통

Vi ridir,

말하리라

per me nuovo,

내게는 새로워

Capir nol so.

무엇인지

Sento un affetto

나의 가슴에

Pien di desir,

끓는 정열

Ch'ora diletto,

기쁨이 되었다가

Ch'ora martir.

괴로와져

Gelo e poi sento

얼었던 이 밤

L'alma avvampar,

불같이 타고

E in un momento

또 다시 차가와지는

Torno a gelar.

내 마음이여.

Ricerco un bene

행복을 찾아

Fuori di me,

헤매는 나

Non so chi'l tiene,

누구로부터

Non so cos?

얻은 것인가

Sospiro e gemo

한숨과 번민

Senza voler,

아- 괴로워

Palpito e tremo

떨리는 내마음

Senza saper.

나는 몰라.

Non trovo pace

언제나 편안 마음

Notte n? d?

찾을 수 있을까.

Ma pur mi piace

밤이나 낮이나

Languir cos?

이러한 고통 달게 받아

Voi che sapete

그대여 아는가

Che cosa ? amor,

사랑이 무엇인지

Donne, vedete

내 마음에 사랑

S'io l'ho nel cor.

간직한 것

빨·주·노·초·파·남·보, 일곱 단계의 무지개빛깔 명암과 12색상 마블링색상환사이를 타고 부서져 내릴 것 같은 가냘픈 비킨의 저음으로 시작된 오페라영혼의 목소리가, 환상적인 극도의 고음으로 중음 천 멀리 퍼진다. 찬연한 영혼불빛들이 하객으로 모여든다. 열정의 노랫소리에 몰려온 수많은 영혼불빛들이 밤하늘 꽃불행사에 조종되는 집단 드론처럼 별처럼 반짝이며 아름다운 율동과 춤사위로 두 영혼의 결혼을 축하해준다. 영혼들의 찬란한 향연(饗宴)이다.

그녀 오페라영혼이,

Voi che sapete

그대 아세요

하고 노래하면, 주변을 에워 싼 다른 영혼들이,

Che cosa amor,

사랑이 무엇인지

하고 모차르트 〈피가로의 결혼〉작품 492 중 〈사랑의 괴로움을 아세요!〉 다음 구절을 후렴으로 합창하며 둘만의 결혼을 축하해준다.

영혼들이 춤을 춘다. 무지개가 춤을 춘다. 노랑빛깔, 파랑빛깔,

열두 가지 혼합 빛깔, 빨· 주·노·초· 파· 남· 보, 대천세계 프리즘 공간 춤추는 무지갯빛무리……

찬연한 무지개빛깔 영혼들이 두 영혼을 둥글게 에워싸고 모두 등을 돌리고 둘만의 신방을 꾸며준다. 또 한 영혼무리들은 프르샨블루우 형광빛 오로라를 일으키며 달무리처럼 신방허공을 에워싸 준다. 첫날 밤처럼 두 영혼은 서로의 당체를 옆으로 밀며 아래로 밀며 애무한다. 무지갯빛 속에서 일어나는 환상적인 영혼섹스, 용암처럼 뜨겁게 끓는 정렬로 애무하는 경이로운 화가영혼의 뜨겁고 달콤한 사랑이 오페라영혼은 꿈같다.

"아-사랑해요."

영혼의 섹스는 육신의 섹스와 쾌감도 다르다. 훨씬 깊고 진한 쾌감으로 사정을 하면서 오페라영혼이 탄성을 지르며 말한다.

"아-! 경이로운 화가영혼. 저 많은 영혼들이 우리의 결혼을 축하해주고 있어요. 이제는 누구도 우리를 갈라놓을 수 없어요."

오페라영혼은 행복하다. 이제 경이로운 화가영혼과 이대로라면 인간으로 환생하고 싶지 않을 정도다. 윤횟길 따로 가면 헤어진다. 오페라영혼은 그것이 싫다. 구천억겁 중음세계 떠돌지라도 경이로운 화가영혼과 같이만 있다면 더는 바랄게 없다. 이렇게 사랑에 빠져 붙어 지내다가 쌍 태아로 태어날 지언즉, 두

몸이 하나로 붙어 태어날 지언즉, 나는 결코 경이로운 화가영혼의 곁을 떠나지 않으리라, 오페라영혼은 몇 번이고 다짐하며 되뇌인다.

*

멀리, 뒷짐 진 백광 찬연한 팔대장삼 염라유사장삼자락 꽁무니에, 무명저고리할머니가 지팡이를 짚고 뒤따라오고 있다.

"외손자가 찾는다고 했소?"

염라유사가 묻는다.

"그렇다오. 세상에…… 얼굴도 모르는 이 외할미를 그렇게도 보고 싶어 한다오. 딸년도 안 왔는데 고것이 먼저와 대천허공을 헤매면서 이 외할미를 애타게 찾고 있으니 어디 견딜 수가 있는가요. 내가 먼저 나서야지……."

*

"경이로운 화가영혼, 외할머니를 만나면 외손자며느리도 왔다며 외할머니가 저도 예뻐할까요?"

"물론이지요. 오직하겠어요?"

"그럼, 저도 같이 데려갈까요?"

"그럼요. 오직하겠어요? 외할머니사랑 속에 함께 사는 거예요. 오페라영혼 사랑해요. 다짐 할게요."

“어머나, 사랑한다는 그 말씀 한 마디에 또 오르가즘을 느꼈어요. 육신의 애무도 없이 이렇게 오르가즘을 느끼는데, 굳이 인간의 몸을 받고 싶지 않아요. 그냥 이대로가 좋아요. 윤회하면 헤어지는데, 전 그게 정말 싫어요. 우리 이렇게 영혼부부로 영원히 함께 살아요. 이제 우리를 갈라놓을 영혼은 중음 천 어디에도 없어요.”

*

염라유사가 손을 들어 이마에 대고 하늘빛을 가리고 멀리 바라본다.

“저-기…… 남녀한 쌍 영혼빛깔이 보이는군요. 빛깔이 아주 아름다운데 선업(善業)이 충만한 영혼들이군요.”

“잘, 보세요. 염라유사양반.”

“외손자는 아닌가 본데, 외손자면, 혼자 올 것이 아닌가요?”

“아닌 것 같아요?”

“글쎄…… 그냥 돌아가기도 그렇고. 허 참.”

“염라유사양반. 혼자 오는 혼백이 있는지 천리안(千里眼)으로 멀리 좀 살펴봐요.”

“염부서책(閻部書册)에 기록이 안 되어서 알 수도 없고. 그냥 돌아갑시다.”

그러면서 꺼냈던 염부서책을 장삼소매에 넣고 몸을 돌리며 뒷짐으로 오던 길로 되돌아간다. 아쉬워하는 외할머니가 발길이 떨어지지 않아 자꾸 뒤돌아보며 측은하게 염라유사장삼자락 꽁무니를 뒤따라간다.

*

"어머나! 경이로운 화가영혼. 외할머님 같아요. 얼른 가보세요. 되돌아가시잖아요."

다급한 준호의 당체는 64억 9만 일천 80 극 찰나에 외할머니 앞으로 나투어 말한다.

"외할머니! 저, 외손자 왔어요."

"아이고, 악아! 어서 오너라. 어디 좀 보자."

염라유사 뒤꽁무니를 따르던 몸을 돌리고 외할머니가 이리 어르고 저리 어르며 반긴다. 어머니를 빼닮은 외할머니품속을 파고들며 거듭거듭 외할머니를 부른다.

뜨거운 눈물이 난다.

"악아! 악아! 네가 어릴 적부터 외갓집이라고 할미도 없는 내 생터를 찾아와 이 할미를 찾은 것을 안다. 네가 오고가는 것을 다 보았다. 그런 네가 얼마나 불쌍하게 여겨졌는지 한이 맺혔다. 네가 자라서는 남의 집에 맡겨져 제삿날 억지로 먹던 눈칫밥으로 불편했던 내 제사를 찾아준 것이 그렇게도 고맙구나. 그런 너를 내가 왜 기다리지 않았겠느냐. 그런데 악아, 이 처자는 누구나?"

준호의 영혼당체에 몸을 자꾸 붙이는 그녀 오페라영혼을 보며 묻는다.

"안녕하세요, 외할머니. 저, 외손자 내자예요."

같이 데려가지 않을까봐, 오페라영혼이 얼른 인사를 한다.

"그래, 그래. 이런, 곱게도 생겼구나. 어쩌면 영혼빛깔이 이렇게 아름답고 곱냐! 전생에 좋은 일을 참 많이 했구나."

"외할머님, 절 받으세요."

"오냐, 오냐, 예의도 바르구나. 고것들……."

두 영혼이 외할머니에게 큰절을 올린다. 염라유사가 물끄러미 그 모습을 바라보면서 하는 말이,

"고것들 참, 효심이 대단한 자손들이구나. 저러니 네 외할머니가 네 어릴 적부터 그렇게도 마음 걸려 하셨구나. 그냥 갔더라면 큰일 날 뻔 했다. 자, 어서가자."

그러면서 뒷짐을 지고 앞서간다.

외할머니 손을 잡고
옥빛 하얀 저승 길 간다
저승길은 옥빛 길
팔대장삼 뒷짐 진 염라유사
장삼자락 펄럭이는 꽁무니 따라

한번 가면 다시 못 올 저승 길
영원한 삶터 극락 천 간다.
그 길은 하얀 길
저승길은 옥빛 길
어디로 가는지 표식하나 없는
멀어도 먼지 몰라
망망 대천 걸림 없는 백광길
외할머니 손을 잡고
우리는 극락 천 간다.

앞서 가던 염라유사가 곤륜산골짜기 같은 깊은 협곡 아래 끝없이 길게 뻗어 흐르는 파도치는 검은 강물 절벽위에서 발길을 멈추고 말한다. 검은 물보라는 고래도 집어삼킬 거칠고 세찬 파도지만 소리가 전혀 없다.

"자, 다 왔구나. 이제 이 검은 강물만 건너가면 된다. 이 검은 강물은 팔만유순지옥에서 전생에 죄업이 많은 영혼들이 벌을 받으면서 흘리는 검은 피란다."

하고 염라유사가 말한다. 외할머니가 이른다.

"악아, 여기만 건너가면 너희 두 내외가 이 외할미랑 극락 천에서 산단다. 그 뿐이 줄 아느냐? 거길가면 네 형들도 있단다."

"네. 외할머니, 건너갈게요. 건너가서 외할머니랑 한평생 살게요. 그런데 형들이 있다니요?"

"오냐, 진즉 내가 데려왔다."

형들이 있다는 말을 전생에서 어머니에게 들은 적이 있다. 아홉살을 넘기지 못하고 죽었다는 말을 들었었다.

발길을 멈춘 염라유사가 염라서책을 펴 보이며 말한다.

"자, 저쪽 검은 강 건너에 보이는 아름다운 극락 천을 보아라. 너희는 본래 극락 천을 들어갈 자격이 없다. 하지만 네 외할머니 간청이 수미산보다 높고, 곤륜산보다도 골이 깊어 그 뜻을 염라원로회의에서 받아들였다. 이제 이 검은 강물만 건너가면 염라서책에 성명 삼자가 기록되고 극락 천에서 외할머니와 살게 될 것이다. 극락 천을 가게 되면 오색광명이 어려 있고, 금은 유리 칠보담장이 칠중난중 둘러있다. 오백억 천 동자들이 그 궁전을 유희하고 팔중청풍이 건듯 불면, 보수보망 나는 소리 미묘하고, 진동하는 백 천 풍악, 그 소리를 들으면 탐진 번뇌가 소멸되고, 백학이며 공작새는 가릉빈가 공명조라, 무량 쾌락 즐기면서 네 생전에 찾아온 외할머니제사공덕으로, 이제 극락에서 영생토록 살게 될 것이다. 알겠느냐. 자, 어서 검은 강을 건너가자. 여기에서는 검은 강물이 보이지만 극락 천에서는 보이지 않는다."

그러면서 장삼자락 속에서 기다란 보릿대하나를 꺼내 검은 강 건너 저편까지 다리를 놓는다. 그리고 먼저 보릿대를 밟고 가볍게 검은 강물을 건너간다. 부러질 것 같은 보릿대는 육중한 염라유사가 건너가도 부러지지 않는다. 이어 외할머니가 검은 강물 저편으로 가볍게 건너가 지팡이를 길게 뻗고 말한다.

"외손자며느리부터 어서 건너오너라."

"네, 알았어요. 외할머니."

그녀, 오페라영혼이 주저주저 무서워 하다가 보릿대를 밟고 조심조심 건너간다. 따복따복 발을 떼며 중간 넘어 건너다가 외할머니가 내민 지팡이 끝을 얼른 붙잡고 귀엽게 폴짝 뛰어 검은 강물을 건너간다. 이제 준호자신의 영혼당체만 건너가면 평생 목마르게 그리던 외할머니 사랑 속에, 사랑하는 그녀 오페라영혼과 구천을 헤매지 않는 극락 천 삶을 누린다. 하지만 다시 돌아올 수 없는 저승길이다.

15. 환생 (還生)

죽어 있으면서도 또한 어느 정도 살아났다가, 오락가락 다시 죽는 중간 상태로 빠져 있다가, 다시 또 아주 죽으면 죽음의 항로를 잘못 들었을까, 대천계 아무것도 보이지 않더니 그녀 영혼빛깔이 다시 나타나고 손으로 잡으면 이내 멀어져버린다. 그녀 영혼의 오페라노랫소리만 들려온다.

15

현생(現生)에서는……,

뚱뚱한 간호사가 다이얼을 돌린다. 짜르르- 짜르르, 보호자로 등록된 광고사 박 사장에게 전화를 건다.

"일반병실로 옮기니까 병원으로 오세요"

박 사장은 대표이사에게 상황을 보고하고 승용차를 몰고 노모와 누나를 데리고 병원으로 향한다. 일반병실로 내려오기까지 며칠이 걸릴지 모른다더니 사흘 만에 전화가 온다. 준호의 육신은 곧바로 일반병실로 옮겨진다. 간호사가 투명 링거 병을 거치대에 걸면서 다시 말한다.

“그동안 심장내과, 신경계과 의사선생님들이 병원장님 지시로 집중적으로 협진을 했고, 혈관보호와 저항성정맥순환장애로 인한 혈관확장과 혈류체크, 폐며, 간(肝) 혈류까지 중환자실에서 이제 더 이상 처치할게 없어요. 아직은 결과가 나오지 않았지만 혈류촉진제를 투여했으니까, 병실을 옮기고 더 기다렸다가 링겔 수액이 들어가는 동안 이제 반응이 있을 거예요. 그래도 반응이 없으면 장례준비를 하셔야 해요.”

*

검은 강물건너 저편에서 외할머니와 그녀 오페라영혼이 손 사레로 부른다. 염라유사는 쪼그리고 앉아 염라서책에 이름 석 자를 기록하려고, 자그만 호주머니벼루를 한 손에 쥐고, 또 한 손으로 먹을 갈다가 먹 갈던 손을 흔들며 빨리 건너오라고 재촉한다. 이 지경에 이르는 동안 인간세상 어떤 미련도 이제 더는 일어나지 않는다. 회사의 일이며, 노모에 대한 아픔도, 두고 온 어린 자식에 대한 애증마저도 이제는 체념된다. 이처럼 체념의 끝이 편한 것인 줄 다시 또 안다. 진정한 사자(死者)의 길을 그는 이렇게 간다.

‘자, 검은 강물을 건너가자. 외할머니가 부른다. 그녀 오페라영혼이 부르고 염라유사가 재촉한다.’

조심조심 발을 떼며 보릿대를 건넌다. 연약한 그녀 오페라영혼

도 이 못난 영혼과 살겠다고 건넌 보릿대다리,

하지만 막상 닥친 보릿대다리가 왜 이리 멀고도 심산험로일까…… 보릿대마디 하나가 곤륜산처럼 높게 보이는 중간지점을 넘어섰다. 소리 없는 검은 파도가 몰아친다. 외할머니가 지팡이를 오페라영혼에게 건네준다. 그녀는 지팡이 끝을 꼭 쥐고 준호에게 길게 뻗어 내민다. 손끝에 달까말까, 얼른 지팡이 끝을 잡는 순간 보릿대다리 작신 부러지는 소리가 천둥소리로 들리며 한없이 협곡 아래로 떨어진다. 지팡이 잡은 손을 놓지 못한 그녀 오페라영혼이 뒤이어 떨어진다. 한없이 떨어지다 보면 아직도 떨어지고 있고, 또 보아도 떨어지는 중이고 다시 쳐다봐도 떨어지는 중이다.

이대로 한없이 떨어지면 까마득한 절벽아래 검은 강물 속으로 퐁당 빠져, 팔만유순(八萬由旬) 삼악도(三惡道)로 흘러가 상지옥(想地獄) 염라옥졸(閻羅獄卒)에게 붙잡히고, 염라옥졸은 쇠갈고리로 단번에 목을 낚아채어, 중학교 2학년 생물시간에 학교 밖 논두렁에서 잡아온 해부실습용 개구리처럼 뜨거운 열철 위에 발랑 눕혀 사지를 활짝 펴서 쇠못으로 박아 놓고,

"이 연놈들, 외할머니에게 도망치려다가 헛발 딛고 검은 강물 속으로 떨어졌구나."

그러면서 철정으로 온 몸을 콕콕 쪼아대다가 그것도 모자라 석쇠 사이에 끼워 넣고, 불붙은 뜨거운 열철위에 이리 굽고 저리 굽고, 양념을 쳐가며 뒤집어서 굽고, 제삿날 상에 올릴 생조기 굽듯 구워가며 온갖 지옥고통을 줄 것이다. 천길만길을 아직도 한없이 떨어진다. 검은 강물 속으로 퐁당 빠져서도 떨어지고 있다. 깊이도 알 수 없는 먹물 같은 흑 공간. 사만유순(四萬由旬) 무간지옥(無間地獄)으로 흘러가는가, 검은 물결이 잡아당긴다. 이만유순(二萬由旬) 아비지옥(阿鼻地獄)으로 흘러가는가……

그는 팔을 허우적거린다. 흑 공간 속에 영혼빛깔이 아닌 별빛이 반짝인다. 별빛들이 시야에 들어온다. 영롱한 영혼빛깔도 아닌, 그녀 오페라영혼빛깔도 아닌, 저 불빛은 무슨 빛일까, 팔을 내저으며 잡으려 하지만 잡히지 않는 불빛들……,

*

"어머, 갑자기 팔을 자꾸 허우적거려요. 링거 수액이 모두 들어갔어요."

뚱뚱한 간호사가 뒤뚱거리며 밖으로 나가 얼른 담당의를 불러온다. 병원장특별지시에 설 연휴동안 계속 쉬지도 못하고 달려온 담당의가 눈을 까보고, 펜라이트 불빛으로 비춰도 보고, 허우적거리는 두 팔을 보며 말한다.

"깨어나드래도 정상은 아닐 것 같습니다. 정신과로 가야할 지도 모릅니다."

그러면서 고개를 절레절레 젓는다.

영혼빛깔들이 몰려온다. 노랑빛깔, 파랑빛깔, 열두 가지 혼합빛깔, 빨, 주, 노, 초, 파, 남, 보, 거대한 대천세계 프리즘 공간 무지갯빛무리……,

사랑하는 오페라영혼의 아름다운 빛깔은 어디로 갔을까. 인자한 외할머니와 염라유사는 어디로 갔을까, 이내 영롱하고 아름다운 오페라영혼빛깔이 주변을 맴돌며 그를 붙잡으려고 애를 태운다. 죽어 있으면서도 또한 어느 정도 살아났다가, 오락가락 다시 죽는 중간 상태로 빠져 있다가 다시 또 아주 죽으면, 죽음의 항로를 잘못 들었을까, 대천계 아무것도 보이지 않더니 그녀 영혼빛깔이 다시 나타나고 손으로 잡으면 이내 멀어져버린다.

그녀 영혼의 오페라노랫소리만 들려온다.

Voi che sapete

그대 아세요.

Che cosa amor,

사랑이 무엇인지

Donne, vedete

내 맘에 사랑

S'io l'ho nel cor.

간직한 것

애간장 녹이며 자꾸 잡아도 잡히지 않고 사라졌던 그녀 영혼이 또 다시 보이더니,

"아! 경이로운 화가영혼. 당신을 사랑…… 하고 말이 끊기며 64억 9만 일천 80 극 찰나에 영원히 사라졌다. 아름답게 돋보이던 환상적인 영혼빛깔, 오페라영혼을 데려가기로 다짐한 약속을 준호는 지킬 수 없다.

*

외할머니가 부르는 소리만 들려온다.

"악아. 어디로 갔느냐. 이리 오너라. 이 외할미에게 어서 오너라. 네 형들도 기다리고 있다."

아……! 외할머니가 손을 뻗고 부르는 소리가 귓전을 때리자 부르르 전신에 흐르는 전율에 외할머니 손을 붙잡으려다 번쩍 눈을 뜬다.

"어머, 눈가에 수기가 돌고 눈을 떴어요. 링거 수액이 전부 들어갔어요."

담당의가 말한다.

"그런데, 뭘 잡으려고 팔을 뻗고 손을 왜 자꾸 쥐었다 폈다 하지? 산소호흡기 떼고 일으켜 앉혀 봐요."

힘도 센 뚱보간호사가 산소 호흡기를 떼고 단번에 상체를 일으켜 침대에 걸터앉히고 뒤로 넘어지는지 보려고 어깨를 잡고 있던 손을 살짝 놔본다. 넘어지지 않는다.

준호의 시야에 사람들이 어렴풋이 보인다. 모두들이 준호의 눈을 응시한다. 안구(眼球)조리개가 맞지 않아 사물이 흐려 보인다. 한참 만에 비로소 안구조리개가 제자리를 잡고 과장과 동료직원들이 와있고 박 사장도 보인다. 눈빛들이 반짝인다. 일반병실로 내려온다는 박 사장의 말을 전해듣고 동료사원들이 연휴가 끝나고 출근을 한 날 모두 와있다. 매형과 누나가 바짝 얼굴을 디밀고 이름을 부르지만 청각기능이 마비되어 소리가 들리지 않는다. 입 모양으로 그걸 안다. 또 다시 전신에 전율이 흐르고 그는 또 부르르 진저리를 친다. 나중에 알았지만 멈춰있던 혈류기능이 일시에 순환된 결과다. 그를 부르는 소리가 아주 멀리에서 들리더니 비로소 바로 들린다.

"오줌 마려워."

준호의 첫 마디다. 고막이 울린다.

"깨어났어요. 깨어났어요."

뚱뚱한 간호사가 환호하며 얼른 뚜껑 열린 빈 링거 병 하나를 옆방에서 들고 와 서슴없이 환자복바지 끈을 풀어 내리고 링거 병 주둥이를 얼른 그곳에 갖다 댄다. 멈추지 않고 나오는 오줌빛깔이 팔만유순지옥에서 전생에 죄업이 많은 검은 영혼들이 벌을 받으면서 흘리는 흉측한 검은 피 빛이다. 두병, 세병을 받아내도 계속 나온다. 다른 보조간호사가 뛰어다니며 빈 링거 병을 가져오고 갈수록 오줌빛깔이 맑아진다. 모두가 그걸 바라보는데 정신이 혼미한 준호는 창피한지도 모른다. 아직 제정신이 아니다.

당당의가 말한다.

"간호사, 첫 번째 링거 병과 지금 나오는 거 한 병은 버리지 말고 검사실로 보내요."

"네."

눈물 젖은 노모가 다가와 깨어난 아들을 꼭 껴안고 어깨를 토닥이며 말한다.

"아이고, 내 아들 살아났네. 천주님이 기도를 들어주셨구나."

준호는 두리번거리며 묻는다.

"외할어머니, 외할머니. 내자는 어디 있어? 오페라는 어디있지? 같이 떨어졌는데……."

"무슨 소리냐. 엄마보고 외할머니라니. 내자는 누구고, 오페라는 무슨 소리냐! 떨어지기는 어디로 떨어져. 아이고 얘가 이상한 소리를 하네. 엄마도 몰라보고, 의사양반 얘 좀 한번 살펴봐요."

그러면서 어깨를 붙잡고 흔든다. 담당의가 펜라이트로 눈 초점을 보려고 이리저리 비춰보더니,

"불빛이 가는대로 바라봐요."

그러면서 좌우로 위 아래로 불빛을 옮겨본다. 초점이 불빛을 따라가는 걸 보면서 묻는다.

"환자. 회사이름이 뭐지요?"

"00주식회사."

"직책은?"

"광고미술디자이너."

"직위는?"

"주임."

환자의 상태에 담당의 얼굴빛이 환하다. 그러면서,

"됐어요. 아! 세상에, 정상입니다. 간호사, 안정제와 혈류촉진제 혈관에 한대 더 투여하고 회복시켜요."

그렇게 지시를 내리고 쓰리 퍼를 끌고 밖으로 나간다.

뒤늦게 정신이 든 준호가 묻는다.

"어젯밤 집에서 잠들었는데 내가 왜 병원에 와 있지? 엄마, 꿈에 외할머니 만났어. 엄마가 외할머니를 꼭 닮았어. 외할머니가 데려온 형들이 둘이나 있다고 했는데 외할머니 따라가다가 강으로 떨어졌어."

늦게 둔 막내라서 다 자라서도 엄마라고 부른다.

"얘가 또 이상한 소리를 하네. 이 어미 낳자마자 돌아가셔서 나도 얼굴을 모르는데……."

준호의 말에 깜짝 놀란 노모는 눈물을 훔치며 창백해진 얼굴로 일순 몸서리를 친다. 젊은 날 새댁시절, 얼굴도 모르는 어머니 신이 들려 무병(巫病)을 앓을 때, 신 내림 굿을 하고 점상을 받지 않으면 낳는 자식마다 모조리 데려간다는 무당의 말이 떠오른 것이다.

결국 두 아들을 잃었고 막내아들 준호마저 잃을 뻔 한 것이다. 누구에게도 말하지 않고 지금까지 가슴에 묻어 둔 것을 깨어난 준호가 말하는 것이다. 지금의 사태를 모르는 준호가 또 묻는다.

"그런데 내가 왜 여기에 와 있냐고! 나 지금 아무렇지도 않은데……."

"무슨 소리야. 정신차려 강 주임. 여기 병원이야. 어제까지 설 연휴였어. 연휴 사일동안 꼬박 병원에 있었다고. 며칠 더 있다가 완쾌되면 출근해. 회사일 걱정하지 말고."

과장의 말이다.

"지금 아무렇지도 않아요. 내일 바로 출근 할 겁니다. 광고물 하청도 줘야 하고……."

“작업지시서랑 사양서 받았으니까 걱정하지 마시고 조리 좀 더하고 퇴원하세요.”

박 사장이 나선다. 이 녀석, 속 꽤나 썩이는 상건달……,

준호는 분명 어젯밤에 자신의 방에서 잠이 들었고 지금 일어났을 뿐이다. 길고 긴 꿈 속의 현상이었을까, 미스터 백에게 빌보드 광고물 제작사양서 받아가는 장면을 보았던 기억도 꿈 속의 일이다.

서예가영혼, 오페라영혼, 바이올린영혼, 꿈만 같은 영혼세계가 파노라마 영상처럼 빠르게 스친다. 두 세상 오간 그는 이해되지 않는 상황에 고개를 계속 갸우뚱한다. 차량과 권 과장과 입사동기 인사담당 허 주임이 다가오고, 영업이사 편에 서 있는 과장 눈치를 보며 그가 듣지 않게 권 과장이 슬며시 한마디 던진다.

“몸은 정말 괜찮아? 열처리시설 모두 끝냈어. 빨리 끝내라고 했잖아.”

입사동기 허 주임이 준호의 양 무릎에 두 팔을 짚고 얼굴을 바짝 디밀더니 살짝 윙크를 하며 낮게 말한다.

“이봐, 동기. 우리 다시 뭉쳐야지? 영업이사 바지사장. 연휴동안 들통냈어. 강 주임 말 듣고 바로 뒤를 팠지. 그 문젠 나중에 말하자고…….”

결론적으로 노모의 자식에 대한 깊은 애정은 그를 소생시키는 결과를 가져왔다. 죽은 자식에게 병원에 입원은 시켰다는 말이라도 듣자고 애원을 하며 아우성을 쳐, 영안실로 내려가는 것을 막아 병실로 옮기게 되었고, 병실 앞을 지나가던 뚱뚱한 간호사가 들고 가는 남이 쓰고 남은 링거바늘이라도 놓아 달라고 간청한 것이, 굳은 팔뚝에 바늘이 휘어져 걸렸을 뿐이지만 멈춰 있던 혈행의 촉매가 되었다. 거기에 대표이사의 재정적 도움은 소생의 기쁨을 주었다.

그에게는 그리운 영혼빛깔이 있다. 그녀 오페라영혼의 환상적인 영혼빛깔이다. 그 영혼, 그 빛깔이 그립다. 노랑빛깔, 파랑빛깔, 열두 가지 혼합 빛깔, 빨· 주·노·초·파·남·보, 거대한 프리즘 공간 중음 천 무지갯빛무리……

Voi che sapete
그대 아세요.
Che cosa amor,
사랑이 무엇인지…….

그녀 영혼의 모차르트 『피가로의 결혼』 작품 492 중, 〈사랑의 괴로움을 아세요〉 오페라소리가 이명처럼 들린다. 영혼세계는 정말 존재하는 것일까, 결코 꿈으로만 치부할 수 없는 내 영혼빛깔은 무슨 빛깔일까…….

*

그 뒤 얼마 안 되어 준호는 홀연히 출가(出家)했고 미타골 같은 깊은 산중 산사(山寺)에서 백옥 같은 장삼을 걸쳐 입고 중음 천을 헤매는 영혼들의 천도를 위해 천수바라에 나비춤을 추는 자신을 발견한다.

제 3 부

까마귀 절

16. 무병 (巫病)

깊고 긴 꿈으로만 여기는 영혼사회의 일들이 디테일(detail)하고 하이퍼 극사실로 생생하게 재생되면 그에게는 그리워지는 영혼들이 있다. 서예가영혼과 오페라영혼, 그리고 어머니를 닮은 외할머니의 영혼이다. 혼령세계에서 그를 사랑한 그녀 오페라영혼은 어느 생처 어머니의 자궁에 탁태하여 다시 태어났을까,

16

거듭 말하지만, 강 준호는 일상적인 수면 후 일어났을 뿐이다. 다만 상이한 것은 집에서 잠이 들었고 며칠 후 엉뚱하게 병원에서 잠을 깼다는 점이다. 그 이상도 그 이하도 아니다. 잠들어있는 동안 깊고도 길고 긴, 현실처럼 디테일(detail)한 영혼세계의 꿈을 꾸었다.

다량의 수면제를 복용할 이유도 없거니와, 그렇게 알 수 없는 주검에서 깨어난 후, 언제까지라도 몸을 추스르고 나오라는 회사의 배려에도, 준호의 입장에서는 몸을 추스려야 할 하등(何等)의 이유조차도 없었다. 때문에 그는 퇴원다음날 바로 정상출근을 한다. 주변의 걱정처럼 후유증이 있거나 건강상 아무런 이상도 느끼지 못했고 특히, 경쟁사회의 프래시맨으로서 건강문제는 출세의 전진대열에서 뒤처지게 되는 결점이 따르기 때문이다.

그는 결코 그것을 원하지 않는다. 설사 몸이 좀 불편할지라도 어지간하면 견디며 일하는 정신이야말로 남에게 뒤지지 않고 앞서갈 수 있다는 지론을 그는 가지고 있었다. 하지만, 그 지론이 뒤집혀져버린 것은 얼마 후부터 까닭없이 찾아든 무병(巫病) 증상 때문이다.

어느 날 부터인가 그는 2층 계단을 오르기가 힘들 정도로 건강에 이상 징후가 나타난다. 어떤 연유인지 모르게 몸이 시달리는 증세로, 입원차트가 보관되어있는 종합병원주치의에게 진료를 받고 몇차레나 종합검진을 해보지만 결과는 항상 정상으로 나온다. 지난 주검의 원인조차도 의학적으로 밝혀지지 않았고 심정지상태에서 전신수면상태라는 군색한 말로 연구대상이라면서 여러차례 채혈만 했다. 그렇게 시달리면서도 직장생활만큼은 한치의 오차가 없다. 이무렵 어릴적부터 외할머니의 사랑을 아쉬워하고 또 어머니를 닮은 외할머니를 꿈속에서 보았던 일들이오버랩 되곤 했다.

의례 그렇듯이 샐러리 맨들은 퇴근 후 바로 귀가하지 않는다. 몇몇이 어울려 저녁식사를 함께 하거나 술집탁자에 마주앉아주거니 받거니 게걸거리며, 술 한 잔씩 걸치면서 하루 긴장과 노고를 푼다. 준호 역시 마찬가지로 몇사람의 동료들과 서로 술잔을 기우는 데 분위기가 한참 고조될 무렵, 맞은 편에 앉은 회계과 양 주임의 뒷편에서 눈 깜짝하는 극히 짧은 순간에 제복을 입은 장성이 그의 양편 어깨견장에 계급장을 달아주는 모습이 헛것처럼 보인다.

찰나의 그 모습은 군(軍)과 같은 계급사회에서 진급을 의미하는 것으로 왜 그런 모습이 보여졌을까,

의구심 속에 자신도 모르게 선뜻 이렇게 말한다.

"양 주임, 이번 인사에 승진하려나 보다."

하고 말한다.

"승진? 그렇찮아도 이번에 어떻게 될지 무척 궁금한데, 뭐, 아는 정보라도 좀 있어?"

"정보는 없지만 두고봐. 승진할 테니까. 사원근무고과평가가 지난주에 끝났고, 양 주임 어깨견장에 계급장달아주는 걸 봤거든."

"보다니? 술 마시다가 갑자기 무슨 엉뚱한 말이야? 취했어?"

며칠 후 그는 주임에서 계장승진사령장을 받고 영전한다. 그는 그 자신도 스스로 놀란다. 그게 무슨 현상이었는지, 도대체 왜, 그런 모습이 헛보여졌는지 말이다.

그러더니 술상에 동석했던 동료사원들이 떠벌리고 다녔는지 회사에 이상한 소문이 퍼진다. 소문으로는 그가 관상학에 어려운 주역까지 공부한 모양이라는 등…….

설마 신(神)이 들렸다거나, 어떤 영력(靈力)에 의한 것으로 여기지 않는 것은 그가 인텔리넥타이부대의 일원이었기 때문이었을 것이다. 이런 소문 속에 어떤 사원은 담배 한 보루를 가져와 슬며시 책상서랍에 넣어주면서 말한다.

"강 주임님, 언제 그렇게 관상학에 어려운 주역까지 공부하셨어요? 점심시간에 미팅룸에서 면담 좀 하고 싶은데. 아셨죠?"

이런 일이 심심치 않게 이어진다. 그들에게 던지는 쾌상은 놀랄 정도로 들어 맞는다. 시달리던 무병(巫病)증상은 이 무렵부터 언제 그랬냐는 듯이 사라진다. 그는 고민에 빠진다. 치마만 두르지 않았지, 자신도 모르게 신들린 무당이 되어가고 있었다.

의사와는 전혀 관계없이 그 과정이 밟아지고 있었다. 결코 그 길을 택한 것도 아니다. 더구나 노모를 모시고 일요일이면 성당에서 미사를 보고 오는 그로서는 이해도, 용납도 할 수 없는 일이다. 상상조차도 안 돼는 일이다.

그러나 깊고 긴 꿈으로만 여겨온 영혼사회의 일들이 디테일하고 하이퍼 미술작품처럼 극사실로 생생하게 재생되면 그에게는 그리워지는 영혼들이 있다. 서예가영혼과 오페라영혼, 그리고 어머니를 닮은 외할머니의 영혼이다.

혼령세계에서 그를 사랑한 그녀 오페라영혼은 어느 생처 어머니의 자궁에 탁태하여 다시 태어났을까, 잠자리에 들면 깊은 나락으로 한없이 빠져들고, 영혼친구들과 아름다운 무지개빛, 마블링빛깔 속 혼령세계를 유영하는 꿈 속에서 들려오는 오페라영혼의 노랫소리에 잠을 깨고, 현실세계와 혼령세계가 하나로 버무려져 혼성되는 이 현실을 남이 들으면 그는 분명 이상해진 사람이다. 이렇게 백만언어를 동원하여 말한 들 누구도 믿지 못할 양면성의 삶이 지속되면 그는 참으로 힘들어 했다.

그는 결단을 내리기로 한다. 이제 누가 묻거나 어떤 현상이 보여도 혼자 소화하고 입을 다무는 일이다. 하지만 퇴근버스에 오른 어느 날, 경기지역 영업소장 본사회의를 마치고 돌아가면서 옆자리에 앉게 된 의정부영업소장, 불쑥 손바닥을 펴보이며 하는 말이,

"강 형, 내 손금 한번 봐줘봐. 영업소까지 소문이 났던데."

입을 다물기로 다짐한 그는 망설이다가 심상찮은 순간의 현상에 냉큼 터져나온 말이,

"불(火) 먹은 손인데 이 손으로 애 하나 죽였겠소."

하고 불쑥 자신도 모르게 염력으로 터져나온 말이 그에게 엄천난 화근이 되어버린다. 그가 내민 손바닥 빛깔이 대장간에서

벌겋게 불에 달군 쇠덩이를 두들긴 다음 물 속에 식히면 순식간에 변색된 살기 돋은 흉칙한 쇠뭉치로 보인 것이다. 마치, 영혼세계에서 검은 영혼들의 흉칙한 빛깔처럼…… 찰나에 던진 말에 숨겨온 사실을 들킨 것처럼 그는 일순 어쩔 줄 모르며 당황 한다. 그의 붉어진 표정과 태도에 의문의 시선이 과녁에 쏜 화살처럼 집중된다.

이 과정을 건너편 의자에서 지켜 본 기획실 박 계장, 가뜩이나 영업소장의 입사과정의 의문과, 문제가 될 만큼 영업소하부직원들에 대한 정도를 넘어선 스파르타식 사원관리는 지금의 직장 갑 질과 맞먹는다. 그리고 매월 주어진 판매목표를 달성하지 못해 미운털이 박힌 영업사원의 뺨을 때린 사건으로 하극상문제를 크게 일으킨 과실마저 있는 터에, 기획실 차원에서 영업소장의 뒤를 팠다. 이는 대표이사를 보좌하는 기획실의 비밀업무 중 하나다. 그러니까, 영업소장의 전직은 초등학교교사로 본래부터 손버릇이 사나웠다. 조금만 잘못하면 어린학생의 뺨을 때리는 일이 다반사로 초임발령을 받은 교육자로서 학교에서 문제가 된다. 그리고 숙제를 해오지 않은 어린학생이 뺨한대를 얻어맞고 경기를 일으킨 끝에 그자리에서 죽고 말았다. 속칭, 살(殺)이 내린 것이다. 당연히 사건의 법적 처벌이 뒤 따랐고 그는 모든 이력을 세탁하여 회사에 입사했다. 그리고 만회를 위해 영업소장의 자리에까지 오를 만큼 그는 일도 열심히 했다. 그러나 그의 과거전모가 이렇게 밝혀지면서 대표이사에게 보고를 마친 기획실장의 최후통첩으로 그는 회사를 떠나게 된다. 권고사직이다. 반면 준호는 이 사건으로 충격을 받는다. 더 이상 입을 벌려서는 안 된다고 또 다시 다짐한다. 이대로 간다면 일류회사에서 자리가 잡힌 그의 사회적 원대한 꿈도 기대할 수 없는 천박한 박수무당이 되고 말 것이다. 하지만 그가 입을 굳게 다문 뒤부터 사회생활을 바르게 영위할 수 없을 정도로, 어떤 약을 먹어도 듣지 않는 무병증상으로 다시 시달리기 시작한다. 심지어 단골이 된 개인병원에서는 특정한 병명이 없으므로 영양제 닝겔만 한대 놓아주고 보내는 것이 고작이다.

이 지경 속에서 그가 사직서를 써야만 했던 것은 영력(靈力)의 바탕에서 오는, 누구도 이해하지 못할 현상을 자신의 능력으로는 버틸 여력이 한계점에 봉착한 까닭과, 이대로 간다면 출세의 뜻과는 달리 이상해진 사람으로 인식될 우려가 컸기 때문이다.

17. 까마귀 절

백옥 같은 하얀 팔대장삼에 고깔을 쓰고 승가문중 큰스님들의 범페염불 가락 속에, 양팔에 바라를 들고 신들린 듯 훠이- 훠이- 천수바라에 나비춤을 춘다. 어머니를 낳자마자 돌아가신 외할머니와 단명한 두 형제의 뒤늦은 천도재다.

17

그 어떤 무엇도 막힘없이 탁 트인 출세가도로 도약되는 싯점에, 이해조차 안 되는 갑작스런 사생변주(死生變奏)와 신병(神病)앓이에 사직서 한 장으로 사회의 경쟁대열에서 이탈되어버린 그는 막상 이렇게 퇴직을 하자 원대했던 꿈을 망쳐버린 것만 같아 한동안 마음을 잡지 못한다.

방황의 둠벙을 허우적대던 그는 배낭하나를 메고 버스와 기차를 타가며 목적지도 없이 방랑아처럼 낯선 곳들을 떠돈다. 남해안을 돌아 경남하동에서 며칠 동안 머문 그는 섬진강하구에서 강바닥 모래 속 재첩잡이를 하려던 어부가 이른아침 배틀망을 묶다가 일손이 모자랐는지 이른 아침 강가를 산책하는 그를 보고 갯가에 배를 대고 도움을 청한다. 준호는 서슴없이 배위로 올라가 배낭을 벗어 놓고 난생처음 재래식 자연산 재첩잡이 체험을 하게 된다. 어부는 구릿빛 얼굴에 준호와 엇비슷한 젊은 나이다.

재첩이 많은 곳으로 어부가 키를 잡고 노를 저으면 뜰채가 틀어지지 않도록 붙잡아주고 모래는 빠지고 재첩이 뜰채에 가득 차면 가슴까지 올라오는 장화를 신고 물로 들어가 재첩이 담긴 뜰채를 배위로 끌어올리는 힘든 작업으로 살이 통통하게 올라 재첩 맛이 가장 좋고 채취량도 가장 많은 6월 상순 황금재첩계절이다.

불타오르는 섬진강 붉은 노을 물결에 비치는 나룻배 재첩잡이 물그림자이미지는 한 컷의 사진작품이다. 붉은 석양이 그렇게 강물에 비칠 때까지 재첩잡이가 끝나고 가까운 강변 어부의 집으로 따라간다. 어부는 고마웠는지 즉석에서 물에 삶아 골라낸 알맹이로 손수 조리한 회무침과 재첩 국으로 저녁식사를 하는데 안주인이 없다. 어림잡고 그것을 굳이 묻지는 않는다. 홀아비어부다.

그가 말했다.

"마침 도와줘서 재첩양도 많고 해도 졌는데 내집에서 자고 가구려. 나 혼자 삽니다. 오늘 첫날인데 안 되면 포기하려다가 마침 도와줘서 고맙습니다. 그런데 형씨는 어디 사는 뉘시요?"
하고 묻는다.
"네, 윗녘에 사는데 그저 바삐 살다가 시간여유가 좀 생겨서 여행 좀 하고 있습니다."
"그래요? 철이 철인만큼 한 보름 정도 재첩을 해야 하는데 이때가 되면 사람구하기가 아주 힘들지요. 그래서 하는 말인데 며칠 좀 도와 주실 수 있을 런지…… 노임은 여기 주는대로 드리지요. 여자들까지 모두 녹차 밭으로 불려가서 사람이 없습니다."
"그럽시다. 쫓기는 일도 없는데……."
보름동안이나 그를 돕는다. 물길위에서 온통 재첩에 뛰어든 사람들로 섬진강이 붐빈다. 거둔 재첩이 여러 통마다 채워지자 어부는 얼굴에 화색이 돌고 그동안 모아진 재첩을 바가지로 한곳에 퍼 담으며 묻는다.
"이만하면 출하를 하겠수다. 금년 재첩잡이를 도와줘서 고맙지요. 일이 끝났는데 이제 어디로 가시렵니까?"
하고 묻는 말에 문득,
'이봐, 떠돌지 말고 어디 조용한 사찰에 가서 머리 좀 식히고 오게나.'
하고 위로하던 지인의 말이 떠오른 그는 부근 어디에 조용한 사찰을 알거든 알려달라는 말에 어부는 깊은 사연을 말하면서 절 하나를 말해준다.

"제 처가 가슴까지 닿는 통장화를 신고 동리아낙들과 봄재철에 뜰망으로 재첩을 하다가 관광다리를 놓는다고 물길을 막아 놓은 보가 터져 갑자기 내려오는 큰물에 모두 휩쓸려 죽었지요. 사내아이하나를 두고 그렇게 저세상으로 가버렸지요. 그 바람에 보상 받은 돈으로 배 한 척을 사서 먹고는 살지요."

"아이구. 저런! 그래서요?"

"그러고서 힘들게 혼자 기르는 아이 아홉 살에 지리산에서 탁발을 나온 노스님한 분이 아이를 보고 단명을 코앞에 둔 아이라면서 당장 달라고 하기에, 잘 거두지도 못하면서 애미도 없는 아들을 혼자 기르기도 힘들거니와, 아이가 죽을 고비를 크게 한번 넘기는 바람에 늘 불안한 터에 노스님 말씀을 듣고 그 길로 노스님을 따라 보냈지요."

"저런!…….세상에. 어디에 있는 절인가요?"

"자식을 보내고 아직 가보지도 못했습니다. 스님말씀이 절 공부를 시켜야 하는 아이라면서 산란스럽게 하면 안 된다며 아직은 찾아오지 말라기에 가보지도 못하고 위치만 말해줘서 아는데 사람들이 그 절을 까마귀 절이라고 부른답니다."

"까마귀 절? 왜 그렇게 부른답니까?"

"오가는 사람도 많지 않은 산중 절이라는데 언제부터인가 인연 짓게 될 사람이 가거나 무슨 일이 생기면 영물스런 까마귀 한 마리가 나타난다고 해서 그 뒤부터 그렇게 부른답니다."

그러면서 대충 아는대로 길을 알려주는데 경남 땅 아주 먼 지리산 속이다. 그러면서 말하기를,

"가시거든 돌아오실 때 아이소식이나 꼭 좀 전해 주세요. 몹씨 보고 싶습니다. 이 애비소식도 전해주시고요."

"알았습니다. 말씀을 들어보니 갈 길이 워낙 멀어서 내일 새벽 일찍 나서렵니다."

홀아비어부가 일러준 까마귀 절이라는 말만 듣고 꼭두새벽에 일어나 버스 두 번을 갈아타고 멀고 먼 미타골 같은 지리산골짜기 까마귀 절을 찾아간다. 가다보니 해가 중천이다. 다행히 가는 길을 찾아 이른 새벽 어부가 재첩을 볶아 마련해준 주먹밥으로 점심을 먹고 장송나무숲 솔 내음 풍기는 조붓한 산길을 오른다. 어부가 말한대로 어딘가에서 까마귀한마리가 나타나더니, 마치 길을 안내하는 것처럼 날개를 퍼득이며 갈지(之)자로 이리저리 소나무 숲 사이로 앞서 날아간다. 길이 가팔라 힘이 들어 이마로 흐르는 땀을 닦으며 너럭바위에 엉덩이를 붙이면 까마귀도 나무에 앉아 쉬고, 일어나 다시가면 까마귀도 다시 간다. 그래서 사람들은 까마귀 절이라고 부르는 모양이다. 이렇게 까마귀를 따라 오래된 일주문이끼 낀 돌계단을 올라 처마 끝 골기와 하나가 빠질 것 같은 중문을 들어서자 앞서 왔던 까마귀가 대웅

전마당 키큰 장송나뭇가지에 내려 앉아 손님이 왔다고 알리는 듯이 여러차례 날개를 퍼득이며 까악-깍 내지르는 까마귀울음 소리가 호젓한 산중겹겹이 메아리로 울린다. 예사 까마귀가 아닌 느낌이다.

사찰규모는 암자라 하기에는 크고 중찰에 속하는 어느 본사 큰 절의 부속사찰이라는 빛바랜 현판이 서 있다. 미타골 같은 첩첩 산중에 고풍스런 단청이며 이정도 규모는 궁궐에 버금간다. 솔숲에 둘러 쌓인 아담한 단가사찰(單家寺刹)로 도량이 편안해 보인다.

사람들이 들끓는 대중사찰이 아닌 그야말로 선경도량(仙境道場)이요, 진리를 깨닫고 도달할 수 있는 이상적 경지의 피안(彼岸)의 정토(淨土)다. 그가 지금까지 겪고 가슴에 안고 있는 속세의 번뇌들이 당장 말끔하게 튜닝되는 것 같다.

싸리비를 들고 대웅전 계단을 쓸고 있던 나이어린 사미승이 막 날아와 날개를 퍼득이는 까마귀에게 합장을 하고 다시 준호를 바라보며 합장으로 반긴다.

"처사님, 어찌 오셨습니까?"

"네, 스님. 혹시 여기에서 하숙 좀 할 수 없을까요?"

초등학교 6학년 또래 같지만 삭발을 하고 입은 승복이 속인이 아니므로 자연스레 말이 높혀 진다.

"공부하시려구요? 하숙생두는 절이 아닌데요. 목이 마르실텐데 저기 약수 한 모금 드시고 쉬어가세요."

하는 말에 힘들게 왔다가 돌아갈 길이 멀어 해지기전에 서둘러 내려가려는데 갑자기 목탁소리가 들리자 그가 싸리비를 옆구리에 끼고 지장전을 지나 후원으로 뛰어간다.

사찰도량 동쪽 지리산자락봉우리에 선승이 앉아있는 모습의 바위가 절묘하다. 절터를 한바퀴 돌고 돌계단을 내려가는데 뒤에서 그가 부른다.

"처사님, 올라오세요. 노스님께서 객승처소(客僧處所)[1] 방 하나 드리랍니다."

"아유-, 그래요? 노스님께서 어떻게 아셨지요? 스님을 뵈야잖아요?"

"노스님은 다 알고 계세요. 이것 저것 묻지 않아도 다 아시니까 나중에 보실 때 큰절 세번 올리세요."

무엇을 다 안다는 것인지 사미는 알 수없는 말을 한다. 스님은 보이지도 않는데 어린사미에게 하숙을 묻는 소리를 어떻게 후원 멀리에서 알아듣고 사미를 불러 즉설주왈 허락을 내렸는지 알다가도 모를 일이다. 선승이 앉은 모습으로 바라보이는 산봉 선승암(仙僧巖)모습 만큼이나 절묘한 일이다.

---

1)객승처소(客僧處所) : 만행하는 스님들이 쉬어가는 방.

사미를 뒤따라 간 객승처소는 후원 높은 곳에 별채로 있었다. 바위틈에서 대나무 통을 타고 맑은 물줄기가 이끼서린 화강암 연화대로 떨어져 고이고, 넘쳐흐른 물은 다시 저아래 공양 간 까지 흘러 식수가 해결되는 것 같았다. 해우소(화장실)도 따로 있으므로 객승들이 머물기 좋은 환경이다. 햇볕 잘 드는 양지빨랫줄에 바지랑대가 고여 있고 툇마루에 앉으면 도량전체가 한눈에 내려다보인다.

어린 사미가 이른다.

"갓방을 쓰세요. 방문을 열면 산 아래가 다 보여요."

"고마워요. 그런데 제가 앞으로 어떻게 부르면 되나요?"

"네, 일연(一淵)이라고 법명(法名)을 지어주셨어요. 노스님 수발을 들면서 사미(沙彌)[2]공부를 하고 있어요. 그런데 저에게는 말씀을 낮춰 주세요."

"그래도 스님인데 어떻게 그렇게 불러요? 그럼 일연사미라고 부르면 되겠네?"

하고 바로 말을 낮춘다.

"네, 처사님 참 바르시다."

준호는 어떤 말도 그에게 묻지 않는다. 짐작컨데 섬진강어부를 빼닮아 그의 아들이라는 짐작이 능히 가지만 공부에 지장이 될까봐 그에게 아버지이야기를 하지 않기로 한다.

2) 사미(沙彌) : 출가하여 십계를 받기위해 공부하는 어린 승려.

심성이 착해 보이는 일연사미는 가벼운 몸에 귀엽고 부지런해 보인다. 이렇게 몸 붙일 방 하나를 얻은 그는 이제 몸과 마음이 추슬러지면 다시 나가 새롭게 삶을 영속할 심산이다.

객승처소승방에 봇짐을 풀었다. 곧 해가지고 저녁공양 방에서 보게 된 노스님께 사미의 말대로 넙죽 삼배를 올리지만, 노스님은 어디에서 왔는지, 왜 왔는지, 단한마디 묻지도 않는다. 그저 평상시 권속처럼 대하므로 객손님 같은 생각은 들지 않아 편하지만 사찰도량에서 첫 잠자리에 드는 그날부터 들이당착 영혼세계에서 있었던 일들과 어머니를 닮은 외할머니 꿈을 산란스럽게 계속 꾼다.

나중에는 일상 중에도 의식이 될 정도다. 때로는 영혼세계 무지개빛깔 속을 유영하는 꿈 속에서 지난 영혼 벗들을 찾아 헤매기도 하고, 그러면서 내면의 영신(靈神)과 사찰도량 십방세계(十方世界)를 지키는 성중(聖衆)의 원력대립인지, 입안이 마르고 음식을 먹을 수 없을 정도로 그는 아주 극심한 시달림을 겪는다. 하지만 성중원력이 영신을 지배하였는지 이상할 정도로 시달리는 무병현상이 사라지고 마음의 안정을 찾는다. 그제서야 정신이 든 그는 삼 개월 가량 있을 요량으로 노스님은 아직 어려우므로 공양간 보살에게 슬며시 하숙비를 물어 본다.

보살은 말했다.

"노스님께서 처사님이 속세에서 고통을 받다가 부처님도량으로 피란을 온 사람이니 무상보시(無償布施)[3]를 해야한다고 말씀하셨어요. 하숙비말씀을 드리면 핀잔만 들으실 거예요. 꼭 드리고 싶으면 법당 불전 함에 마음으로 조금만 시주하세요."

그랬다. 따져보면 준호는 속세에서 고통을 받다가 피란을 온 것이나 다름아니다. 혜안인지, 법력인지, 처음 들어올 때 스님은 다 안다는 일연사미의 말이 이를 두고 하는 말이다. 보지도 않고 묻지 않고도 절간에 발을 들인 준호의 심내와 사연을 내다보는 법력 높은 노스님이었다.

준호는 섬진강어부에게 받은 노임일부를 일연사미에게 용돈으로 조금 주고, 나머지를 불전함에 마음표시를 하려고 일연사미에게 말하자 일연사미는 이렇게 사양한다.

"노스님께서 돈을 알면 탐심이 생겨서 공부를 할 수 없다고 했어요. 저는 공부만 하니까 돈을 쓸 곳이 없어요."

사미는 제대로 공부를 하는 것 같다.

준호의 산사생활은 이렇게 시작 된다. 문득, 세상을 살아가자면 어느 형태로든 타인과의 경쟁을 피할 수 없고, 거미줄처럼 엮

3)무상보시(無償布施): 돈을 받지않고 베푸는 것.

어지는 험난한 사회의 대인관계 속에서, 남을 미워도 하고 자신도 모르게 누군가의 미움을 받으며 타인을 밀어내야만 출세하는 어름처럼 차거운 냉정, 그 삶속에서 자신의 존재가치와 허욕에 급급했던 지난 일들이 반추되고, 가진 물건하나 없고 당장 갖고 싶은 것도 바라지 않는 소유욕(所有慾)이 일어나지 않음으로, 집착도 일어나지 않는 공(空)의 편안함을 느껴가던 어느 날이다.

고산산봉에서 우연히 내려다본 산그늘 속 저 아랫마을에서, 장대처럼 반듯하게 솟아오르는 저녁밥을 짓는 하얀 연기 한 자락이 일순 욕계(慾界)의 세상과 별리(別離)된 저편에서 참진 준호자신을 거울처럼 바라보게 만든다.

– 나는 누구이며, 내가 왜 저 아래 헛된 욕계(慾界)의 세상으로 다시 돌아가야 하는가! –

하는 타인과 구별되는 그저 생각없이 막연히 살아온 생애 최초의 자아의식(自我意識)은, 나는 누구인가라는 의문을 던지고, 인간세상을 떠난 현세(現世)가 아닌 또 다른 별리(別離)의 세상에 와 있는 것 같은 자신을 발견한다. 이 느낌, 이 현상은 또 무엇인가, 하는 의문의 화두(話頭)는 결론적으로 불(佛), 법(法), 승(僧), 삼보(三寶)로 귀의하게 되는 불처럼 일어나는 발심(發心)의 발로가 되고, 한번 일어난 발심은 좀처럼 가라앉지 않는다.

견디다 못한 그는 벼르고 벼르던 어느 날 노스님에게 청한다.

"삭발을 하고 공부하고 싶습니다."

노스님은 무덤덤한 표정에 반응이 없다. 콧방귀도 뀌지 않는다. 눈길도 주지 않는다. 절마당 장송나뭇가지에 내려앉은 까마귀만 처다본다. 한번 그런 뒤 여러차례 청하지만 묵묵부답으로 일관하더니 어느날 또 다시 청하자 장송나뭇가지만 또 바라보며,

"이제는 까마귀가 아주 안 보이는구나."

혼잣말로 동문서답, 까마귀걱정만 하면서 뒷짐을 지고 후원으로 휙- 가버린다. 쌀쌀맞다. 노스님의 눈에는 그가 까마귀만도 못한 모양이다. 여러차례 무언의 거절에 속앓이를 하지만, 어느 날 제자들을 모아놓고 인욕정진(認辱精進)을 설(說)할 적에 밖에서 엳어들은 심중에 각인된 내용이 상기되어 또 며칠을 참는다.

인욕정진은 참는 것도 수행이며 도(道)로 삼는다는 뜻이다. 여러 날 인욕 끝에 그날은 아예 노스님의 방으로 들어가 무릎을 꿇고 다시 또 출가(出家)의 뜻을 정중히 밝히자,

"안 돼!"

하고, 써가래가 우지직, 내려앉을 정도로 버럭 대성(大聲)을 지른다.

"왜, 안됩니까?"

인욕의 한계가 왔는지 반사적인지 그의 목소리도 커진다. 노스님은 다시 말하기를,

"가진 재주가 너무 많아!"

하고 질책 섞인 어투로 화가 아닌 화를 낸다. 밖에서 들으면 다투는 것 같다. 객승방하나 얻어 밥만 얻어먹었지 깊은 대화한번 없었다. 하지만 평소 그가 재주가 많다는 소리를 듣고 살아온 것을 노스님은 혜안(慧眼)으로 알고 있다.

"그게 이유가 됩니까?"

불만 섞인 그의 목소리도 뒤지지 않는다. 하지만 가진 재주를 말한 적도 없는데 다재(多才)가 흠이 되는 것처럼 꾸중 같은 큰 소리는 약간의 긍정이다. 따지는 것 같았는지 노스님은 두 눈마저 부라리며 대성일갈(大聲一喝), 화살처럼 쏘는 말이,

"다·재·승·불. (多才僧不/재주가 많아 승이 될 수 없다)!"

딱, 네 글자로 거절한다.

"네? 그게 왜 흠이 됩니까?"

"그래 이녀석아. 머리하나는 비상하다만 군더더기 같은 그놈의 재주 때문에 중노릇을 제대로 할 것 같으냐? 절간에 발하나를 들여놓고, 나중에 또 하나는 세속에 걸쳐 놓을 텐데……."

불시에 철퇴로 뒤통수를 때리는 것 같은 고성(高聲)의 이 대목! 노스님의 고성이 거절이 아니라 차돌 같은 결단을 요구하는 것으로 받아들여진다. 언어의 역해법(易解法)을 쓴 것이다.

그는 영리하다. 일순 그것을 알아챈다. 역(易)으로 풀어보면 재주를 버리면 된다는 돌려서 말하는 노련한 비유어(比喩語)인 것이다.

그래서 얼른 말하기를,

"내세울 것도 없는 그까짓 재주 다 버리지요."

하는 심오한 다짐에 노스님은 그제서야 태도를 바꾸고 말문을 튼다.

"흠- 그래? 내세울 것도 없는 그까짓 재주?"

"네, 그까짓 재주 내세울 것도 없지요."

당찬 대답에 노스님은 다시,

"귀는 제대로 뚫려서 무슨 말인지 알아듣고는 있구나."

그러면서 비로소 고개를 끄덕이지만 말과 표정만 그랬지 이렇다 저렇다 한참동안이나 말이 없으므로 그대로 앉아있기가 어렵고, 어색하고, 불편할 정도다. 그래도 믿지 못한다는 것인지 그가 방문을 나설 때까지 승락인지 거절인지 노스님은 말이 없다.

그마저 자격이 안 되는 것 같아 실망 또한 크다. 자신의 방으로 돌아온 그는 커다란 실망으로 당장 산을 내려갈 참으로 봇짐을 꾸린다. 짐이라야 갈아입을 여벌옷가지와 서 너 권의 책이 전부다. 그동안 시달렸던 몸도 알게모르게 개운해졌으므로 다시 나가 새 삶을 영위할 참이다. 복직을 생각해 보면 가능성은 있다.

사직서를 내자 비서실을 통해 대표이사의 부름을 받는다. 극구 사직을 반대하던 대표이사는 그때 이렇게 말한다.

"정히 그런다면 어쩔 수 없네만, 건강이 좋아지면 언제라도 꼭 복직을 해주게. 자네 덕분에 처남 놈이 자리를 잡았지만 아직 자네의 도움이 필요하네."

그러면서 두툼한 봉투하나를 위로금으로 내민다. 그동안 업무적으로 처남인 박 사장을 도와 일으켜 세워준 댓가다. 복직을 원했으므로 복직이 된다면 퇴직금을 받은 만큼, 호봉은 1호봉부터 시작되는 원칙적 결점은 있다.

하지만 요리조리 따져보고 대표이사가 내민 위로금을 비교정산해보면 그것으로 충분히 상쇄되고도 남는 액수다. 그러나 그간의 업무능력과 처남을 위해서라도 복직을 원한만큼 본래의 주임 직위는 그대로 보장될 것이다.

승속(僧俗)에서는 머물던 절을 떠날 때 알리지 않는다. 번거로움을 피하는 것으로 만행하는 객승이 며칠 쉬었다가 돌아갈 때에도 대중들이 모두 잠들거나 조석예불(朝夕禮佛)을 올리는 시간에 말없이 떠난다. 그것을 흠으로 여기지 않는다. 여기에서 그걸 알았으므로 사찰권속들이 모두 대웅전으로 들어간 저녁예불시간에 슬며시 산을 내려가기로 한다.

어망(漁網)같은 촘촘한 솔숲에 엷구리가 걸려있던 태양이 온종일 뜨겁게 불타오르다가 급소를 창에 찔린 투우(鬪牛)처럼 일거에 자지러 지고 거뭇거뭇 대기가 검기우는 어슬녘,

鐘聲煩惱斷斷 (문종성번뇌단)
離地獄出三界 (리지옥출삼계)
願成佛度衆生 (원성불도중생)

저녁예불 범종염불소리와 동종(銅鐘)울리는 소리를 들으며 산을 내려간다. 한참을 내려가는데 갑자기 범종소리가 멈추고 목탁소리가 들린다. 그 목탁소리는 평소 그를 찾는 목탁소리다. 도량이 크므로 주변 산속을 산책하거나 식사 때가 되면 공양 간 보살도 이렇게 목탁소리로 그를 불렀다. 하지만 이제 다시 오를 이유는 없다. 곧 산아래 큰길이 나오는데,

"처사님-,처사님-."

노스님수발을 드는 일연사미가 헐레벌떡 돌계단을 뛰어내려오며 부르는 소리가 들린다. 경사진 장송나무숲사이로 산구비비포장하얀 길을 기우뚱거리며 내려와 막 멈춘 막차버스의 열린 문으로 오르려는데, 다급히 뛰어내려온 일연사미가 얼른 차문 앞을 양팔로 가로막고 숨이가빠 말을 못하고 올려다만 보는 그를 내려다보며 묻는다.

“일연사미 왜?”
“처사님, 가시지 말아요. 노스님이 찾으세요.”
“그래? 내가 가는 걸 어떻게 아셨을까?”
“스님은 모든 것을 다 아신다고 했잖아요. 범종을 울리시다가 갑자기 처사님을 부르는 목탁을 치시고는 처사님이 산을 내려간다면서 막차를 타기 전에 얼른 데려오라고 하셨어요.”

노스님은 일거수일투족, 혜안(慧眼)으로 그를 보고 있었다. 뛰어봐야 부처님손바닥이다. 일순, 이대로 속세로 나가 복직을 할 것인지, 출가를 할 것인지, 양 갈래 번뇌가 번개처럼 스친다. 선택에 따라 목숨하나 운명이 뒤바뀌는 절호의 순간이다. 하지만 주행시간을 다투는 버스는 떠나버리고 하마 트면 아주 떠날 뻔 했다.
가만히 앉아서 준호자신의 행동거지와 일체의 사물을 궤뚫어 보는 노스님의 혜안에 거듭 놀란다. 속세를 체념하고 다시 되돌아와 노스님의 방문앞에서 서성이자 기척을 듣고 들어오라는 헛기침소리에 방문을 열고 들어서자마자 버럭, 또 대성일갈이다.
“대답도 듣지 않고 누가 하산(下山)하라더냐! 앉거라.”
경상 앞 노스님 면전에 무릎을 꿇는다.
당초 사미에게 하숙을 물을 때, 이렇게 되리라는 것을 선근(禪根)으로 예견하고 있었는지, 혜안으로 예견하고 있었는지, 경상

옆에 놓인 무슨 물건이 담긴 배 불뚝한 잿빛바랑을 준호의 무릎 앞으로 쭉- 밀어놓는다.

이것이 수차례 요구해온 출가(出家)를 허락하는 노스님의 대답이다.

"꼭 입으로 승낙을 해야만 되는 것은 아니다. 풀어봐라."

바랑을 풀어본다. 거기에는 초심자(初心者)가 알아야 할, 근본이 되는 초발심자경문(初發心自經文)서책과 사미과정에 필요한 몇 권의 불서(佛書)와, 잘 개어놓은 승복 세 벌이 들어있다.

처음부터 노스님은 갑작스런 그의 등장을 잠시 쉬어가려는 단순한 나그네로 보지 않았다. 영물스런 까마귀를 따라 들어오고, 아무때나 울음소리를 내지않는 까마귀울음소리에, 장차 까마귀절 부처를 봉위할 세속을 떠돌던 예비불자하나가 사바세계 전장 터 피란민처럼 자신도 모르게 찾아든 것을 혜안으로 내다보고, 아예 처음부터 객승처소승방을 내주고 맞이한 것이다. 하여 이렇게 미리 준비를 해놓고 스스로 일어난 초발심(初發心) 끝에 출가를 바라는 그의 입이 떨어질 때를 내심 기다려왔다. 관심이 없는 듯 매번 묵묵부답으로 일관해 온 것은 그의 단호한 속내와 인내를 척도(尺度)하는 과정이었다. 그것은 노스님법력의 정도를 말한다. 그리고 바로이어 목욕재개를 시킨 다음 승복으로 갈아입혀 대웅전으로 데리고 들어가 불전(佛前)에 삼귀의례 예를 갖추게 하고, 무릎을 꿇어 앉히고 일연사미의 화엄경약찬게염불 속에 긴 머리칼을 손수 대가위로 싹뚝싹뚝 여지없이 잘라버린다. 그리고 다시 날이 시퍼런 삭도를 가지고 잔머리를 모조리 밀어버리는데, 뜨거운 눈물 한 방울이 뚝-, 떨어진다. 마지막 흐르는 속세와 결별의 눈물이다.

삭발염의를 하고 나자 천만근 속세의 번뇌덩어리가 장마 속 협곡에서 바위 떨어지듯 일거에 쿵, 떨어져나가는 것 같다. 노스님은 절반 자른 화선지한 장을 마룻장에 펼쳐놓고 일연사미가 갈아놓은 벼루에 붓으로 먹물을 찍어 일필휘호 한자(漢字)를 내갈기고서 손으로 한자 한자 짚어가며 알아듣도록 설명을 한다. 그리고 하단에 당호낙관(堂號落款)을 내려찍고 준비된 한지봉투에 자른 머리칼 한줌과 함께 접어 넣고 말하기를,

"법명지(法名紙)다. 평생 보관해라."

내용은 꼭 불제자가 아니어도 세속 누구든 구분없이 지켜야 할 도리와 사자소학(四字少學)같은 초심자(初心者)가 지켜야 하는 경계(警戒)의 글이다.

내용은 이러하다.

曰, 雙磎寺佛頂沙門 俗名 000, 法名, 000 (왈. 쌍계사불정사문 속명 000, 법명 000)

夫初心之人(부초심지인)

須遠離惡友 (수원리악우)

親近賢善 (친근현선)

受五戒十戒等(수오계십계등)

善知持犯開遮(선지지범개차)

黨有諍者 (당위쟁자)

兩說和蛤 (양설화합)

財色之禍 (재색지화)

甚於毒蛇 (심어독사)

省己知非 (성기지비)

常須遠離 (상수원리)

見財色必須正念對之 (견재색필수정념대지)

害身之機無過女色 (해신지기무과여색)

喪道之本莫及貨財 (상도지본막급화재)

眼覩女色女見虎蛇 (안도여색여견호사)

身臨金玉等視木石 (신임금옥등시목석)

上元 甲子, 陰, 戊戌月, 己巳日, 恩師 00 堂

그리고 이듬해 그 이듬해까지, 노스님의 가르침아래 좌선을 병행하며 자경문(自經文)부터 석문의범(釋門儀範)과 불경요집(佛經要集)일체를 떼고, 교훈으로 삼는 고승들의 글을 엮은 치문(緇門) 내용을 낱낱이 묻고 바르게 대답을 했는지 노스님은 만족한 표정으로 묻는다.

"치문에서 가슴에 새겨진 건 있느냐? 있거든 말해보아라."

"달마조사 행입문(行入門) 네 가지 중, 보원행(報怨行)으로 이생에서 부딪치는 일체고통은 모두 전생(前生)에서 지은 업(業)인즉, 하늘과 사람을 원망하지 말라는 구절입니다."

"그럼, 우리 조사들의 선시(禪詩)에서 깨우친 건 없느냐? 있으면 하나 말해보아라"

"네, 현응(玄應)조사께서 남기신 것입니다.

흰구름 오려서 누더기 입고

푸른물 떠다가 눈동자 삼았네

뱃속에 주옥이 가득 찼으니

온몸이 밤하늘 별처럼 빛나네."

"주옥을 많이 익혔구나. 이만하면 됐으니 내일아침 해인으로 떠나거라. 모레가 입방(入房) 마감이다. 접수는 해놓았다. 옛다. 여비다."

"……."

"해인강원에는 전국 각 사찰의 사미들이 모여든다. 수행중인

만큼 파벌에 동참하지 말고, 대중 속에서 나서지도 말고, 종단이 시끄러워도 허울 좋은 정화(淨和)목탁을 들지도 말고, 어디를 가든지 다녀간 흔적을 남기지 마라. 오직 용맹정진으로 조용히 강원에만 매진하고 오너라. 벙어리처럼 말없는 행동에도 일거수일투족에 배움의 정도와 선근(禪根)이 우러나는 법이다. 네 속복(俗服)은 이제 모두 불태우마."

"……."

노스님께 삼배를 올리고, 뒤에서 보면 소불알이 매달려 있는 것처럼 보이는 잿빛바랑을 메고, 뒤돌아본 산사(山寺) 나한전지붕너머 장송 푸른 숲속에 몇 년 묵은 준호의 속복을 태우는 연기 한자락을 뒤돌아보며 그는 그렇게 강원 길을 떠난다. 그 뒤, 동안거, 하안거, 수회의 안성성만 후, 때가 되었는지 노스님으로부터 현각당(賢覺堂) 당호(堂號)를 수지받고 승속에서 현각(賢覺)으로 불리며, 대선, 중덕, 법계과정을 거쳐, 수행경력에 따라 종래 큰스님칭호자격을 받는 승려법계고시에서 대종사들이 묻는 말에 답하고, 한편의 논문통과로 대덕(大德)품수까지 받게 되지만 결과에 가서는,

'다·재·승·불(多才僧不)!'

'그놈의 군더더기 같은 재주 때문에 중노릇을 제대로 할 것 같으냐? 나중에는 절간에 발하나를 들여 놓고, 또 하나는 세속에

걸쳐 놓을 텐데…….'

하고 타박을 했듯이 노스님이 말하는 그놈의 재주를 결코 놓지는 못했지만 수행은 게을리 하지 않았다. 그리고 출가 후, 강원과 만행과 여러 득도과정을 거치면서 많은 경전학습과 수행을 통해 과제가 되었던 화두, 자아발견의 진면목과 중생의 범위에 속하는 영혼세계존재성의 인식, 아울러 총체적으로 지난 일들을 반추해 볼 때, 출가의 빌미를 준 까닭없이 몸이 시달렸던 그 모든 무병(巫病)현상은 구천을 헤매는 조상영혼이 자신에게 접신되는 과정이었던 것을 알게 된다.

무속이론에서, 무당에게 접신된 신(神)이 한계가 오면 자손에게 세습된다. 그게 당골래다. 그렇다면 현각당 준호의 어머니에게 처음 접신하려던 외할머니영혼은 끝내 어머니가 신내림 굿을 받아들이지 않으므로, 다음 후손에게 접신을 하려고 하지만, 자손 중 하나 있는 여식의 사주는 치마만 둘렀지 남자사주로 접신할 수가 없다.

유일하게 접신을 할 수 있는 후손은 사내지만 준호가 유일하다. 추명학에서 오행(五行)으로 신(神)은 수(水)에 속하고 수(水)와 수(水)는 서로 당겨 상합(相合)작용을 한다. 준호는 사내지만 사주 구성이 온통 물바다 수(水)로 엮어져 신(神)이 들어앉기 좋은 신체다. 수(水)가 왕성하면 천재라는 말을 들을 정도로 영특한 반면 영력(靈力)을 겸비한다. 신체 중 수(水)에 속하는 곳은 사람의 몸통을 셋으로 나눈 삼초의 하나인 하초(下焦)의 중심이 되는 음부(陰部)다.

하므로 귀신이 들 때는 수(水)인 음부로 상합(相合)한다. 하면 신(神)은 음부로 들어앉기 때문에 자궁에 오행학적 이변이 일어난다. 그 증세는 수(水)의 세력이 왕성해져서 화(火)에 속하는 심장과 두뇌를 극(克)한다. 하면 심장병증세가 일어나 고통을 받지만 외형적증상일 뿐 현대의학에서는 진찰을 해도 정상이다. 또 증세의 약도 없다.

한방에서는 관련진맥이 잡히지 않는다. 신병(神病)이기 때문이다. 설사 약을 지어먹어도 헛 약이 된다. 또한 하초의 오행학적이변으로 부부관계가 허물어지기 시작하고 남의 대소사가 헛보이는 증세는 무당길로 가는 첫 증세다. 증세를 보면 남자가 신(神)이 들리면 착했던 아내가 남편이 무서워지거나 싫어지고 집을 자꾸 나가게 된다.

반면 여자가 신이 들리면 남편이 싫어지고 잠자리에서 몸이 닿기만해도 소스라친다. 그렇게 가정이 금이 가면서 무당길로 가게 되는 경우가 생긴다. 또 시달리는 중에 주신(主神)의 염력이 발동하여 남의 길사와 액운을 눈으로 본 듯이 알게 되는 현상들이다. 준호의 경우 80%의 수(水)로 형성된 사주는 조상신이 들어앉기 좋은 사주다. 오행에서 수(水)를 생(生)해 주는 것은 금, 목, 수, 화, 토(金木水火土)중, 금(金)생(生)수(水), 오직 강력한 금(金)의 세력이다. 아울러 금(金)은 부처(佛)다. 때문에 준호자신이 살기위해서는 신병(神病)을 앓다가 자신도 모르게 강력한 금(金)에 속하는 부처를 찾을 수 밖에 없다. 이러한 논리 하에 외가조상의 영혼(외할머니)이 그에게 세습하려는 과정이었던 것을 부정하지 않는 것은, 비로소 노모의 이야기를 듣게 되면서다. 또 그 조상은 영혼세계에서 만난 어머니를 닮은 외할머니였음이 재삼 확인 된 것은 그가 홀연히 출가 후, 해인강원을 다녀오는 길에 엽서 한 장을 띄워 후일 곡성기차역에서 누나를 만난지 몇해가 지나서다.

산하(山下)에서 솟구쳐 오르는 고추바람에 적막강산 나뭇가지 울리는 소리와, 빛바랜 문풍지를 파고드는 바람소리가 한파 속에 화음을 이룬다. 산맥등골을 타고 은빛 눈발이 몰아치는 산사(山寺), 까마귀 절이다.

노스님이 묻는다.

"현각은 들어라. 해인강원을 다녀오면서 세속누나에게 엽서를 띄워 후일 곡성기차역에서 만났다고 했지?"

"네."

"그것이 잘못 되었구나."

"무슨 말씀입니까? 잘못되었다니요?"

"너를 찾으려고 네 누나가 조카들을 풀어 지리산 절간을 모조리 뒤지고 다니는 모양이다. 그걸 보면 여기 있는 걸 누나에게 알려주지 않은 모양이구나."

"네. 점심이나 대접하고 보내려고 식당 방으로 모셨는데 승복을 입은 제 모습에 펑펑 울면서 밥한 술 뜨지도 못하고 돌아갔습니다. 노모님 안부도 묻지 못했습니다."

"그래? 그럼 어떻게 할테냐? 속세로 나갈 것인지, 공부를 계속할 것인지 결정해라. 수행에 지장이 되잖느냐."

"이대로 공부를 계속 하렵니다."

"그럼 날이 새면 바로 만행을 떠나거라. 아직은 만날 때가 아니다. 네 조카들이 여기까지 들이닥칠 수도 있다. 쌍계사까지는 다녀간 모양이다. 지리산을 아주 벗어나라."

고산을 울리는 매서운 강추위 속에 밤새 내린 함박눈에 산하대지는 눈부신 은빛세상으로 변했다. 현무(玄武)를 등지고 좌청용(左青龍) 우백호(右白虎) 산맥등골에 쌓인 눈이, 칼바람에 휘모는 눈발 속을 고개숙여가며 다음날 아침 그렇게 그는 몸을 피해 삭발본사 까마귀 절을 떠난다.

*

2배속 고속으로 돌린 영상화면처럼 또한 세월이 빠르게 흘러가고, 오랫동안 보이지 않던 까마귀를 따라 누가 오는지, 모처럼 까마귀울음소리를 들은 날, 길을 묻고 또 물어 산사(山寺)로 들어가는 산야, 장송 푸른 솔숲 아래로 한참 흐드러진 진달래꽃 반기는 조붓한 산길로, 노모를 모시고 그의 누나가 찾아온 것은, 한 됫박 사리를 남기고 입적하신 노스님의 뒤를 이어받아 그가 까마귀 절 주지가 되어 있을 때다. 세속의 모습은 온데 간데 없고, 삭발머리에 잿빛가사장삼을 걸친 아들 준호의 모습을 보고 말문이 막혀버린 것인지, 아들을 본 반가움보다 되레 쓸쓸한 표정의 그의 누나와 노모가 하얗게 변해버린 낯빛으로 머뭇거리는 것은, 그의 진(眞)모습에 일어난 충격의 파장이다.

결코 세속의 막내아들이 아니라 가깝게 하기에는 세속인의 경지를 뛰어넘은 법의를 걸친 몸에 벤 육중한 성직자의 모습이 너무 커 보여 다가서지가 않아서다.

무심하게 잊고 살아온 갑작스런 노모와 누나의 등장에 준호역시 당장 말문이 터지지 않는다. 무언의 표정들이 무쇠덩어리처럼 무겁다. 보자마자 반겨야 할 백만언어는 이렇게 묵언으로 함축되고, 자신의 방으로 모시고 들어와서야 법의를 벗어던진 준호는 노모를 상석에 앉히고 가슴에 뜨거운 열기를 느끼며 말없이 큰절을 올린다. 말이 없던 노모는 그제서야 덥석 아들의 손목을 잡고,

"아이고, 내 아들 여기 있었네."

눈물을 글썽이더니 종래 하염없는 눈물을 쏟아낸다.

"어머니-."

중생을 제도하는 성직자의 위엄은 어디로 가고, 아들로 돌아가 나이 쉰을 넘긴 나이에도 어머니 앞에서는 아직도 어린막내다.

"오냐, 내아들 막내야."

치솟는 슬픔을 견디지못해 남은 평생 놓지 않을 것처럼 아들의 손목을 움켜잡고 봉짓가슴에 연약한 어깨를 들썩이며, 여한이 풀린 듯 먹울음으로 몸부림치는 노모의 모습이 애처롭다. 한줌도 안 되는 노모를 가슴에 꼬옥 껴안는다.

"보고 싶었어요. 어머니 잘 오셨어요. 누나, 엄마모시고 여기까지 찾아 오느라 힘드셨지요?"

뒤늦게 어린막내처럼 반기는 말에 노모는 다시,

"오냐, 오냐. 이렇게라도 살아있었구나."

멈추지 않는 노모의 슬픔을 누나가 달랜다.

" 막내아들 찾았으니까 그만 울어. 이러다 병나겠어. 엄마."

누나 역시 젖은 눈물로 부어오른 두 눈이 빨개진 얼굴이다.

태고의 지층처럼 쌓이고 쌓인 하고 싶은 말이, 수미산 산봉 같고 곤륜산 덩치 같아, 모두는 뜬 눈으로 밤을 새며 노모는 까닭 없이 신이 들려 무병(巫病)으로 시달리던 끝에, 무당 길로 들어설 뻔한 과거사를 담담하게 말하기 시작한다. 그러니까, 새댁점장이로 소문이 날 만큼 시집간 지 얼마 안 된 젊은 나이에 반 무당으로 무병에 시달리던 어머니를 데리고 아버지는 소문난 무녀를 찾아간다.

그 때 무녀는 이렇게 이른다.

"대주님과 새댁은 어설피 듣지 말고 내말을 잘 새겨들어요. 새댁이 태어남서 낳자마자 어머니가 돌아가셨는데, 배냇저고리도 입혀주지 못하고 죽은 것이 한이 되었소. 그것이 마음에 걸려 갈 길을 못가고 새댁 몸에 아주 틀어 앉으려고 하는데, 어머님 신 내림 굿을 하고 점상을 받지 않으면, 낳는 자식마다 모조리 데려간다고 성화를 대니, 당장 굿날을 잡고 점상을 받읍시다."

이렇게 낳는 자식마다 데려간다는 무서운 말에도, 죽도록 무병으로 시달리면서도, 어머니는 결코 무녀가 이르는 신 내림 굿을 받아들이지 않는다. 얼굴도 모르는 어머니를 그리워하며 먼 인척 집에서 외롭게 자라면서 일곱 살 어린나이에 외할머니이름만 알려줘 알 뿐이다.

후일 자식들이 무당자식이라는 천대받는 말을 듣게 하고 싶지 않았다. 훌륭히 키우고 싶었다. 하지만 무녀의 말대로 자식 둘을 열 살을 넘기지 못하고 잃고 만다. 한탄세월 속에 봉짓가슴을 찧으며 늦게 둔 막내아들까지 잃을까봐, 노심초사 이웃 아낙을 따라 불공이라도 올리려고 데려간 암자에서 어린아들을 본 주지스님마저 이렇게 말한다.

"재주 많고 머리는 비상한 아이다만 후일 제발로 부처님에게 올 녀석인데, 아예 당장 출가를 시키는게 어떻겠는가? 아들을 이대로 놓고 가게. 세속에 놔두면 목숨부지도 어렵네."

현기증이 일어나는 말에 깜짝 놀란 어머니는 하나 남은 막내아들마저 아주 빼앗기는 것 같아 아들을 달라는 스님의 말을 매몰차게 거절한다. 다시는 절간을 찾지 않는다.

그러나 나이 아홉 살 고비에 산에서 굴러 떨어져 사경을 헤맬 때 거른 똥물을 먹여 겨우 살려낸 고비를 가까스로 넘기고, 다 자라게되자 비로소 한숨을 내쉬는데 준호는 직장생활을 잘하다가 까닭없이 죽을 고비를 또 한 번을 넘기고 직장마저 때려치우고 머리를 식히고 온다며 집을 나선 뒤 종무소식이더니, 암자의 주지스님 말을 따라 종래 제발로 첩첩산중 부처의 도량으로 이렇게 온 것이다.

노모는 그렇게 지난 세월을 반추하며 말을 이어갔다.

"네가 나중에는 제발로 부처님에게 간다더니, 결국 네 발로 와서 명줄을 이었구나. 네가 죽고서 나흘만에 깨어났지만 그 때 네 외할머니가 너까지 데려갈 줄 알고 얼마나 걱정이 컸는지 모른다. 이번에도 죽었는지, 살았는지, 하도 소식이 없어서 네 외할머니가 너까지 아주 데려간 줄로만 알고 너를 아주 포기했었다.”

하며 회한의 한숨을 지었다.

노모의 말이 끝나자 기다린 듯 누나가 말한다.

“네 조카들이 지리산에 붙어있는 절이란 절은 모조리 뒤졌다면서 까마귀 절이라는 멀고 먼 여기는 찾기가 힘들어 가보지 못했다니까 이번에는 엄마가 마음이 쓰인다며 죽기 전에 한번 가보기나 하자고 하시기에 두 판 잡고 와봤다. 깊은 산 속 절인데 궁전 같다만 이 나이 먹도록 집에는 연락한번 없고 무심하구나.”

하고 가볍게 핀잔을 주면서 두고 온 딸아이는 집을 나갔던 제 엄마가 진즉 데려갔다는 소식을 전한다.

*

그리고 며칠 후, 불단(佛壇)과 위폐를 써 올린 영단(靈壇)에 영가음식을 담뿍 차려올리고 노모와 누나를 모신 그는 백옥빛깔 팔대장삼에 고깔을 쓰고 승가문중 큰스님들의 범폐염불가락 속에, 양팔에 바라를 들고 장엄한 모습으로 대웅전앞마당 노스님의 사리탑 앞에서, 천수바라에 나비춤(승무)을 추며 탑돌이)[4]를 한다. 어머니를 낳자마자 돌아가신 외할머니와 단명한 두 형제의 뒤늦은 천도재 시작이다.

---

4)탑(塔)돌이 : 의식이나 행사에 합장으로 탑을 돌면서 발원하는 것.

*

지난 날, 노스님은 준호와 이제 성년의 나이가 된 일연사미를 앉혀놓고 말한다.

"내가 입적을 하면 사리가 한 됫박은 나올 것이다. 그러거든 대웅전앞마당 칠층석탑이 빈 석탑인데, 탑(塔)은 본시 범어(梵語)로 분묘(墳墓)의 음역(音譯)인 만큼 각단에 사리를 나누어 봉안하거라. 칠층은 일연사미와 너까지 제자들 숫자다. 그리고 네 노모가 찾아올 것이다. 이제는 만날 때가 되었으니 피하지 말고 맞이해서 탑돌이를 하고 네 손으로 외가조상과 형들의 천도재를 지내어 노모와 너에게 얽혀있는 전세악업(前世惡業)의 고(苦)를 풀어라. 그래야만 중음천을 헤매는 네 조상들이 다음 생으로 갈 길을 간다. 그 연고하나로 너를 여기 까마귀 절로 몰아세운 건 다름 아닌 네 외할머니다."

"네?"

노스님 말에 일순 일만 볼트 전율이 흐를 정도로 현각은 깜짝 놀란다. 단 한번도 외가의 내력을 노스님께 말한 적이 없었다. 처음부터 노스님은 혜안으로 모든 것을 알고 있었다. 그리고 또 말하기를,

"후임주지는 너로 종단에 못박아 놓았다. 네 사형(寺兄)들도 그렇게 알고 있다. 후일 주지자리를 두고 일어날 양설다툼은 미리

막아놓았다. 머리가 영리한 일연사미는 묶어두지말고 이제 종단으로 내보내 학승으로 길러라."

이렇게 마지막유언을 남기고 이레동안 스스로 곡기를 끊더니 조용히 눈을 감았고, 종단과 문중스님들과 후원에서 다비식을 가졌다. 하여, 탑돌이로 발원하며 천도재를 지내게 된다. 일연사미는 승가대학선학(禪學)과에 입학시켜 매 학비를 보내어 선학의 길을 걷게 한다. 그리고 대선과 중덕 승려법계계단을 올라 종래 법호 현법, 준호의 뒤를 이어 먼 후일 까마귀 절 주지가 되자 섬진강어부로 홀로 살아온 나이든 아버지를 데려와 모시고 효성을 다한다.

*

병풍두른 관욕단(灌浴壇) 욕수(浴水)위에 외할머니와 두 형제영가의 위폐를 띠우고 관욕염불로 혼백들이 몸을 싯는 동안 병풍밖에서는 법주(法主)[5]와 바라지)[6]스님들 염불장단에 바라승)[7] 들이 민바라)[8]춤을 춘다. 그에게는 생전 얼굴을 모르지만 영혼세계에서 보았던 어머니를 닮은 그리던 외할머니요. 말만 들어온 두 형제영가의 관욕이다.

---

5)법주 : 행사의 법을 주관 하는 큰스님.
6)바라지 : 의식이나 특히 천도재를지낼 때 법주가 앞경문을 게송하면 다음 송구를 후렴으로 받는 스님.
7)바라승 : 영산작법 중 바라무를 이수한 스님.
8)민바라 : 여러 바라무 중 가장 기초가 되는 바라춤.

그리고 관욕이 끝난 영가들이 그동안 영혼세계를 떠돌며 갈아입지도 못한 걸레옷을, 어젯밤 지어놓은 지(紙)옷을 불살라 갈아입힌다. 그래야만 깨끗한 모습의 영가를 관음전에 봉청하고 비로소 천도재를 지낼 수 있다.

관음시식(觀音施食)

거불(擧佛)

나무원통교주관세음보살

나무도량교주관세음보살

나무원통회상불보살

고혼청(孤魂請)

일심봉청, 실상이명 법신무적 종연은현약 경상지유무 수업승침여 정륜지고하 묘번막측 환래하란 원아금차 위천재자 거 사바세계 남섬부주 동양 대한민국 경상남도 00군 00리 지리산하 00사 불타도량 금일금시 천령재자 공일지신(空日之神).

驚天亡光山劉人(경천망광산유인)

亡母000靈駕(망모 000영가)

亡長者000靈駕(망장자 000영가)

亡次者000靈駕(망차자 000영가)

승불위광 내예향단 수첨법공 영원담적 무고무금 묘체원명 하생하사 변시석가세존 마갈엄관시지절 달마대사 소림면벽지가풍

(운운) 금차지극건성 행효녀 000 외손 000 각각등복위 이차인연 공덕 왕생극락세계 상품상생지대원(운운)

향연청(香煙請)

삼혼묘묘귀하처 칠백망망귀하처 칠백망망거원향 금일진령신소청 원부명양대도량 제불자등각열위영가(운운)

착어(着語)

자광조처연화출 혜안관시지옥공

우황대비신주력 중생성불찰라중(운운)

천수일편위고혼(千手一片爲孤魂),

지심제청지심제수(志心齊聽志心齊受)

신묘장구(神妙章句)대다라니 나모라 다나다라 야야나막 알략 바로기재 새바라야, 못지 사다바야 마하 사다바야 마하가로 니가야, 옴 살바 바예수 다라나 가라야 다사명 나막까리다바 이맘 알야 바로기재 새바라 다바 니라간타 나막 하리나야 마발다 이샤미 살발타 수반아예염 살바보다남 살바못지 사다야 (운운)

범폐스님들의 동음창화천수염불소리와 소북 대북, 징소리와 허공 높이 퍼지는 호적소리 속에 짝을 이룬 스님들이 천수바라)[9]춤

9)천수바라 : 천수경 중 신묘장구대다라니 염불소리에 맞춰 추는 바라무.

으로 영가들을 위로한다. 이어 옥빛장삼 판복)[10]을 입은, 세속의 꿈도 컸던 속명 강 준호, 현각은 염불가락장단에 너울너울 천수바라나비춤을 춘다. 그 장면이야말로 대영산재에 버금가는 천도재의 극치다. 이어 행선축원으로 천도재를 가름한다.

봉위
상래소수공덕해(上來所修功德海)
회향삼처실원만(回向三處悉圓萬)
대한민국만만세(大韓民國萬萬歲)
우순풍조민안락(雨順風調民安樂)
천하태평법륜전(天下太平法輪轉)
창호도배면팔난(窓戶途褙免八難)
시방시주원성취(十方施主願成就)
선망부모왕극락(先亡父母往極樂)(운운)

뒤 늦게나마 이렇게 관음시식부터 영가시식과 행선축원까지 마치고 회심곡(回心曲)구절로 구천을 헤매던 영가들을 극락당천(極樂堂天) 멀리 여읜다.

10)판복 : 흰색 비단 팔대장삼으로 일반 가사와 다른 법의로 주로 영산대제나 대법회등 큰 행사에 승무를 출 때 입는 법의.

걸청걸청지심걸청
일회대중지심걸청
세상천지만물중에
사람밖에또있는가
여보시오시주님네
이내말삼들어보소
이세상에나온사람
뉘덕으로나왔는가
아부님전뼈를빌고
어머님전살을빌어
칠성님전명을빌고
이내일신태어나니
한두살에철을몰라
부모은덕알을손가
이삼십을당하여도
부모은공다못갚아
어이없고애닮고나
우리인생늙어지면
다시젊지못하리라
인간백년다살아도
병든날과잠든날과

걱정근심다제하면
단사십도못살인생
무정세월역류하여
원수백발돌아오니
없든망령절로난다
열시왕의명을받은
일직사자월직사자
한손에는철봉들고
또한손애창검들어
활등같이굽은길을
살대같이달려와서
요순우탕문무주공
태평세에장엄하니
금수상에첨화로다
동서남북간대마다
형제같이화합하야
천하태평가감업서
안락국이거일러니
어화인심황공하다
우리인심황공하다
태고천지나려오고

요순일원발갔으되

야속할사말세풍속

극락세계가옵나니

부는바람요풍이요

밝은광명순일이라

연화대에높이앉저

늬나리 나나리 태평곡을 부르리라. 나무아미타불.

향기품은 진달래꽃잎 석양산야바람에 흩날리고, 산맥등골바람을 타고 염불소리 대천계 멀리 흐른다. 노모의 봉짓가슴에 묻어온 외할머니와 나이 열 살을 넘기지 못한 두 형제의 영가축원에 반짝, 불빛에 빛나는 눈물 훔치는 주름진 얼굴, 노모의 모습을 그는 보았다.

먹처럼 어두워진 밤, 법주와 바라지스님들의 사홍서원염불로 천도재가 회향되고 이어 육자배기 회심곡화청염불 속에 범종(梵鐘)을 울려 염라대왕 심판을 내리는 명부중(冥府衆)에 고하고, 목어(木魚)를 때려 수부중(水部衆)에 고하고, 대법고(大法鼓)를 울려 세간(世間)에 알리고, 운판(雲板)소리로 진여(眞如)의 허공신(虛空神)에게 알리는 사물[11]소리가 적막강산으로 울려 퍼지며 수 세월

11) 사물(四物)
가. 불교 의식에서 사용되는 법고(法鼓), 운판(雲板), 목어(木魚), 대종(大鐘)을 아울러 이르는 말.
나. 불교 음악에서 사용되는, 바깥 차비의 소리에 쓰이는 네 가지 악기인 호

중음 천을 헤매던 영혼들의 천도를 알린다.

밤하늘 가르는 칼날같은 영롱한 빛줄기하나, 외할머니 영혼빛깔이 두 손자의 영혼빛깔을 품에 안고 검은 허공을 사선으로 한 획 그은 듯 찰나에 사라진다. 장송나뭇가지에 내려앉은 영물스런 까마귀, 검은 밤 검은 날개 유독 세차게 퍼득이는 소리,

-까-악-깍-,

한차례 밤하늘 울리도록 울음소리 내더니 그 뒤부터 다시는 나타나지 않았다.

*

세월은 이렇게 흘렀건만, 혼백들이 노니는 중음 천에서 준호의 영혼을 사랑한 오페라영혼이 아직도 중음 천을 헤매고 있는지, 그녀 영혼이 부르는 모차르트『피가로의 결혼』작품 492 중, 〈사랑의 괴로움을 아세요〉 오페라소리가 이명처럼 들린다.

Voi che sapete

그대 아세요.

Che cosa amor,

사랑이 무엇인지,

적(號笛), 징, 북, 목탁(木鐸)을 아울러 이르는 말.

어떻게 살았는가에 따라 영혼빛깔이 결정된다. 영혼세계는 열두 빛깔 마블링(marbling)으로 흐르는 혼합 빛깔과, 빨·주·노·초·파·남·보, 무지갯빛무리로 되어있다.

내 영혼은 무슨 빛깔일까 …….

범종 울리면
꿀꺽
자정고비 한입에 삼킨
대숲바람소리
대천계 삼라만상 지혜의 눈을 뜬다.
어둠에 매달려 울던 별빛
산맥등골 송주(誦呪)소리
출세간(出世間)에서 바라본 저편
욕계(慾界)의 혼령세계도
구만장천(九萬長天) 다른 세상 아닌
한 우주 허공 속에 함께 있더라. 〈終〉

에필로그/*epilogue*

에필로그/epilogue

설정된 캐릭터가 현세(現世)의 사건과 영혼세계(靈魂世界)의 사건 속을 넘나들며 서사를 전개시켜나가는 내용을 모두 읽었을 것이다. 본 글은 영혼세계의 체험을 바탕으로 썼다. 실제의 상황이 일어났을 무렵 영혼세계에서 알듯 말 듯, 이해할 수 없는 일들이 너무나 생경한 일이어서 표현조차도 어려웠다. 그게 무었이었는지, 무슨 현상이었는지, 살아가면서 늘 화두로 작용했다. 그 후 불교에 귀의하면서 하나씩 풀리기 시작했다. 그것들을 정립한 글이 본 글이다.

본문에서 아라야식, 즉 마음(心)에 대하여 어필한바 있다. 심(心)은 우리 육신의 주체이며 육신은 마음이 움직이는대로 행동한다. 그만큼 아라야식의 범위는 비단 살아있는 동안에만 육체를 지배하는 것이 아니라, 사후(死後) 영혼까지도 지배하는 것은 우리의 마음이다. 그 식(識)이 아라야식이다.

안(眼) · 이(耳) · 비(鼻) · 설(舌) · 신(身) · 의(意) · 육근(六根) 등, 다시 받게 될 신체구조가 되는 육근(六根)종자(種子)를 지니고 있는 영혼까지도 심(心)에 의하여 판단하고 의사를 결정하게 하며 윤회의 길로 가게 하는 것은 아라야식의 힘이 아니고는 불가능하다. 인간세상을 살면서 가장 중요한 것은 우리 자신의 아라야식이 얼만큼 깨끗하냐에 따라 선업(善業)의 업력(業力)은 그만큼 증장된다. 사후세계는 어디까지나 살아온 전생과 연결되어 있고. 만약 아라야식이 없다면 사후 중음세계를 가서도 모든 것들을 훈습(薰習)할 수가 없다.

영혼들이 거주하는 중음세계에서도 생(生)과 멸(滅)이 엄격하게 존재되고 인간세상처럼 영혼사회는 유사한 전생업력을 가진 영혼들과 그룹을 지어 행동한다. 이 모든 것은 전생과의 업력이 연결되어있기 때문으로 만사는 마음먹기에 따라 그 심(心)에 의하므로 육신은 영혼이 걸치는 옷에 불과하다. 그 육신이 마음 먹기에 따라 선업(善業)을 증장시킬 수 있고 악업(惡業)을 소멸시킬 수 있는 것은 심(心)의 작용이며 육신은 마음의 종에 불과하다. 다종교 사회에서 우리는 서로 다른 종교를 가졌을지라도 자신이 믿는 교(敎)를 바탕으로 선업을 증장시킬 수 있는 방편으로 삼으면 된다. 어떻게 살았느냐에 따라 후생의 다음 생이 이어지기 때문으로 이는 철저한 선업과 악업의 비중에 있다. 결론적으로 참다운 생명은 지옥과 천국에서도 변천이 없다.

윤회와 영혼세계를 끝내며

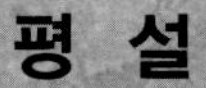

영혼의 빛깔은 사랑이다

–錦松 김한창 장편소설 『영혼의 빛깔』에 붙임

이동희 (시인, 문학박사)

평설

영혼의 빛깔은 사랑이다

-錦松 김한창 장편소설 『영혼의 빛깔』에 붙임

이동희 (시인, 문학박사)

‣ 말문을 열며

필자는 죽음에 관한 서적을 자주 보는 편이다. 우리가 철학적 사유에 이르게 되면 반드시 만나게 되는 질문이 있다. 나는 누구인가, 나는 어디에서 왔는가, 나는 어떻게 살아야 하는가, 나는 어디로 가는가? 하는 따위의 자문들이다. 스스로 던지는 질문이지만 스스로 답을 찾기가 난감한 주제들이다. 그럴 때마다 나는 이에 관한 책들에 의지해서 자문에 대한 자답을 찾으려 했다. 오래 전에 읽어 죽음에 관한 나의 사유를 지배하고 있는 기억이 있다면 미치 앨봄의『모리와 함께한 화요일』에서 받은 영향일 것이다. 이 책은 죽음을 그리 거부해야 할 불길한 것이 아니라고 본다. 어차피 맞을 죽음이라면 기꺼이 맞아야 한다는 생각을 실천한 이야기들이다. 유호종의『떠남 혹은 없어짐-죽음의 철학적 의미』에서는 필자가 간직하고 있던 철학적 사유의 끝에서 만나게 되는 질문에 대한 일말의 해답의 단서를 만날 수 있었다.

그리고 김열규의『메멘토 모리, 죽음을 기억하라』를 통해서도 일상 속에서 잊기 쉬운 종말에 대하여 깊이 생각할 수 있는 계기를 얻기도 하였다. 죽음은 그리 멀리 있는 것이 아니라, 삶과 항상 동행하고 있음을 자각하는 것이야말로 삶을 더욱 값지게 하는 길임을 어렴풋이 깨달을 수 있었다. 이밖에도 나의 서가에 꽂혀 있는 책으로 셸리 케이건의『DEATH 죽음이란 무엇인가』조너던 와이너의『과학, 죽음을 죽이다』그리고 국승규의『생과 사를 넘나드는 사람들』을 통해서 죽음을 실체적 사건으로 가깝게 인식할 수 있는 다양한 길들을 만나게 되었다.

최근에 읽은 책으로는 글쓰기의 즐거움을 통해서 죽음을 유쾌한(?) 문체로 풀어낸 책이 있다. 데이비드 실즈의『우리는 언젠가 죽는다.』는 책이 그것이다. 이 책에는 죽음이야기가 큰 줄기를 이루는 가운데 저자의 다양한 삶의 에피소드들, 아버지의 죽음에 이르는 삶의 편린들을 소개하면서 속도감 있게 이야기를 풀어간다. 그러면서 죽음이 전혀 예고되지 않지만 수시로 우리의 삶을 중단시키는 일상임을 여러 사례들의 죽음을 열거하며 보여준다. 결국 '죽음'이라는 인류 보편의 결말에 대처하는 우리의 자세에 대한 성찰을 요구한다. 저자는 마치 이렇게 말하는 것 같다. [내가 소개한 죽음들에 대하여 실감하지 않았는가? 그러니] "생명이 다하는 그날까지, 삶을 사랑하라!"고 요구하는 듯하다.

이런 책들을 접하면서 부지불식간에 이런 생각들이 나를 지배하고 있음을 자각한다. 우리는'나의 존재에 대하여 자의적으로 선택할 수 없는 사건들이 있음'을 인정할 수밖에 없다는 것이다. 다른 것들은 모두 제쳐두고라도 가장 핵심적인 철학적 질문 두 가지에 관한 것들이 그것이다. 바로 나의 탄생과 나의 소멸에 관한 것이다.

이 두 가지 명제에 대하여 나는 전혀 국외자요 방관자일 수밖에 없음을 앞에서 열거한 책들은 일관되게 지적하고 있다. 혹자는 그럴 것이다. 탄생의 비의야말로 내가 간섭할 수 없는 사건이겠지만, 소멸 곧 죽음만은 그래도 내가 어느 정도 간섭하거나 선택 가능할 사항이 아니겠느냐는 것이다. 그러면서 자살로 삶을 마감한 유.무명 인사들의 선택을 예로 들거나, 또한 생명의 존엄성을 지킨다는 역설을 강변하며, 의사의 조력에 의한 자발적 안락사를 예로 들기도 한다. 그러나 이런 주장은 다음 두 가지 사례로 금방 설득력을 잃게 된다. 하나는 아무리 생명을 연장하여 죽음을 거부한다 할지라도 인류의 역사는 그것이 불가능하다는 것을 증명하고 있다.

진나라 시황제의 영원불사의 꿈이나, 발달된 현대 의학기술을 동원한다 할지라도 무한생명의 연장은 불가능한 일임을 확인시켜 주고 있을 뿐이다. 또 하나는 불사의 꿈이 불가능한 것처럼, 죽음은 서두르지 않아도 피해갈 수 없는 사건이라는 점이다. 설사 자의적으로 생명을 중단시키는 행위나, 의사의 조력을 받은 자발적 안락사 역시 죽음에 이른 지경을 조금 앞당겼을 뿐이다.

그렇다면 이렇게 영원불사의 꿈을 이룰 수 없는 것이며, 그래서 어떤 방식으로든지 죽음을 맞이할 수밖에 없는 것이라면 죽으면 모든 것이 끝이란 말인가, 하는 의문에 도달하게 된다. 앞에서 필자가 읽은 책들도 이런 문제에 대해서는 깊이 언급하지 않았다. 다만 국승규의 『생과 사를 넘나드는 사람들』에서는 임사체험에 관한 여러 가지 사례들을 소개하기도 하였다. 이런 사례들은 종교적 차원으로 나아가 사후의 문제를 다각도로 조명해 '사후 문제'에 대한 다양한 사유가 가능하다는 것을 부각시키고 있다.

이러던 차, 김한창 작가의 장편소설 『영혼의 빛깔』을 만나게 되었다. 이 작품은 소설문학을 표방하고 있다. 그래서 실제로 영혼의 문제와 삶과 죽음의 문제에 대하여 허구적 진실이라는 문학적 함의에 기대고 있음을 짐작할 수 있다. 그러나 이 작품을 그런 문학적 함의를 풀어내는 것으로 작품에 대한 감상안을 마련하고, 작품의 가치를 해석해 내기에는 뭔가 성에 차지 않는 요소들을 지니고 있다. 그것을 대별하면 다음과 같은 세 가지 요소 때문이다.

첫째는 작가의 생 체험적 사실 때문이고, 둘째는 작가가 겪어낸 독특한 이력 때문이며, 셋째는 작가의 이력이 고스란히 묻어나는 에피소드들 때문이기도 하다. 그래서 이 소고에서는 이 세 가지 점에 주목해 영혼의 빛깔을 탐색해 보려 한다.

› 작가의 생, 체험적 진실

작가 금송은 이 작품집의 가본을 필자에게 건네주며 다음의 이야기를 들려주었다. 이 이야기는 본인이 직접 겪은 일이라면서 "내 자신이 몸소 겪은 생생한 체험담이자 팩트"라는 점을 누누이 강조했다. 필자 역시 작가가 들려주는 이야기를 들으면서 신기하기도 하고, 쉽게 들을 수 있는 체험담이 아니어서 몇 번이고 되물었던 기억이 새롭다.

"정말 금송 자신이 겪은 일이 맞느냐?"고 되묻기도 하였다. 그럴 때마다 금송 작가는 사실이며, 어머니가 아니었으면 자신은 벌써 이 세상 사람이 아니었을 것이라는 점을 여러 차례 강조하였다. 필자는 남의 이야기를 비교적 쉽게 믿는 편이며, 소설을 읽거나 시를 읽다가 감정이 북받치면 저절로 눈물을 쏟는, 대책 없는 독자이기도 하다. 그렇기는 하지만 금송은 소설가가 아닌가. 소설가는 꾸며낸 이야기라 할지라도 사실처럼 믿도록 만드는, 허가 받은 이야기꾼이라는 식견마저 내 의식에서 지운 상태는 아니었다. 그리고 금송 작가와 이 소고의 필자인 나와는 결코 단순치 않은 인연 때문에라도 '문학적 허구'를 치장하여 나에게까지 '체험적 진실'로 과대 포장할 리 없다는 믿음을 가진, 문학도반이기도 한 처지라 곧이곧대로 믿을 수밖에 없었다.

"나는 한창 나이에 갑자기 죽었습니다. 그때도 그랬지만, 지금도 왜 갑자기 그런 상태에 빠졌는지 원인이나 이유를 도무지 알 수가 없습니다만, 그러나 일단 저는 죽었습니다. 종합병원에서 의사가 사망진단을 내렸습니다. 이제 죽은 자를 시체안치실[냉동실]로 내려 보내라는 의사의 지시가 떨어졌습니다. 아들의 갑작스러운 죽음과 사망판정을 도저히 받아들일 수 없는 어머니는 영안실로 옮겨가려는 아들의 병상을 부여잡고 병원에서 몸부림을 칩니다. "내 아들은 아직 죽지 않았다. 그렇게 쉽게 죽을 리가 없다"며, "어미의 한이라도 없게 주사라도 한 방 놓아 달라"며 애원하고 호소하며 의료진의 발길을 부여잡고 놓아주지를 않습니다. 이 사정이 딱했던지, 간호사가 남이 맞고 남은 링거액을 나의 팔에 꽂아 줍니다. 그러나 굳은 몸에 주사바늘이 제대로 들어갈 리가 없지만, 어찌 했든 나의 팔에 링거액 주사바늘이 꽂혀졌습니다. 이런 일련의 과정을 거치면서'나'는 죽음의 문턱에서 살아나게 됩니다. 그런데 나는'내 죽음의 모든 과정'을 내 자신이 모두 내려다보고 있었다는 것입니다. 의사가 사망 진단을 내리는 것, 하얀 천으로 내 머리까지 덮는 것, 어머니가 의사와 간호사를 부여잡고 통곡하고 몸부림치며 통사정을 하는 모습들을 내 영혼이 내려다보고 있었습니다."

자신의 주검을 내려다보는 또 다른 자신을 작가는 '영혼'이라고 밝히고 있다. 그러니까 육신은 죽어서 병상에 누워있지만, 자신의 영혼은 자신의 모습을 생생히 내려다보고 있었다는 고백이다. 누가 죽음을 경험할 수 있겠는가? 종교적으로 임사체험담이 더러 전해지기도 하지만, 기록이 아니라, 임사체험담을 몸소 겪은 당사자로부터 듣는 것이 필자에게는 처음이었다. 그러자니 '죽음은 모든 것의 끝'이라는, 종말의식을 회의하는 일대 회오리바람이 일어나게 되었다.

그 동안 필자는 몸과 마음의 분리 의식을 그렇게 신봉하는 편이 아니었다. 육신은 영혼의 그릇이며, 영혼은 육신의 얼이라는 주장을 수용하면서, 영육일체 설을 지지하는 편이었다. 그래서 육신의 그릇이 깨어지면, 그 그릇에 담겼던 얼도 결국 소멸하고 말 것이라는 기왕의 주장들에 동조하는 편이었다. 그런데 금송 작가는 철저히 영혼의 실체를 자신의 체험담으로 극복하고 있으며, 이것을 서사문학의 그릇에 담아 구체적인 형상화작업을 해내고 있었다. 그 결과가 바로 이 장편소설 『영혼의 빛깔』인 셈이다.

작가는 앞에서 소개한 체험담이 이 소설의 핵심 모티브였음을 작품의 첫머리, 프롤로그에서 고백한다. 다른 소설작품에서도 더러 소설문학이 지닐 수 있는 가공성의 한계를 극복하고 사실성을 높이기 위하여 더러 이런 방법을 차용한다는 점을 모르지 않는다. 그러나 필자는 이미 앞에서 언급한 것처럼 작가자신이 들려주는 체험담을 들었기 때문에 프롤로그로 담아낸 기록들이 서사적 장치만은 아니라는 믿음을 가졌다. 그리고 이런 믿음은 작품의 도처에서 작가의 특별한 이력들이 오버랩 되면서 거의 픽션이 아니라 팩트로 굳어지는 것을 실감하였다.

이런 작업이 서사적 장치에서 그랬다면 금송 작가는 나와 같은 독자를 완전히 매료시켰다는 점에서 성공적 허구일 것이고,

이런 체험담이 사실이라면 우리가 가지고 있는 사후의 문제나, 혹은 영혼의 유무에 대한 보다 진지한 성찰의 계기를 제공하고 있다는 점에서 매우 뜻 깊은 작품이 될 것이다. 어찌됐든 필자는 전자보다는 후자의 심정으로 작품에 전제된 프롤로그를 주목하였다.

"스토리는 이렇다. 화가이며 대기업 광고미술디자이너인 주인공 강주임은 까닭 없이 갑자기 죽는다. 종합병원병실침대에 누워 있는 자신의 모습을 또 다른 자신이 보게 된다. 자신은 죽었다는 것을 인정하지 않지만 다른 영혼들을 만나면서 사후(死後)세계인 중음(中陰)세계로 와있는 영혼이라는 것을 인지하게 된다. 영혼세계에서 불리는 이름은 경이로운 화가영혼이다. 중음세계에서 많은 영혼들이 서로 도와주며 내생을 기다리며 일어나는 꿈만 같았던 영혼사회의 이야기와 현생에서 자신을 중심으로 전개되는 이야기를 대비시켜가며 영혼세계를 말하고 있다."

이런 체험이 그리 흔한 것은 아니다. 과연 소설 감이 될 만한 특별한 체험임에 틀림없다. 위에서 필자는 우리가 가지는 철학적 사유의 끝에 공통적으로 다다를 수밖에 없는 질문이'탄생과 죽음' 에 관한 것이었음을 상기할 필요가 있다. 생사는 피해갈 수 없는 엄연한 사건이라는 점은 수긍할 수 있다. 그러나 그렇게 가고나면 인간은 결국 무가 되고 마는가, 아니면 몸은 비록 산화되지만 영혼만은 남겨지는가, 궁금하지 않을 수 없다.

금송 작가는 모든 인간이 지니고 있는 궁극적인 질문에 대하여 서사문학적 해답을 제시하려 시도한다. 그리하여 자신의 주검[몸]을 자신의 영혼[얼]으로 바라본 내용을 기록한 것이 이 작품이다. 그래서 영혼의 세계를 현실의 세계와 매우 닮은 모습으로 그려내고 있다. 그런 점에서 본다면 이 작품이 허구적 진실이라기보다는 오히려 체험적 진실에 가깝겠다는 생각을 강하게 하는 요인이기도 하다. 왜냐하면 육신을 떠난 영혼은 이 작품에 그려진 것처럼 현실세계의 모습과는 딴판으로 변형되어 나타나는 것이 일반적이라는 것이다. 이 점에 대하여 임사체험에 관한 연구가 깊고 그에 관한 책을 펴냈던 국승규 교수는 다음과 같이 풀어낸다.

“우리나라에서는 죽은 자들의 모습이 무섭게 묘사되어 왔다. 죽은 자는 한결같이 소복을 입고 산발한 머리칼을 얼굴 위로 치렁치렁 늘어뜨리며, 입가에는 피를 흘리고 있는 모습으로 표현된다. 그래서 우리는 한밤중에 돌아가신 부모님의 영혼을 본다하더라도 머리끝이 곤두서는 공포감을 느끼게 한다. 이는 죽은 자들에 대한 잘못된 인식 때문이다. 그러나 영국 등 서양에서는 죽은 자들을 공포의 대상으로 여기지 않는다. 다정한 이웃처럼 코믹하게 묘사한다. 그들은 공동묘지를 동네 가운데에 두는 경우가 많다. 그래서 밤에도 그곳에서 연인들끼리 데이트를 즐기는 모습도 볼 수 있다.-〈중략〉-따라서 동서양 모두 죽은 자들의 품격을 있는 그대로 본 것이 아니라, 과소평가하거나 과대평가한 결과라고 필자는 본다"

-〈국승규 『생사를 넘나드는 사람들』중, "영혼의 인식문제"에서〉

그렇기 때문에, 금송 작가는 자신의 영혼을 통해서 자신을 내려다보기 때문에 영혼을 굳이 과대평가하거나 과소평가할 필요가 없었을 것이다. 위에서 살펴본 것처럼 '나의 영혼'이 아닌 '타인의 영혼'이 나를 보게 했다면 영혼의 모습이 과대평가되어 무서운 존재로 묘사되었을 것이며, 과소평가했다면 코믹한 모습으로 그려냈을 것이다. 그럴 필요 없이 작중 화자인 영혼은 담담하게 자신의 일거수일투족을 진술하면서 서사를 엮어낸다.

› 금송 작가의 독특한 이력과 문학적 진실

이런 시점은 필연적으로 금송 작가의 이력과 밀접한 관련이 있음을 작품은 반영하고 있다. 작품의 중심인물이자 2인칭 화자인 '영혼의'은 현실의 금송과 완벽하게 일치한다. 그렇다면 이 작품이 서사문학이 아니라, 전기적 기록문학이 아닌가하는 의아심을 가질 법하다. 그러나 이 점에 대해서는 다음 장에서 살펴보기로 하고, 우선은 금송 작가의 독특한 이력을 따라가 보기로 한다.

이 작품에 언급되어 있다시피'그'는 화가다. 필자는 이미 금송의 소설집 『핑갈의 동굴』(문예연구사.2007)에 발문을 쓴 바가 있다. 이 소설집에는 금송의 등단작과 함께 괄목할 작품들이 수록되어 있다. 그 중에서도 작가가 화가수업을 위해 프랑스 파리에 유학하면서 겪었던 일을 소재로 한 중편소설「핑갈의 동굴」이 있다. 금송은 이 작품에서 화가와 작가로서 동시작업을 수행했음을 그려낸다.

당시에도 필자는 화가들의 로망인 파리화단에 진출하여 화필을 다듬었던 이력에 대하여 여러 가지 흥미로운 에피소드들을 듣기도 했다. 그만큼 금송 작가는 다면채의 창의성을 지니고 있는 예인으로 비쳤다. 그의 화풍 역시 사실성이 추상성의 상상력 속에서 신화적 에피소드들을 담아내고 있어 매우 개성적인 세계를 보여주었다.

필자가 소장하고 있는 그의 회화작품에도 이런 특징은 여실하게 드러나고 있다. 당시에 발문을 쓰면서 금송 작가를 어떻게 보아야 할지, 고민했던 기억이 새롭다. 작가 김한창의 창의적 면모가 얼마나 다면체인가를 살펴보기 위해서 그때 기술했던 내용을 인용해 본다.

'김한창' 을 볼 때도 마찬가지다. 필자는 그를 부를 때 호칭에 약간의 망설임을 가진다. 성씨 뒤에 붙일 호칭을 무엇으로 할 것이냐에 관한 것이다.'김 작가!' 라고 해야 할지, '김 화백' 이라고 해야 할지,'김 관장(그는〈전국동인지문학관장〉으로 수 차례를 연임하며 봉사하고 있다)' 이라고 해야 할지, 그도 아니면'처사(處士)나 거사(居士)' 라고 해야 할지 항상 망설여진다. 이는 인간'김한창' 이 그만큼 다양한 활동성을 보이고 있는 다면적인 존재라는 뜻이기도 하겠지만, 인간'김한창' 을 어느 하나의 범주로 제한하지 말라는 뜻도 될 것이다.

우리사회, 아니 정확히 말하자면 우리문화.예술계의 풍토는 이상한 고정관념이 존재하는 것이 아닌가 여겨진다. 즉 어느 한 장르의 작가는 한 우물만 파야지, 여타 장르를 넘나드는 것은 주제 넘는 일이요, 정통성을 지닌 작가의 자세가 아니라는, 근거 없는 고정관념이 작용하고 있는 것으로 보인다."

이런 점으로 미루어 보면 김한창 자신의 영혼을'화가영혼' 으로 설정한 내력을 짐작할 만하며, '빛깔' 이미지를 통해서 영혼의 됨됨이를 구상한 것도 그의 구체적인 화가경력에서 찾으면 매우 의미 있는 설정으로 보인다.

작가이자 화가인 김한창은 출가승이기도 했다. 상원갑자(1984)년에 〈불정사〉에 입산하여, 을축(1985)년에 일봉 큰스님을 은사로 득도했다. 춘명대종사를 법사로 모시고 비구계를 수지하여 정식 스님으로 불자가 된다. 이때의 법명이 정완(淨完)이었으며, 일봉 큰스님을 법사로 모시고 불당을 건립하였는데, 이때의 당호가 금송(錦松)이었다. 금송 작가가 갑오(2014)년 환속하기까지 금송은 두 개의 사찰주지를 역임하면서 매우 치열하게 불자로서 수행심이 깊었던 것으로 보인다.

그가 밝힌 불제자의 수행내역을 보면 특이한 점이 보인다. 〈봉서사 영산작법 보존회 범폐〉를 이수한 것이나, 〈전국민속경연대회 바라무〉에 출연하여 대통령상을 수상한 것이나, 1988년 〈세계민속경연대회 바라무〉로 출연한 것이나, 그에 힘입어 〈88서울올림픽기념공연/조계사〉에 바라무로 출연한 실적들을 보면 불교예술의 하나인 바라무를 통해서 불교수행의 임무를 매진했던 것으로 보인다.

불가에서 수행은 다양한 방법과 여러 장르를 통해서 구현되는 것으로 알려져 있다. 선승(禪僧)은 깊은 참선을 통해서 득도에 이를 것이요, 탁발승은 천 리 만 리를 멀다 않고 끊임없이 중생으로 하여금 보시할 수 있는 선심을 유발하면서 득도에 이를 것이다. 금송은 바라춤을 통해서 수행심이 깊어갔던 것으로 보인다. 불가에서 행하는 바라무는 의례이자 제식의 하나이겠지만, 이 또한 불교문화의 한 장르였으므로 예술적 가치 또한 갖추지 않을 수 없을 것이다.

승무(僧舞)는 불교문화의 꽃이기도 하다. 우리의 역사에서 불교의 승려들은 그냥 종교를 가진 신앙인의 모습만 가진 것은 아니었다. 나라가 백척간두에 서면 승려들은 무기를 들고 외적을 물리치는 승병(僧兵)이 되기를 마다하지 않았다. 또한 불교의 의례는 불교문화라고 하는 찬란한 민족문화의 뿌리가 되었다. 유형의 불교미술은 물론, 무형의 무용까지 불교의 의례와 제식이 우리 문화의 한 뿌리를 이루는데 기여한 바가 결코 적지 않다.

승무라면 우리는 조지훈 시인의 시「승무」를 통해서 이미 그 정적인 아름다움에 매료되곤 한다. 설사 실제로 바라춤승무를 직접 감상하지 못한 사람이라 할지라도, 조지훈의 승무를 읊조리며 '고요 속의 움직임靜中動, 그 움직임 속의 고요 '動中靜'가 이루는 정적인 아름다움에 심취하곤 한다. 그런데 금송 작가가 바로 이 춤으로 한국을 대표하는 승려였다니, 그 특별한 재능이 놀랍다.

이 놀라움은 이 작품에서 예술가 영혼을 우대하는 경향을 보이는 편향성이 바로 작가의 그런 예인적 기질의 발로였음을 짐작할 수 있기 때문이기도 하다. 그래서 이 작품은 체험적 진실이 팩트로 깔리면서 그 위에 서사적 상상의 세계가 펼쳐질 수 있었던 것으로 보인다. 금송은 소설가이면서 화가였으며, 승려이자 바라무의 예인일 뿐 아니라 〈전국동인지문학아카데미〉이라는 단체를 결성하여 그 대표직을 수행하면서 문학단체의 활성화에 기여하기도 했다고 했다. 사실 문학동인지는 전국에 헤아리기 벅찰 정도로 산재되어있다. 그런 문학동인 단체들을 한데 아우르고 집약시킴으로써 그 역량을 발휘할 수 있게 하는 동력을 일으킨다는 것은 매우 괄목할 만한 능력이 아닐 수 없다. 또한 최근 금송 작가는 〈도서출판 바밀리온〉을 차려서 좋은 책들을 간행하고 있다. 이런 사업에 뛰어든 것도 이야기를 듣고 보면 그가 지니고 있는 다면체의 능력에서 비롯하는 것으로 보인다. 한 번은 이런 이야기를 직접 들려줬다.

"작가들은 피땀 어린 혼신의 힘으로 글을 써서 작품을 발표하곤 하지만, 대부분 자비출판에 머무르고 있는 실정입니다. 그러면 출판사에서는 출판의 실비는 작가에게서 받아 챙기면서, 그 이후에 판매되는 책에 대해서는 일언반구 말이 없습니다. 자신의 경험으로 미루어 보건데, 분명히 자신의 책을 찾는 독자들이 있음을 실감할 수 있는데, 판매상황에 대하여 일체의 통지가 없으니 억울하기만 합니다. 이런 출판사의 갑질에 항의조차 할 수 없는 현실을 바꾸고 싶습니다. 이런 부당한 현상을 바로잡기 위해 제가 직접 출판사를 차려서 작가들의 정당한 권리를 찾아주고 싶습니다."

작가의 독립선언 같은 포부를 듣고 필자도 동병상련의 뜨거운 동질감을 느낄 수 있었다. 이런 에피소드를 굳이 소개하는 이유는 『영혼의 빛깔』의 화자이자 주인공인 '내 영혼'이 지닌 성격상의 특질들에 문학적 진실의 의미까지 포괄하기 위한 길을 자신의 체험적 진실에서 찾아가고 있는 것으로 보였기 때문이다. 작품에 등장하는 서사의 맥락들이 화가로서의 미의식과 승려로서 갖춘 불교세계에 대한 정통한 인식, 그리고 사후세계를 설정하는 영혼들의 역할들이 그러하다. 작가의 다양한 체험과 현실의 삶, 그리고 다면체의 창의성으로 꿈틀거리는 영적인 힘들이 이 작품의 내면에서 발산하는 것은 그래서 어쩌면 당연한 귀결로 보인다. 우리가 현실에서 유추할 수 없는 서사적 사건들을 경험할 때 흔히 하는 말이 있다. '소설 같은 이야기'가 그것이다. 이 말은 조금은 가공적으로 꾸며진 이야기라는 의미다.

그러나 허구와 사실의 차이가 소설에서는 그리 큰 문제가 되지 않는다. 잘 짜인 픽션은 사실의 벽을 넘어 진실의 세계를 그려내기 때문이다. 이 작품도 바로 작가의 체험적 진실이 문학적 진실의 차원으로 넘어가는 길을 만들고 있는 것으로 보인다.

작가의 이력이 묻어나는 에피소드의 힘

이 작품에는 다양한 에피소드가 등장한다. 그 중에서 작품의 뼈대가 될 만한 에피소드를 살펴보려 한다. 이는 이런 에피소드가 작품에서 작용하는 힘이 서사문학의 근간을 이루고 있다고 보기 때문이다. 먼저 '중유(中有)'에 대한 것이다. 인간이 죽으면 영육이 분리되어 영혼은 중유 혹은 중음(中陰)의 세계에 머문다. 이 역시 불교사상에서 나온 발상이다. 49일 동안 영혼은 7일마다 다시 생사를 반복하다가 마지막 49일째는 반드시 출생의 조건을 얻어 다음에 올 삶의 형태가 결정된다고 믿는다. 이렇게 심판을 기다리는 49일 동안은 육도(六道) 환생하여 태어나는 여섯 가지 세상 중 어디에도 태어나지 못하고'중간에 낀' 것처럼 되는데, 이를 중유 혹은 중음이라 한다. 이런 영혼의 상태를 이 작품에서는 다음과 같이 그린다.

"중유(中有/영혼)의 모습을 명시한 기록을 살펴보면, 평소 악하거나 옳지 못한 영혼은 그 빛깔이 음하고 검은 양[黑羊光] 같이 검고, 또 음지(陰地)나 어두운 밤처럼 흑색의 빛깔이다. 그 반대로 선업(善業)이 많고 바른 삶을 영위한 영혼은 백의(白衣)와 같은 색으로 밝고 맑은 청명한 중유의 빛깔을 띤다."

-(22쪽)

금송은 〈작가의 말〉에서 "내 영혼의 빛깔은 무슨 빛깔일까, 필자는 윤회(輪回)와 영혼세계로 독자를 이끌어 사후(死後) 자신의 영혼빛깔이 무슨 빛깔인지 상상하게 하고자 이 글을 썼다."

고 전제한다. 위에서 인용한 내용은 작가의 말에 나온 의지를 그대로 반영한다. 이런 빛깔에 관한 진술이 더 확실히 보이는 대목도 있다.

영혼의 빛깔은 이렇게 일곱 가지 무지개빛깔과 열두 빛깔 색의 마블링으로 보인다고 한다. 그러면서 중유세계에서 만난 영혼이 '내 영혼의 빛깔'에 대하여 진술하는 대목은 이렇다.

〈 “처음 보는 영혼인데, 경이로운 빛깔을 지녔군요.” 하고 부러워한다. 하지만 내 당체의 빛깔이 얼마나 경이로운지 나는 아직 잘 모르겠다.〉

중유의 세계에서 만나는 영혼들도 현실세계의 사람들과 같은 의식을 소유하고 있는 것으로 묘사한다. 그러면서 영혼이 어떻게 다른 생으로 환생하게 되는가를 보여준다. 그 중요한 개념이 탁태(托胎)다. 영혼은 빛깔로 떠돌다가 인연을 지어 몸을 붙여 현생하게 된다는 것이다. 그러면서 인간탄생에 대하여 불교의 세계관을 빌려 의미 있는 진술을 한다. 떠돌던 영혼빛깔은 자신의 선업에 의한 인연을 만나면 인간의 몸을 받는다.

“이렇게 우리 인간은 완성되어 태어나게 되는데 이렇게 볼 때, 인간은 어디까지나 인과의 도리에서 스스로 창조하는 것이지, 다른 조물주에 의해 창조되는 것이 아니라는 겁니다. 이것이 일체유심조(一切唯

心造)의 도리이자 인과응보의 도리인 거라오."

불교에서 말하는 연기설은 탄생과 소멸의 원리다. 그런데 그 구체적인 창조의 내밀한 메커니즘과 그것이 어떻게 가능한가를 구체화한 기록을 필자는 아직까지 본 적이 없다. 그런데 인간 창조의 비밀 아닌 비밀을 이 작품은 매우 리얼하면서도 현상학적 원리를 빌어 구체화하고 있는 셈이다. 어떻게 떠도는 영혼이 모태에 착상하여 몸을 받게 되는가 하는 과정을 그려낸다. 불교의 인연설에 화가영혼이 구사하는 '빛깔론'이 가세하여 인간 탄생의 신비를 풀어내려는 것이다.

불교의 인연설과 화가영혼의'빛깔론' 만이 아니다. 이 작품에는 중유의 세계에 떠도는 영혼이 어떻게 현생의 몸을 받게 되는가를 밝히기 위해 다양한 학문과 토속신앙과 체계를 소개한다. 이를테면 〈사주추명학〉도 그 중 하나다. 사주 추명학은 명리학에 해당하는 학문이다.

금송 작가는 사주에도 해박한 식견을 발휘하여 인간의 운명이 결국은 영혼빛깔의 탁태하는 순간으로 결정된다고 설득한다. 그래서'시간' 개념을 자세히 소개한 부분도 의미 있게 보인다. 생년, 생월, 생일, 생시, 즉 명리학의 핵심을 통해서 한 인간의 운명을 어떻게 좌우하는가를 불교의 시간관념으로 풀어낸다. 찰나(刹那)와 겁(怯)을 비유하는 것도 결국은 인간존재의 영원성을 강조하려는 장치로 보인다. 현생은 찰나이지만 영적인 영속성은 영원하다는 작가의 세계관을 보여주기 위한 것이다.

무속신앙 역시 영적존재를 인식하는 중요한 장치다. '신원굿'이나 '천도굿'은 영혼의 존재를 인정하지 않으면 아무 의미가 없는 행위일 뿐이다. 무속인들이 영혼을 불러내고, 그들과 대화하며 현생을 버거워하는 육신들을 소통시키는 메신저가 된다. 이것 역시 영혼의 존재를 드러내기 위한 필수적 요소다. 이런 불교의 세계관이나 교리, 학문적 원리나 견해, 그리고 무속인들이 접신의 경지에서 영적교류를 하는 행위들을 통해서 작가가 도달하고자 하는 세계는 무엇일까?

그것은 바로'사랑'이다. 인간존재의 원인과 과정, 그리고 인간존재의 소멸과 그 후속세계를 감성의 빛깔로 마블링 하게 할 수 있는 대명제는 바로 사랑이었다. 화가영혼을 흠모하던 오페라영혼이 고백한다.

〈옥 빛깔 혼합된 아름다운 하얀 길 허공을 유영한다. 꿈에나 볼까 말까하는 신비롭게 하얀 옥빛이 두 영혼을 감싼다. 행복감에 젖은 그녀 오페라영혼이 뜬금없는 말을 한다.

"경이로운 화가영혼, 결혼예물로 당신에게 바치고 싶은 노래가 있어요."

"결혼예물?"

"네, 우리 결혼해요. 당신은 나를 데려가는데 나는 마땅히 드릴 예물이 없어요. 공연할 때 언제나 메인음악으로 불렀던 노래를 바칠게요. 그거라도 받아주세요." 〉

하면서 모차르트의 오페라 『피가로의 결혼』에 나오는 「사랑의 괴로움을 그대는 아는가」를 부른다.

중음세계에서 떠도는 영혼들도 현생처럼 이성을 좋아하고 그리워하며 사랑한다. 아직 어떤 생으로도 몸을 붙이지 못했고, 아직 어떤 탁태로도 생을 부여받지 못했다. 남녀 간의 사랑만이 아니다. 화가영혼은 끝내 현생으로 다시 돌아간다. 그 단 하나의 이유는 어머니의 사랑이었다. 이 점에 대해서 작중 메인 캐릭터이자 내레이터인 화가영혼은 이렇게 회고한다.

〈결론적으로 노모의 자식에 대한 깊은 애정은 나를 소생시키는 결과를 가져왔다. 죽은 자식에게 병원에 입원은 시켰다는 말이라도 듣자고, 애원을 하며 아우성을 쳐, 영안실로 내려가려는 것을 막아 병실로 들어가게 되었고, 병실 앞을 지나가던 뚱뚱한 간호사가 들고 가는 남이 쓰고 남은 링거바늘이라도 놓아 달라고 간청한 것이, 굳은 팔뚝에 바늘이 휘어져 걸렸을 뿐이지만, 멈춰있던 혈행의 촉매가 되었다. 거기에 회사 대표이사의 결정적 도움은 소생의 기쁨을 주었다.〉

그래서 영혼의 빛깔은 사랑일 수밖에 없다. 이 작품의 도입부문에도 오페라영혼이 부른 '사랑의 괴로움을 그대는 아는가'를 놓았다. 그런데 모차르트의 오페라에 나오는 아리아는 '사랑의 그리움을 그대는 아는가'로 되어 있다.'그리움'을 '괴로움'으로 바꾸어 놓은 것 역시 작가의 의도적인 변형으로 보인다. 현생의 인간이나 영혼빛깔들이나 마찬가지다. 희로애락의 파노라마를 견디는 것 자체가 바로 괴로움이다. 사랑 역시 괴로움의 과정을 거치지 않고서는 진정한 의미의 그리움을 가질 수 없다. 이 작품에는 불가시적인 영혼을 가시적인 색채이미지로 끌어오고 있다. 그런데 그 가시적인 빛깔은 결국 "열두 가지 색채의 색상환을 돌리면 백색이 된다."고 한 것처럼 백색하나로 귀결되고 만다. "영혼세계는 거대한 프리즘의 공간"이라는 해석도 매우 주목할 만한 작가의식이다. 이 모든 장치들이 결국은'사랑'에 귀결되고 만다. 자신은 죽어도 자식을 살리려는 모성애(母性愛)나, 이성을 찾아 애간장을 태우는 그리움이나 이것들은 몸을 가진 이들의 사랑이다. 그러나 몸을 떠나 중유[중음]의 세계에 머무는, 사후의 영혼들이 지닌 사랑도 현생의 그것과 하등 다를 것이 없다.

즉 모든 사랑의 원형질은 순결한 사랑, 백색사랑뿐이다. 그러므로 그렇다. 영혼의 빛깔은 사랑이다. 금송 작가는 이 명제를 형상화하기 위해 지난하기 그지없는 서사문학의 길을 택했다.

사후세계에 대하여 궁금하지 않은 사람은 없다. 인간존재의 실상에 대한 사유의 끝에서 건질 수 있는 궁극적인 대답을 내놓으려 한다. 그것은 바로 나는 누구인가, 나는 어디에서 왔는가, 나는 어떻게 살아야 하는가, 나는 어디로 가는가? 하는 따위의 자문들에 대한 최선의 해답인 셈이다. '영혼빛깔'로 볼 때 그 해답은'사랑' 이다.

나는 사랑이며, 나는 사랑에서 왔으며, 나는 사랑해야 하며, 나는 사랑으로 간다는 명제는 현생이나 사후나 분별할 이유가 없다. 그러므로 그렇다. 사랑이 없으면 우리에게 남는 것은 아무것도 없다. 공성(空性)이요 무아(無我)인 존재의 실상이 보이는가? 그래도 남길 수 있는 것은 유일무이한 빛의 축복은 바로 '사랑' 일 뿐이다. 금송 작가의 서사작업이 언제나 이 언저리를 맴돌고 있음을 주목한다. 사람이 하는 모든 행위의 궁극적 지향점인 사랑을 찾아서 금송의 지치지 않는 서사작업이 지속될 것이다. 그의 장도에 사랑의 축복이 있기를 바란다.

참고문헌

· 『心靈과 輪回의 世界』(吳亨根 著/불교사상사/1978동국대학교대학원장.학술원회원)

· 『阿含經』일부(번역판/동국대학교역경원)

· 『陰陽五行의槪論』『象理哲學』(趙明彦 著 1982 明文堂)

· 『海東律經集』古書(년대미상)

죽음너머 혼령세계

영혼의 빛깔

soul of color

김한창 장편소설

초판인쇄 2022년 8월 10일
초판발행 2022년 9월 10일

지 은 이 김한창
펴 낸 곳 도서출판 **바밀리온**
주 소 전주시 덕진구 기린대로 359, 2층
전 화 (063)255-2405
팩 스 (063)255-2405
출판 등록 제2017-000023
이 메 일 kumdam2001@hanmail.net

인쇄 제본 새한문화사
주 소 (10881)경기도 파주시 광인사길 211-2

출판등록 제2017-000023
I S B N 979-11-90750-14-1
정 가 16,000원

이 책은 (재)전라북도문화관광재단 2022년 지역문화육성사업에 선정되어 보조금을 지원받아 출판되었습니다.